U0533978

师友记

莫砺锋 著

人民文学出版社

图书在版编目（CIP）数据

师友记 / 莫砺锋著 . -- 北京：人民文学出版社，2025． -- ISBN 978-7-02-019267-0

Ⅰ．I267

中国国家版本馆 CIP 数据核字第 2025GR5908 号

责任编辑	李　昭　杜广学
装帧设计	李思安
责任印制	王重艺

出版发行　人民文学出版社
社　　址　北京市朝内大街166号
邮政编码　100705

印　　刷　河北新华第一印刷有限责任公司
经　　销　全国新华书店等

字　　数　224千字
开　　本　880毫米×1230毫米　1/32
印　　张　10.75　插页7
印　　数　1—6000
版　　次　2025年6月北京第1版
印　　次　2025年6月第1次印刷

书　　号　978-7-02-019267-0
定　　价　58.00元

如有印装质量问题，请与本社图书销售中心调换。电话：010-65233595

· 2021年，我在南京美林东苑寓所书房

1980年，我与新结识的师友在南京栖霞山。左起：徐有富、张三夕、程千帆先生、我

1982年，我在程千帆先生书房承训

1986年，我与程千帆先生在洛阳王城公园

1990 年代,我与周勋初先生在南京大学古典文献研究所

1991年,我与四位老师在南京大学古代文学教研室。左起:卞孝萱先生、程千帆先生、周勋初先生、郭维森先生、我

2007年，我与南京大学"两古"学科的友人在皖南齐云山。第二排左起：第四人是徐有富、第五人是我、第六人是巩本栋

2013年，我与弟子们（他们也是我的朋友）在南京农业大学校园

目 录

序 ……001

第一辑

百年千帆 ……003

千帆先生与南京大学 ……008

《闲堂诗选》跋 ……035

莫信诗人竟平淡 ……038

春风沂水令人思 ……049

好老师，好学生 ……053

珞珈山下的哀思 ……058

程千帆先生的本科毕业论文 ……062

密旨深衷皆肺腑，长书短简俱文章 ……068

我的两位师母 —— 沈祖棻与陶芸 ……075

程沈说诗解人颐，早早编书传芬芳 ……084

沈祖棻的最后五年 ……090

不息故健，仁者必寿 …… 114

犹能为国平燕赵 …… 120

"望之俨然，即之也温"的郭维森先生 …… 127

看似寻常最奇崛 …… 132

落红不是无情物 …… 137

第二辑

缅怀老师的老师 …… 145

私德、师德与公德 …… 150

萧涤非先生的一份论文评语 …… 156

南昌城里的矍铄诗翁 …… 160

对一位蔼然长者的琐忆 …… 165

海东隐士宋刚庵 …… 170

幽燕之士钝如槌 …… 180

小书大学问 …… 185

我和苏州中学的校友 …… 192

平生风义兼师友 …… 198

致敬楚人周勃先生 …… 203

书香人生 …… 208

岁暮怀旧悼宗文 …… 213

悼吴建辉博士 …… 217

挽联中的故人身影 …… 220

第三辑

彩云之南访老宿 …… 231

传经与传道 …… 237

充实而有光辉的学术人生 …… 243

一杯淡水变清茶 …… 252

从水仙花说到林继中 …… 257

我的师兄徐有富 …… 265

我的师弟巩本栋 …… 272

一位台湾学者的剪影 …… 277

第四辑

华夏诗神的异域知音 …… 283

老见异书眼犹明 …… 288

少陵功臣的新著 …… 294

卅年功夫磨一剑 …… 301

从《七八个星天外》说起 …… 306

诗歌是闹市中的精神绿洲 …… 312

"教授写教授"的小说 …… 315

《杜诗的音乐世界》序 …… 321

"凝眸"赞 …… 331

《学文》序 …… 334

序

人生在世，除了家人外，最亲密的人首推师友。唐人柳宗元说得好："不师如之何？吾何以成！不友如之何？吾何以增！"可见师友实即良师益友，不良无益之人是称不上师友的。我在30岁之前虽然命途多舛，但也曾有几位师友，在我的回忆录《浮生琐忆》中有所记录。《浮生琐忆》完稿于2002年，但其记叙的内容终止于1979年9月15日。那天我离开合肥的安徽大学，到南京大学来读研。《浮生琐忆》的最后一节说："下午三时许，火车驶过南京长江大桥……我在火车的隆隆声中口占一绝：'霏霏江雨散轻丝，帆影依稀客乱思。负笈宁辞千里远？求师已觉十年迟。'我的生命旅程就这样平平淡淡地走过了三十年，往事如烟，不堪回首。在未来的人生旅途上又将有什么样的命运在等着我呢？"但事实说明当时我是多虑了。那天傍晚我住进南大的宿舍，便认识了同门的师兄徐有富与师弟张三夕，他们成为我新的益友。三天以后，我便见到了导师程千帆先生，从此拥有一位举世难得的经师兼人师。从这个意义上说，考进南大来读研是我一生中最大的由否转泰的命运转机。真该感谢安徽大学外语系七七级7班的同学们，要不是他们百般怂恿，我怎会才读到本科二年级上学期就贸然提前考研！也该感谢南大外语系的老师，要不是他们在研究生招生考试的科目中设有"第二外语"一门，我怎会被迫把报考志愿从英美语言文学突然改成中国古代文学，从而考入素昧平生的程先生门下！

进入南大以后，我的良师益友日渐增多。1982年我开始在程先生指导下攻读博士学位，程先生觉得我基础太差需要"恶补"，便聘请周勋初、郭维森、吴新雷三位先生担任副导师，与他一起对我进行日常指导。1984年我进行博士论文答辩，程先生邀请萧涤非、林庚、王起、朱东润、孙望、金启华、顾易生等先生为我评阅论文，又请钱仲联、唐圭璋、徐中玉、舒芜、霍松林、傅璇琮、管雄等先生担任答辩委员。这些以前仅从书本上知其姓名的著名学者便都成为我的老师。1985年，我跟随程先生到成都参加四川大学主办的宋代文学研讨会。1986年，我又跟随程先生到洛阳参加河南大学主办的唐代文学研讨会。于是我结识了从事唐宋文学研究的许多学界同仁，其中既有谊属前辈的老师，也有年龄相仿的朋友。再往后我开始独自参加学术活动，结识的良师益友越来越多。我间或以师友为对象写些零星篇章，年来积稿渐多，正好人民文学出版社前来约稿，便编成这本《师友记》。

除了上述师友之外，我还有一个人数较多的朋友群，那便是我的学生。程先生曾引述黄季刚先生语云："学业既成，师弟即是朋友。"此话是从老师的立场来说的。我在南大从教40年，也有不少学业既成的弟子，他们已成为我的朋友。于是我编《师友记》时，里面也收进若干与弟子有关的文字。比如崔南圭是我指导的韩国博士生，他有整整一年在苏州大学担任一门韩语课，每周到南大来听两到三天的课，搭乘火车奔波于苏州与南京两地之间，风霜雨雪，从未间断。有一次火车晚点，他冒着大雪奔进教室，头发眉毛都沾满雪花，我顿时想起宋濂的《送东阳马生序》，不由得为这位异国学子的好学精神而感动。我平生从不为弟子的博士论文写序，但崔生的求学及撰写论文的过程都比较特殊，我有义务向读者进行介绍，于是破例为其博论《杜诗的音乐世界》撰序，此序也被编进本书。

　　本书共收文章50篇，分成四辑。第一辑收文17篇，第二辑收文15篇，文中所怀之人皆为已经逝世的师友，因篇数较多而分成两辑。第一辑所写者皆为南大老师，第二辑所写者则为校外的师长，以及英年早逝的友人，例如吴建辉原是我指导的硕士生，但她40出头便染病不治，我遂视作亡友。当我编这两辑时，柳宗元的"怀人泪空垂"之句常常闪现心头。第三辑收文8篇，第四辑收文10篇，文中所及之人或师或友，皆尚健在。两辑的区别在于第三辑侧重记叙文字，第四辑则为序言、书评。这两辑所及人物中最年长的是张文勋先生，他是程先生生前的好友，是一位年近百岁的矍铄老者。最年幼的人物则推全书末尾的两篇序文所及的南大中文系本科生。《凝眸》是中文系学生刊物，2005年我正任系主任，主编该刊的同学向我索序，我当然义不容辞。《学文》是2006年中文系二年级同学课程作业的结集，任课教师向我索序，我作为"学科带头人"，同样义不容辞。两文所及的学生早已毕业，他们都已成为我的朋友。总览全书，其中所写的人物无论是存是亡，是长是少，都令我永世难忘。对我来说，由于生命中有了这些良师益友，世界更值得留恋，人生更值得回忆。

如今是"读图时代",在这本怀人之作中插入若干照片,乃是题中应有之义。出版社与我的意见不谋而合,责编且慨允每文皆可插图,我便多方搜求师友照片插于书中。将来读者开卷见图,或可稍补拙笔之不足。

书中部分篇章曾刊于报刊,或收入我的其他随笔集,为求本书之完整,此次不避重复一并编入,读者谅之。

是为序。

2025年3月26日于南京美林东苑寓所

第一辑

百年千帆

在大会和小组讨论会上聆听了各位来宾和代表的发言，我有两点感想。首先，大家都高度肯定程先生既是一位优秀的学者，也是一位优秀的教师。我认为这正是中华传统文化的一个重要特征，从孔子开始，优秀的学者与优秀的教师就是一身二任的。孔子既是伟大的思想家，也是伟大的教育家。一部《论语》，有多少警句格言是与教育有关的:有教无类，诲人不倦，循循善诱，不愤不启，等等。正因孔子培养了弟子三千，贤人七十二，才形成了源远流长的儒家学派。孟子甚至认为"得天下英才而教育之"是君子一乐，是比"王天下"还要重要的人生乐事。要问学者与教师两者的结合点在何处，我认为就在文化的传承上。孔子是中国传统文化整体上的祖师，朱熹甚至说"天不生仲尼，万古长如夜"，但孔子自己的志向却是继承前代文化。他声称"述而不作，信而好古"，还认为"殷因于夏礼，所损益可知也。周因于殷礼，所损益可知也。其或继周者，虽百世可知也"。如果说动植物的生命奥秘在于一代一代地复制基因，那么文化的生命就在于某些基本精神的代代相传。一种观念也好，一种习俗也好，一定要维系相当长的历史时段，才称得上是文化，那

程千帆先生晚年在家中书房

种人亡政息的观念或习俗是称不上文化的。所谓"一张白纸没有负担，好写最新最美的文字，好画最新最美的画图"，现在看来只是一句空话。正是在这个意义上，我觉得所谓"教师是人类灵魂的工程师"的说法是大而无当的，应该说教师是人类文化的传承者。韩愈说："师者，所以传道、受业、解惑也。"传道也好，授业也好，都是指文化的传承而言。"业"是重要的，它指知识和技能。"道"更加重要，它指观念和思想，指具有永恒价值的人类基本文化精神。

程先生生前经常引用《庄子·养生主》中的话："指穷于为薪，火传也，不知其尽也。"闻一多在《庄子内篇校释》中说："古无蜡烛，以薪裹动物脂肪而燃之，谓之曰烛，一曰薪。"程先生就是这样的一根红烛，其自身发出的光辉是其学术成就，但他更重要的贡献在于把文化的火种传递给下一代，使之生生不息。正因着眼于文化传承的大局，程先生培养学生时绝无门户之见。他深知学术乃天下之公器。他经常教导我们要重视兄弟院校的学术传统，要多向兄弟院校的老师们请教。所谓"程门弟子"，绝不是一个自设藩篱的学术群体。今天到会的嘉宾来自北大、复旦、华东师大、山东大学、厦门大学、南京师大等多所兄弟院校，就是明证。刚才葛晓音、林继中等先生都说到他们曾向程先生请益的经历，其实我们这些程门弟子又何尝没有从葛晓音、林继中他们的导师那里得到教益？我本人的博士论文就曾送交北大的林庚先生、山大的萧涤非先生以及复旦的朱东润先生、华东师大的徐中玉先生、南京师大的唐圭璋和孙望先生审阅过，从那些前辈的评语中我获益匪浅。从这个意义上说，我们今天纪念程先生，也是在纪念曾与程先生为道义之交、文字之交的所有老师，是当代学人对前辈学者的一次集体性的深切缅怀。

我的第二点感想是，不少来宾和代表说到了程先生生前的嘉言懿行，我忽然联想到初唐大臣魏徵在《述怀》诗中的几句诗："岂不惮艰险，深怀国士恩。"还有："人生感意气，功名谁复论？"我觉得程先生也是这样，他是一个很有性格的人，他爱憎分明，疾恶如仇，他的许多行为并不包含荣辱得失的考量，而是出于人生的意气。还记得在1992年，在中文系为他庆祝八十寿辰的大会上，程先生引用《世说新语》中所记晋人习凿齿对桓温所说的话，当众对匡亚明校长表示感谢："不遇明公，荆州老从事耳！"后来在匡校长病危之际，程先生前去探望，也对匡师母说过："是匡老给了我二十年的学术生命，我终生感激他老人家。"程先生来到南大后以超乎寻常的努力从事研究和教学,当然有弥补自己被耽误的18年光阴的动机在内,但对匡校长知遇之恩的报答,也是一个重要的因素。古语说:滴水之恩,当涌泉相报。知恩图报本是中华文化的基本道德取向,程先生对此是身体力行的。

程先生是重感情的人,他对黄季刚等恩师始终念念不忘。2000年6月1日,也就是在程先生去世的前两天,他在昏迷之中突然对我说:"我对不起老师,我对不起黄先生!"当时程先生本人的全集即将出版,由程先生整理的《黄侃日记》也即将出版,程先生在弥留之际最放心不下的不是他本人的全集,而是恩师的著作,这是其平生风范的一个典型事例。程先生一生中最多的心血都倾注在学生身上,上午杨校长在讲话中提到程先生遗嘱中的一段话:"千帆晚年讲学南大,甚慰平生。虽略有著述,微不足道。但所精心培养学生数人,极为优秀。"当时程先生曾让我以证人的身份在这份遗嘱上签名,我看了这几句话,大为震撼:程先生是公认的优秀学者,但他竟然把培养学生看得比自己的学术研究更加重要! 正因为程先生古道热肠,诚恳待人,所以他不但桃李满天下,而且相交遍天下。今天的大会有这么多嘉宾不远千里惠然肯来,有这么多弟子不远千里奔赴会场,就是"桃李不言,下自成蹊"这句古语的生动证明。刚才程丽则师姐深情地回忆了她的父亲,其实所有的程门弟子也都有同样的感情。因为程先生一向把我们看作亲生的儿女,我们当然也会把他视为终生难忘的慈父。当年程先生在武汉大学被打成"右派"以后,许多人对他直呼其名,但是今天在座的吴志达以及不在场的周勃等老学长仍然以"先生"相称,程先生生前曾多次跟我说过此事。他还说："作为一个学者，做学问当然是要紧的，但更重要的是做人。"

各位来宾，各位朋友！程先生一生中身体力行的这种依存于忠恕之道的做人准则，这种植根于传统文化的人格风范，如今已经逐渐远去。也许一走出我们这个文学院大楼，它就会受到轻视；也许一走出南大校园，它就会受到冷落。但是在我们这个人群中，它无疑是最珍贵的价值取向。在我们看来，是它使人生具有意义，是它使世界值得留恋。谁让我们选择了古代文史为专业呢？谁让我们选择了孔、孟、老、庄、李、杜、苏、辛为研究对象呢？换句话说，如果我们不珍惜这个传统，还有谁来珍惜它？如果我们不呵护这个传统，还有谁来呵护它？使我感到万分欣慰的是，今天有这么多嘉宾和程门弟子在这里济济一堂，隆重纪念程先生，深情怀念程先生；还有这么多正在南大文学院学习的已经成为或即将成为程门第三代、第四代弟子的年轻学子来聆听前辈的教诲，这说明我们所珍视的传统不会消失，它必将伴随着整个传统文化永远传承下去，正像庄子所说，"薪尽火传"。从这个意义上说，虽然我们的会议日程马上就要结束了，以"百年千帆"为名的此次纪念活动也快走向尾声了，但纪念活动的结束意味着我们继承传统的一个新起点。因为传统文化本是生生不息的，中华传统文化的长江大河必将在华夏大地上永远奔流。

（2013年10月12日在南京大学"程千帆先生百年诞辰纪念暨程千帆学术思想研讨会"上的发言）

千帆先生与南京大学

大家从海报上已经看到了，我们这个系列讲座有两个冠名，一个是纪念程千帆先生诞辰110周年系列讲座，另外一个是"两古"学科纪念南京大学120周年校庆。我觉得院里把这两个系列合在一起是非常妥当的。因为南大的两古学科是程千帆先生为我们奠定的基础，可以毫不夸张地说，对于我们这个学科来说，程先生的学术理念、学术精神已经为整个学科打上了深深的个人风格的烙印。

大家已经看到系列讲座全部17讲的名单，里面有些内容直接跟程先生有关，包括千帆先生的诗学、书法，他怎么重视文献学等，也有些是各位老师自己的研究心得，但是我想，他们多半是遵从了程先生的学术精神的引导才做出了这些成果。一共有17场讲座，同学们可以一场一场地听，这个方式有点像吃一串葡萄。虽然杜甫有一句诗描写樱桃，说"万颗匀圆讶许同"，他看到一筐樱桃，都是一样的大小、一样的圆润，但我的经验是，一串葡萄里难免有好坏之分。那么一串葡萄你如何吃呢？钱锺书在《围城》里介绍了两种吃法：第一种先挑最好的吃，第二种先挑最坏的吃。这两种方法各有心理优势。第一种的心理优势是，我每次都吃到一串葡萄中最

2023年，在南京大学举办的程千帆先生诞辰110周年纪念会上。左起：陈书录、巩本栋、程章灿、张宏生、程丽则、莫砺锋、张三夕、张伯伟、曹虹、严杰、史梅、李立朴、景凯旋

好的一颗；第二种的心理优势是，更好的葡萄还在后面。我们的童岭副院长显然是喜欢第二种吃法，所以把我排在第一讲。也就是说，如果大家听了我这一讲，觉得讲得不咋地，你们千万不要丧失对后面几讲的信心，好的"葡萄"还在后面呢。

一、南大之缘

先讲程先生跟南大的缘分。程先生经常说："两个人成为师生，一个人投考某个学校，成为这个学校的弟子，这是一种前生的缘分。"程先生跟我们南大是前生结下的因缘。

程先生幼年时读过私塾，在家族的有恒斋里面读过很多古书。但是他长大以后进了新式学校，在南京的金陵中学读完中学。1932年，程先生从金陵中学高中毕业。那时他碰到了一位非常优秀的化学老师，叫王实铭，程先生崇拜这位老师，由此产生了对化学学科的强烈兴趣。程先生在金陵中学毕业以后，获得了保送金陵大学的资格。开学时，程先生到金陵大学来报到。当然，他想读化学系。结果走到报到的地方一问，各个系科的学费是不一样的，化学系学费比较贵，每年要一百多块钱。程先生家境清贫，交不起，就问有没有什么便宜点的系可以读。老师说中文系最便宜，于是他临时改报中文，从此进入了金陵大学的中文系。虽然如此，程先生进金大以后，对化学的兴趣还保持了一段时间，他正式选修了当时非常年轻的化学系教授戴安邦先生的一门课程。戴先生是中国配位化学的奠基人，后来是我们南大化学系的权威。程先生晚年重返南京大学任教以后，在路上碰到戴安邦老先生，还是执弟子礼，恭恭敬敬地称"戴老师"。当然，他后来的学习就偏向古代文学了，跟化学就渐行渐远了。

程先生临时改念上中文系，对他后来的学术人生起了根本性的决定作用，与此同时，也为他结下了另外一份缘分。因为在程先生进金陵大学之前的两年，苏州的才女沈祖棻，考上了中央大学的商学院。沈祖棻是浙江海盐人，但是出生在苏州，所以她的词里有一句说"家近吴门饮马桥"。她高中毕业以后，家里的人都主张她学商，她就报考了中央大学的商学院。中央大学的商学院那时是在上海，也就是现在上海财经大学的前身。沈祖棻考上了，读了一年，觉得跟自己的性情不合，就申请转学，转到了中文系。两年以后，到了1934年，沈祖棻从中文系毕业，考上了金陵大学的国学研究班，也就是中文系的研究生班。程先生那个时候读到本科三年级了，两个人就相遇了,这是天作之合啊!我们可以想象,假如沈祖棻当年继续在商学院,而程先生读了化学系,他们就可能成为陌路之人了。程、沈在金陵大学中文系相遇,这是一种缘分。

程先生那时候是学弟。说实话,他们相识的时候沈祖棻已经颇有才名,她在词的写作上已经得到诸多老辈的赞赏。她的成名作《浣溪沙》:"芳草年年记胜游,江山依旧豁吟眸。鼓鼙声里思悠悠。　三月莺花谁作赋?一天风絮独登楼。有斜阳处有春愁。"最后一句词使她获得了一个雅号,叫"沈斜阳",很有名。程先生那时候还没有这样的名声,但程先生是一个才气横溢、性格活泼而且敢作敢为的人,所以他在中文系读本科的时候,在课内课外都非常引人注目。后来他们两个人就相识了。我还知道一些细节,他们比较多的相会地点是在程先生的宿舍里。程先生的同宿舍有一个同学叫高文,高文是沈祖棻的研究生同班,那批研究生都喜欢昆曲,经常到宿舍里来练习昆曲。程先生正好和高文住在一起,所以会经常见面。在当时金大的老师中间,比较促成程、沈姻缘的是汪辟疆先生。汪先生对这两个学生都很欣赏,觉得他们两人可以配成一对。

到了1936年,程先生本科毕业,沈祖棻研究生毕业。程先生一毕业就考上了金陵大学的研究生,继续读研。沈祖棻就工作了,先后在南京《朝报》、汇文女中等处谋职。程先生家境困难,考上研究生以后,同时也在金陵中学获得一个教职,在那里教语文。我想,假如世道一直太平的话,他们两个人的生活会很美满。可惜,正像苏东坡咏杜甫所说的:"诗人例穷苦,天意遣奔逃。"诗人总会是穷

1936年初春，恋爱中的程先生和沈先生

1977年6月23日，程先生、沈先生在上海合影

苦的，天意让他们流离失所。第二年日寇侵华，南京沦陷，大家都开始逃难，我们的一些大学也就纷纷内迁。程先生、沈先生也内迁，他们先逃到安徽黄山脚下的屯溪，在当地很有名的安徽中学任教，同时也在那里结婚，然后就又逃到长沙、乐山以及成都，数年来一直流离失所。两个人后来的经历相当复杂，他们在1942年曾经在成都的金陵大学有一段短暂的同事关系，没有几个月又分离了。那时候的教职非常难找，往往教了几个月就换到另一个单位。一直到程先生晚年，才在我们南大安

稳工作了10多年。至于程先生在武大的那段经历，待会我再补充。

1977年，程先生结束了长达18年的"右派"生涯，但同时也被武大勒令退休，于是他把户口从劳改的沙洋农场迁回武汉，成为珞珈山街区的一个街道居民，每月工资49元。这个时候，正巧沈祖棻先生遭遇不幸。自古才女多薄命啊！本来丈夫改正了"右派"，她本人也退休了，可以安度晚年，结果她遭遇车祸，就在武大校园，就在珞珈山下。他们一家人坐着一辆电动三轮车，那个司机喝了点酒，结果一下子撞在电线杆上，沈祖棻先生当场被撞飞出去，送到医院时已经没有呼吸了。1978年的春天，在珞珈山伸进东湖的那个角落，小地名叫作"渔村"，程先生蜷缩在那里的一所小房子里为沈祖棻先生整理遗著。那个时候是他人生最黑暗的时刻。

就在那个时候，南大的老校长匡亚明先生拍板，聘请程先生回母校来任教。当然，学校里也有不同意见，但匡校长力排众议，决定聘请，他委派南大中文系的副主任叶子铭教授，借到武汉出差开会之机，当面向程先生转达南大聘请的意愿。南大的程门弟子对叶先生都怀有感恩之心，当年叶先生完成了一件很困难的工作。他到武大校园去找程千帆，结果打听来打听去，人们根本不知道有程千帆其人，因为他已经当了18年"右派"，一直在农场劳改。即使有人知道他，也不知道如今在哪里。叶先生在武大校园里围着珞珈山转了两个多小时，左找右找，终于在东湖边上渔村的小房子里找到了程先生。叶先生就向程先生表达了匡亚明校长的邀请，同时又问程先生，你有什么要求。程先生说，只有一个要求，重新工作。其他一概不提。叶先生当时就表示，你人来就行，其他的事我们来帮你办。程先生1978年6月得到邀请，8月来到南大，立马就在鼓楼校区的教室里试讲。因为你一个街道居民怎么调进南大的，要服人啊。当时匡亚明校长、范存忠副校长等学校领导都亲临现场，听了一课。我们都知道程先生讲大课非常精彩，他学问好，口才又好。只讲了一课，匡校长就当场决定，立马聘请为教授。从此以后，程先生就在南大当教授了。

他到了南大以后，遇到了曾经就读金陵大学政治系的陶芸先生。陶先生出身世家，她的兄姐都是很有名的人物。陶先生毕业以后就进了国民政府外交部工作，她的先生也在外交部，1949年以后她的先生随着国民政府迁到台湾去了，其后另外成家，陶先生就一个人带着几个小孩在南京生活。几十年以后，程先生来了，两个人当年就认识，此时都是单身，就重新组织了一个家庭，陶先生就成为程先生的另一位人生伴侣。所以我觉得，程先生和南大是有多重缘分的。此后，程先生就一直在南大工作，到1988年他自愿退休。当然，他退休后并没有停止工作，他还继续指导我们，继续做他的学术研究，一直到2000年去世。

以上我简单介绍了程先生和我们南大结缘的过程。我觉得这一切都是缘分。他早年在这里读书，认识了他人生中的两位伴侣，晚年又回到南大来。说实话，要不是有当"右派"这个经历，要不是有中国社会这30年来的巨大变化，他大概就在珞珈山下终其一生了，这一切都是机缘。也正因为如此，我们南大的程门弟子，包括在座的三传、四传弟子，我们就有幸得到了一个最好的导师，这是我们的福气，也是我们与程先生的缘分。

二、身教言教

程先生一直认为，大学最重要的任务是育人，教书是第二位的。他认为我们培养学生，不管是哪个层级的学生，本科生、硕士生、博士生，都必须要把育人，就是培养学生健全的人格精神，看作最首要的任务。他曾经以他的生活经历说过一个例子。之前他在武大做系主任五年之久，当时已是武大的著名教授，但是一夜之间成了"右派"分子，成了人民的敌人。之后，全系上下的老师、学生看到他都直呼其名——程千帆，再也没有"先生""老师"的称呼。只有两个学生，一个是一直在武大任教的吴志达，一个是后来在湖北大学任教的周勃，始终称他为"先生"。所以他说，作为一个学者，学问当然是重要的，但是人品更重要，人格精神更重要。

那么，程先生本人在人格精神方面做得怎么样呢？我觉得，他做得非常好。终其一生，程先生是一个有性格、有风骨的人。他有性格、有风骨，他才会坦率地提意见。否则的话，我沉默不语，假装没看见，那就比较安全。程先生到了南大以后依然不改这种性格。学校对他很重视，后来让他当了南大文科学术委员会主任、《南京大学学报》文科版主编。照理说，他是一个到了60多岁才被聘回来的老师，在南大是客卿的身份，一般人在这种情境下会格外小心谨慎，但程先生不。在20世纪80年代前期，有一次学校开全校的工作会议，中层以上干部都参加，程先生也去了。他听了从校领导到各个重要处室的负责人的讲话，他们讲完了，开始自由发言。程先生站起来就说:"我刚才听了半天的会,听来听去,我怎么觉得我是坐在清华大学的会议室啊!"因为当时的清华大学是一个纯理工科的学校,没有文科,清华文科都是后来补办的。程先生说:"我听到现在没有一句话说到文科,全部说的都是理科的事情。我们南大是一个文理兼具的学校,怎么一句话都不说文科!"程先生的这种观点、这种直率表达,对于南大后来扭转重理轻文的倾向、发展到今天文理基本平衡的局面,起了相当大的作用。

程先生的这种性格特点,我觉得非常像苏东坡。苏东坡因言得祸,先后被贬"黄州惠州儋州"。他曾经检讨自己,为什么忍不住非要说话?他说,我说话就像吃一口饭,刚吃进嘴去,突然发现饭里有一个苍蝇,就一定要吐出来,不吐不快。程先生也是这样。这种性格的根源就是对国家、对事业的热爱。他希望把事情做得更好,有不完美的地方就是要提意见,大家集思广益来把它做好。这是一种高度的责任心,即便受到打击和迫害,也在所不顾。我一直认为在"反右"的时候,程先生不管身在哪里,他一定会当"右派",这个命运是逃不掉的,他的耿直敢言的性格是无法改变的。

除此以外,我觉得程先生的人格精神还有一点体现得很鲜明,就是中华传统文化中的知恩图报的精神。程先生是一个知恩图报的人。他晚年到南大来,重新得到聘用、得到信任,后来事业做得非常好。程先生的晚年事业,大家都认为是余霞满天,是辉煌的晚年。他晚年经常在病床上改我们的论文,也始终关心学术著作的编撰,他一直在思考工作的问题。他晚年为什么那么勤奋、那么艰苦地从事这些工作呢?当然,其中有一个因素是他说过的,要把被剥夺

1992年,在程先生八十华诞庆典上。左起:韩星臣书记、匡亚明先生、程先生

的18年时间夺回来,但还有另外一点也非常重要,就是他对匡亚明校长知遇之恩的报答。1992年,南大中文系为程先生庆祝八十寿辰的时候,匡校长也到场了。程先生当众引用《世说新语》记载的习凿齿对桓温说的一句话:"不遇明公,荆州老从事耳!"习凿齿是桓温提拔的,因此他说我要不遇到桓温的话,就是荆州这个地方的一个老从事,一个到老都沉沦下僚的小人物,因为你提拔了我,才有我后来的一番事业。程先生当众引这句话,向匡老表示感谢。这是他的心里话,当时在场的人听了无不动容。后来在匡校长临终之际,程先生到病房去看他,当众对匡师母也表示过这个意思。他说:"是匡老给了我二十年的学术生命,我终生感激他老人家。"他这么努力地工作,其中重要一点是出于知恩必报的精神。他要让世人知道,匡校长引进他的决策是完全正确的!

程先生跟我们南大是如此，朋友们肯定会想到他跟武大的关系又如何呢？社会上有一些传闻，认为程先生对武大好像心怀不满，但实际上这是不全面、不准确的。程先生对武大同样怀有感恩之心，我们来看事实。武大的前身，在清末叫自强学堂。程先生的叔祖父程颂万，曾经是自强学堂的提调。提调，就是当时的校长。他的家族跟武大就是有缘分的。

在程先生跟沈祖棻先生1942年进入成都的金陵大学任教之前，程先生1941年在四川的乐山曾经有在武汉大学任教的短暂经历。当时武汉大学内迁到乐山去了。武汉大学有一位老先生，是系主任，名叫刘永济，刘先生是程先生的前辈。程先生当时才28岁，刘永济先生把他聘请到乐山的武汉大学去任教，这是他第一次在正式的"国立"大学里面得到教职。程先生晚年回忆他的恩师的时候，刘先生是非常重要的一个对象，他专门写了一篇文章，叫《忆刘永济先生》。程先生说，他当年进了乐山的武汉大学任教，因为才28岁，刘先生不放心，不知道他的课讲得怎么样，所以程先生在教室里上课，刘先生就躲在隔壁听。我们可以想象抗战时期的墙壁多半是用芦苇之类做的，很单薄，隔壁是听得见声音的。刘永济先生悄悄地坐在隔壁听，听程先生讲得怎么样。一星期每天都有课，刘先生就一连听了一星期，并不告诉程先生。一周听下来，刘永济先生就说："我放心了，他的课讲得不错，可以长期任教下去。"这件事情刘永济先生一直都没告诉程先生，直到七年以后，刘师母才偶然告诉程先生，程先生才知道刘永济先生这么关心他：听你上课，连听七天，这就是关心啊！听课是看你是不是讲得好，有什么要改进的地方。

老先生来旁听你的课，就是对你最大的爱护。所以程先生对刘永济先生始终怀有知遇之恩。

50年代初的武汉大学中文系，人才济济，阵容强大。当时武大中文系的教师队伍中有所谓的"五老八中"，就是老先生有五个人，中年人有八个人。刘永济先生是"五老"之首，程千帆先生是"八中"之首。程先生对"五老"都非常尊敬，不光是在人品上尊敬他们，学术上也常向他们请教，接受他们的教诲。他跟"八中"中的大部分人也处得非常好。"八中"中有一位先生叫缪琨，缪琨先生跟程先生共同编著了《宋诗选》，那是新中国第一部宋诗选本。所以说，程先生对包括"五老八中"在内的武大教师队伍都是非常友善的，他在那个团队里感觉很好。虽然后来他在武大当了"右派"，但程先生认为，这主要不是某个学校的问题，而是一个时代的问题。换句话说，程先生要是当年不在武大而在我们南大，多半也打成"右派"了。

当然，程先生在武大受到了很不公正的待遇，当时处境十分悲惨，连沈祖棻先生也受到系里的歧视，遭到大家的排挤。程先生说过，有一年，武大中文系的一个女同事，一不小心把家里的布票给丢掉了。那时候买布、买衣服都要布票，每人每年一丈八尺。这个老师家孩子又多，没有布票就没法买衣服，所以很窘迫。沈祖棻好心，说我们家里布票有多余，就送一些布票给那个老师，这完全是出于善意。没想到那个老师拿到沈祖棻的布票以后，立马跑到校党委去揭发，说有"右派"分子的家属用布票来贿赂她，搞得沈祖棻非常尴尬。这是程先生亲口对我说的话，他说，沈祖棻性格温柔，从来不跟人生气,但是那一次她真的是非常生气。你说好心送一点布票给她,她就揭发说要贿赂她,贿赂她干什么?沈祖棻贿赂中文系的一个女老师,能达到什么目的啊? 那时就有这样的怪事发生!

程先生到了南大以后,武大多次邀请他回去,他还是回去了。1984年他回到武大,做了一个面向全校的学术讲座。那时候武大的校领导已经换了,是武大人最推崇的刘道玉当校长。刘校长代表学校,当面向程先生道歉,说我们当时对不起你,迫害你了,现在向你道歉。刘道玉还表示,当时如果我是校长,我是不会放你到南大去的。程先生也当场表示,我并没有记武大的仇,当时只要校领导有一个人出面说一句挽留的话,我也许就留下来了。程先生实际上对武汉大学充满感情。沈祖棻先生是在那里去世的,他有32年的人生是在那个校园里度过的。我后来去过几次武汉大学,有一次我在学长吴志达的陪同下去寻找程先生的遗踪,走到了东湖边上的渔村,也去看了他打成"右派"以前所居住的特二区的宿舍。回来后我就写了一篇文章,叫《珞珈山下的哀思》。我觉得要哀悼程先生,最好的地点应该是珞珈山,那篇文章发表在《武大校友通讯》上。总之,我觉得程先生对他生平有知遇之恩的人,他都感恩,他不记仇。

下面再说说程先生与其他人的关系。程先生对沈祖棻先生不但一往情深,而且心存愧疚。他多次说:"祖棻是个好女人,跟着我受了一辈子的苦,我对不起她。"这是他的原话。程先生晚年到了南大,他的工作中有一个非常重要的部分,就是整理沈祖棻先生的遗著。我们看到,沈先生的《涉江诗》《涉江词》,最初都是油印本。这里我们必须要说到陶芸先生。陶先生跟程先生夫妻两人共同从事沈祖棻先生遗著的整理，陶先生写一笔娟秀的小字，还会刻钢板，《涉江诗词》最早的稿子是陶芸先生亲自刻钢板付印的。程先生当然用力更多，他不仅整理沈先生的遗稿，还为《涉江诗词》做了非常详细的笺注。程先生称沈先生是"文章知己，患难夫妻"，以他的这种特殊身份，他对《涉江诗词》的写作背景、写作心理有最真切的了解，所以他做的笺注最能说清沈祖棻先生作品的本事及其意义。舒芜先生在一篇书评里说，我们想象一下，假如宋代的赵明诚亲自为李清照的《漱玉词》做一个笺注，那是多么宝贵的文学遗产！现在我们有了程千帆亲自笺注的《沈祖棻诗词集》，诗词跟笺注都是非常宝贵的文本，两者合起来则是双璧。总之，程先生在整理沈祖棻先生的遗著上用了很大的功夫。

程先生晚年整理沈祖棻先生的遗著，也许是出于燕婉之私，那么，他下大力气来整理老师们的遗稿，就完全是出于学术的公心。程先生晚年身体并不好，精力也不济了，又那么忙，但还是下大力气整理老师们的遗稿。《黄侃日记》《量守庐学记：黄侃的生平与学术》《汪辟疆文集》等，程先生都是亲自参与整理。这里要说一件我亲身经历的往事。2000年6月1日，程先生去世的前两天，那时他住在江苏省人民医院的病房里，已经多天昏迷，不省人事，我们都在医院里轮流值班。1日那天，我在病房里陪护程先生。当时陶芸先生也在，病房里有一张沙发，我让陶先生靠在沙发上休息一会。我坐在病床旁边的一张小板凳上，就在程先生的旁边。昏迷不醒的程先生突然伸手，抓住我的手腕，抓得很紧，然后睁开眼睛，说：

2000年，程门弟子在程先生灵前。左起：蒋寅、张宏生、莫砺锋、张伯伟、曹虹、巩本栋、陈书录、程章灿

"我对不起老师，我对不起黄先生！"我顿时热泪奔涌，因为我知道程先生指的是《黄侃日记》还没有出版。虽然这部日记在程先生与其他老师的努力下已经整理好了，已经交到出版社了，校样也看过了，但是由于种种原因，当时还没印出来。程先生放心不下，所以在生命的最后一刻，他会说"我对不起黄先生"。

大家要知道，那个时候，程先生本人的全集也还没印出来。这部书是河北教育出版社出版的，我是主编，那时我们已经看过全部校样，二校样都已经退回出版社了。我们本来打算9月给程先生庆寿的时候，用这部书来献礼。没想到程先生6月突然走了，他最后也没看到这部书。本来书名叫"文集"，但出版的时候他已经去世，就改叫"全集"了。对于一个学者来说，本人的全集当然是一生中最放心不下的事情,应该念兹在兹。但是程先生在生命的最后一刻,从昏迷中清醒过来突然说了那两句话,他不问自己全集的事情,他关心的是黄先生的日记,他说"我对不起黄先生"。我当时就想到《孟子》里的一句话:"大孝终身慕父母。"真正的孝子一生都感恩父母,都怀念父母。我觉得程先生对黄季刚先生、刘永济先生、汪辟疆先生等老师的感恩之心,类似于"大孝终身慕父母"。他自己都走到人生的最后关头了,只有两天的生命了,他还在那里惦记着黄先生的日记,甚至认为他对不起黄先生。其实从学生的角度来看,我认为程先生光大了师门学术,他是黄先生、汪先生他们的一个好学生,是对得起老师的,但他自己觉得心里还有愧疚。这种人格精神,我觉得非常了不起。我一直希望我们的学生,将来一定要有这样的精神,千万不要把自己变成一个精致的利己主义者。儒家的学说是仁者爱人、仁政爱民,首先要关爱他人。这是程先生在为人方面最值得说的地方,跟我们南大特别有关系。

三、学术研究

程先生热爱学术,也有搞学术的天分。他当年在金陵大学的本科毕业论文,就是去年出版的《少陵先生文心论》,原稿藏在我们南大的图书馆里。当时他的指导老师一个字都没改,认为这篇文章写得很成熟了,马上就推荐到《金陵大学文学院季刊》去发表。也就是说,程先生在读本科的时候已经才华横溢,头角崭露,在学术研究上体现出非常好的前景。等到50年代初期,他就成了武汉大学的三级教授、中文系的系主任，在学术界也得到了相当程度的认可。那时候北京的《文学评论》杂志刚刚创办，名叫《文学研究》，他也被聘为编委。更重要的是，程先生在那个时候已经确立了独特的学术理念，这就是现在南大两古学科的老师念兹在兹的"将批评建立在考据基础上"，或者说把文艺学和文献学结合起来。说法不一样，精神是一致的，就是两手都要抓。我们现在的两古学科——中国古代文学和中国古典文献学，绝对不能分家，绝对是你中有我，我中有你，这是程先生一贯的学术理念。这个理念虽然到了80年代后才广为人知，其实在50年代初期，他跟沈祖棻先生已经奠定了其基本精神。

应该说，要不是有"反右"的话，程先生的学术一定会在他年富力强的时候取得非凡的成果，可惜的是突然中断了18年。等到"右派"平反，他回到南大继续工作，他就用非同寻常的努力与热忱投入学术研究。我仔细地读程先生的论文，发现有少数几篇是他在那个年代已经写好初稿的，更多的是他在那个年代已有一些思考，已经打好腹稿，但他那时不敢写、不能写，后来才补写的。程先生的学术有一点最好的精神，就是带着问题意识。专著也好，单篇论文也好，程先生从来不发无的之矢，他一定是为了解决某个重要的问题，为了得到一个能够推动整个学术前进的结论，才动笔写这篇论文。所以他的论文，包括谈《饮中八仙歌》的《一个醒的和八个醉的》，包括《张若虚〈春江花月夜〉的被理解和被误解》，等等，这些文章一出来，学界就非常兴奋，非常关注，它们都带有一种开创风气的典范作用。

程先生做学术研究时还有一个值得称道的特点，就是谦虚谨慎。他本是才高一代，但他始终保持着谦虚谨慎的精神，一定知错即改。他对于自己说过的话，写过的文章，不管是已经发表的还是没发表的，只要有人指出来有什么不对，他立马就虚心接受。我举两个小例子。第一是在教学上。程先生给我们上"杜诗研究"的课程，有一次他在课堂上随口举了一个例子，讲明朝某诗人有一首七言绝句里有两句话，正好可以说明某个问题，原句是"科头箕踞青松下，白眼看他世上人"。我正好记得这两句诗是王维写的，下课后就告诉了程先生。第二周上课时，程先生就表扬了我。他说："我上周讲这两句讲错了，我记成明朝人的，莫砺锋同学指出这是王维的，很对，大家要学习他的精神，老师有错也要指出来。"我上程先生的课就得到过一次表扬，故而记得特别清楚。

这种精神更多地体现在他的论著中偶有疏漏之处，别人指出来，他一概接受。他有一篇论文是分析《全唐诗》里一个不著名诗人的作品，这个诗人叫唐温如。唐温如的诗在《全唐诗》里只有一首，就是《题龙阳县青草湖》："西风吹老洞庭波，一夜湘君白发多。醉后不知天在水，满船清梦压星河。"这首诗一直在《全唐诗》里，但谁都没有注意过。程先生慧眼识珠，把它挑出来，说这首诗写得好，专门写了一篇论文来分析它怎么好，分析得非常中肯。但文章发表以后，中山大学的陈永正教授在《中山大学学报》上面写了一篇文章，说唐温如不是唐朝人，实际上是元末明初人，这首诗是《全唐诗》误收的。陈的文章发表后，程先生看到了，经过查找文献，他承认陈永正教授提的意见是对的。后来我把那篇文章编进程先生的全集时，程先生就专门加了一条注，表示接受陈永正教授的指正意见。他绝不掩饰自己的错误，有错马上就改，而且公之于众。程先生随时准备修正自己的错误，这是一种很好的学术精神。我希望我们南大两古专业的同学也都要保持这种精神，大家千万不要学社会上有些人的风气——一旦被人批评，就跳得八丈高，有错也不认，非要为自己辩护，这是要不得的。我们要有错即改，永远要保持谦虚谨慎的态度。

四、培养学生

程先生和陶芸先生联名写过一份遗嘱。这份遗嘱写好以后，程先生把我叫去，让我以证人的身份在后面签一个名。所以这几句话我在第一时间就看见了，当时我内心很震撼。因为在我心目中，程先生是一位成就很大的学者，他的学术成果水准非常高，但是你看他对自己的评价。他说，"千帆晚年讲学南大，甚慰平生。虽略有著述，微不足道"，他认为自己学术研究的成果是微不足道的。那么他值得欣慰的是什么呢？他说，"但所精心培养学生数人，极为优秀，乃国家之宝贵财富"。他认为他晚年在南大的十几年工作，最大的成果是培养了学生，他把这个看作比他本人的学术研究更重要。我当时看了真是大为震撼。我一方面觉得程先生对教书育人确实认真，老师的第一要义应该是培养学生，他对此领会得非常深刻，同时，我也觉得压力巨大。因为他说"培养学生数人"，我当然也在里面，但我觉得我不优秀。我想我们这些程门弟子，之所以还算

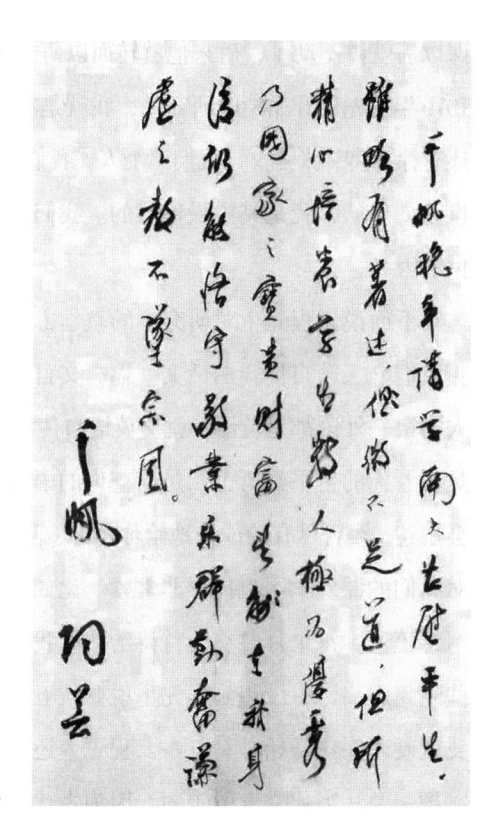

程先生遗嘱

一直努力，包括我本人，一直不敢松懈，主要的动力就是这份遗嘱。程先生对我们程门弟子寄予厚望，这与其说是一个评价，不如说是一种期望，他期望我们能够做得更好，能够继承老师的学术精神和学术事业。

我们看看程先生在南大的教学活动。程先生善于讲课，张伯伟老师、曹虹老师是南大中文系七七级的同学，有幸听过程先生讲大课。当时他讲的是"历代诗选"，他讲课时神采飞扬，可惜当时没有录像，我们是再也看不到了。由于年龄的关系，程先生讲了两轮大课以后就讲不动了，后来他就转而以研究生培养为主要的教学任务。1979年程先生开始招收研究生，我就是在那一年有幸成为他的弟子，还有徐有富、张三夕，我们三个人。我们当年报考都是偶然的，录取也是偶然的，我是其中最偶然的。我们成为程先生的弟子，真是前世的因缘。

下面说说程先生对研究生的教学方法。我们一进南大，程先生叫我们交三篇自传，白话文一篇，文言文一篇，外语一篇。我们三人的第一外语都是英语，就交英语自传。为什么要交三份自传？一是看看你的生平经历，二是检查你的语言文字功底怎么样，你会不会表达，然后再有的放矢地给你补课。程先生除了给我们讲课以外，对我们的课外学习也抓得非常紧。比如说，他要求我们一定要练习写诗填词，每个月要交几首诗给他。我当知青的时候曾胡乱写过一些绝句跟律诗，没想到程先生说要从五古入手。以前谁写过五古？我就硬着头皮开始学写五古。程先生还要求我们保持对当代文学的兴趣，关注当代文学的走向，因为古代与现当代两段文学是不能截然分开的。同时要关注艺术，最好学一点书法，爱好一点音乐，不要把自己弄得索然寡味。

程先生培养研究生，很多的功夫放在培养我们的学术功底上。第一，他的授课不是简单地传授知识，而是培育技能。他亲自为我们讲了两门课，第一门是"校雠学"。当时我们三个人听课、录音，下课以后分工整理出一份记录稿。其后程先生到山东大学去讲学，又讲了一遍，山大的研究生也有一份记录稿。两份记录稿都有油印本，后来就是《校雠广义》的前身。徐有富师兄毕业以后有志于此，开始对它进行扩充订补,最后就成了皇皇四大册的《校雠广义》。《校雠广义》当然是程先生和徐有富老师的学术专著,但是在当时,它的产生缘由是"校雠学"这门课的教学成绩汇报,是师生一起努力得出的一个教学业绩。第二门课是"杜诗研究"。他讲杜诗,都是讲专题,讲他对某个专题的思考。在程先生的指导和启发下,我与张宏生老师,跟程先生合著了一本书,叫《被开拓的诗世界》。里面一共收了11篇论文,都是关于杜甫的,内容都是程先生在课堂上讲到过的,或者启发我们进行思考的。这本书虽然现在可以看作是一本杜诗研究的论文集,但同时也是程先生讲"杜诗研究"这门课的一个教学汇报,师生一起来思考这些问题,最后写成了一本书。所以他的课真的是从传授技能、培训学生实际操作方面着眼的。

程先生花费心血更多的,是指导学生写学位论文。程先生指导的研究生人数并不是太多,他先后一共培养了硕士9人、博士10人,一共19人。其中有3人是重合的,既读硕士又读博士,所以程门弟子一共是16人。程先生指导了19篇学位论文,有些硕士论文后来成为论著,比如徐有富老师的《唐诗中的妇女形象》,后来就成为一本专著。张三夕的《宋诗宋注纂例》,后来也成为篇幅很大的专题论文。我的硕士论文《黄庭坚诗初探》没有成书,其中只有一章稍微好一点,后来就成为发表在《中国社会科学》上的单篇论文《黄庭坚"夺胎换骨"辨》。后面两届的,程章灿的《刘克庄年谱》、严杰的《欧阳修年谱》都成为专著出版了。程先生指导的博士论文几乎全部都出版了,我的《江西诗派研究》、张宏生的《江湖诗派研究》、蒋寅的《大历诗风》、张伯伟的《中国古代文学批评方法研

1992年，程千帆、周勋初先生与弟子在南大逸夫馆前合影。前排起左：周先生、程先生；后排左起：陈书录、蒋寅、巩本栋、程章灿、张伯伟、莫砺锋、曾广开、曹虹、张宏生、姚继舜、王青

究》、曹虹的《中国辞赋源流综论》、陈书录的《明代诗文的演变》、程章灿的《魏晋南北朝赋史》等，都成为专著，其中颇有几种是学术界评价较好的学术专著。一个学生把学位论文写到专著的水平，老师不知道花费了多少心血。我们的论文，程先生改过的初稿上，红色的线、红色的字，不知有多少。程先生指导研究生写学位论文，真是一丝不苟，从选题到构思、撰写，他都有具体的指导。他并不直接告诉你结论，不告诉你怎么写，但他始终在启发你，"不愤不启"。所以程先生培养学生、教导学生，真是满腔心血，几乎整个的生命都扑在上面。作为一个老师，最主要的业绩不是看你本人写了多少著作，关键是看你的学生写得怎么样。程先生在这方面是我们的典范和楷模。

五、社会责任感

程先生关注学术，关注学术界的动态。他的眼光不局限于我们南京大学，他对于整个的学术界，对于整个国家的文化事业、学术事业，都是念兹在兹。所以他关心的年轻人，不仅仅是我们这些程门弟子，他对兄弟院校崭露头角的后起之秀，也非常关注，非常呵护。我举一个例子。复旦大学的陈尚君教授，后来是唐代文学研究的大咖了，担任过唐代文学学会的会长，成果卓著。但是在1986年，陈尚君才30多岁的时候，程先生就开始关心他了。那时候程先生是中国唐代文学学会的会长，那一年学会在洛阳举办年会，河南大学和河南省社会科学院联合主办。因为那次会上有很多老前辈都去参加，他们就决定趁这个好机会举办一些讲习班，招收一些年轻的学者去参加。年轻学者除了参会，还可以听听老先生讲课，所以那次去的年轻人比较多。那是我第一次参加唐代文学的会议，陈尚君也是第一次。当然，那时陈尚君已经发表过几篇很有分量的论文了。到了洛阳以后，程先生看会议名单，就发现了陈尚君。他对我说，复旦的陈尚君很优秀，将来很有前途，还说"我应该先去看看他"。第二天早上，他就带我一起去拜访陈尚君。程先生经常教导我要关注某个学校某某老师的团队，说他们做得很好。学术为天下之公器，这个精神在程先生身上体现得特别好。所以程先生不但是我们南大的一个好老师，也是中国唐代文学学会的一个好会长。

我还需要提一下，程先生也用非常高的热忱从事普及工作。照理说，像他这样地位、这么高水平的学者，应该主要从事专精的学术研究，但是他不。他从上世纪50年代开始就关注、重视普及工作。他认为，我们古代文学中那么多的精华作品，必须把它推广到全社会去，必须要让学术界之外的大众也产生阅读的兴趣，这样这些作品的意义才能得到真正的发扬。所以从50年代开始，他就跟沈祖棻先生合作编写《古诗今选》。这本书是几经反复，后来沈先生不在了，程先生又独自对它进行修订和增补。到今天，据不完全统计，《古诗今选》已经出过八个版本。为什么他要花那么大的力气对一本普及读物如此在意？他觉得这些作品只是学者研究还不够，一定要让普通的读者也热爱它们。当然，沈祖棻先生在这方面更是先行一步。沈先生的《唐人七绝诗浅释》《宋词赏析》，都是风行海内的普及读物。这些普及读物的推出，是程先生与沈祖棻先生社会责任感的一种表现。

六、铸魂

综上所述，我认为程千帆先生跟我们南京大学是有缘的。他的学术生涯始步于斯，终结于斯。一个起点，一个终点，都在南大。他是我们南大两古学科的精神奠基人。现在社会上有一个比较新的名词，叫"铸魂"。我觉得程千帆先生就是为我们两古专业铸魂的一个人。他的学术理念、学术精神、学术态度，他献身于学术的人生观，都为我们南大的两古专业，为我们的学术发展，为我们的学风传承，奠定了一个基础。我们的灵魂，是程先生铸成的。

下面重复几句我在"百年千帆"那场会上讲过的话，我说："程先生一生中身体力行的这种依存于忠恕之道的做人准则，这种植根于传统文化的人格风范，如今已经逐渐远去。也许一走出我们这个文学院大楼，它就会受到轻视；也许一走出南大校园，它就会受到奚落。但是在我们这个人群中，它无疑是最珍贵的价值取向。在我们看来，是它使人生具有意义，是它使世界值得留恋。谁让我们选择了古代文史为专业呢？谁让我们选择了孔、孟、老、庄、李、杜、苏、辛为研究对象呢？换句话说，如果我们不珍惜这个传统，还有谁来珍惜它？如果我们不呵护这个传统，还有谁来呵护它？"今天，我仍然这样认为。程先生以及他指导的学生，程门的二代弟子、三代弟子、四代弟子，我们所从事的工作，有它的特殊性。我们从事的是传统文化中的古典文学研究，尤其是研究其中的精品和经典。那么，对于其中所蕴含着的文化精神，我们也许更有责任来领会它、弘扬它、传播它。生命的奥秘就在于某种基因的代代传承，没有基因就没有生命的传承。文化精神，就是中华传统文化的内在基因。我们从事的工作，就是传承文化的基因。庄子说得好，"薪尽火传"。这个"薪"，按照闻一多先生的解释，就是古人用来照明的，在一根木棍上涂些动物油脂，类似于后来的蜡烛。先秦时期没有蜡烛，就用薪来照明。一根薪的燃烧时间是有限的，它烧不了多久。一个人的生命总归会有尽头，几十年过去，就终结了。但是"薪尽火传"，薪尽了，火种并没有灭,从这根薪到下一根薪,火种一路传承下去,这就是文化传承。

今天在这个纪念程先生的系列讲座上,由我来做开场白,我想表达的就是这点认识,希望跟朋友们共勉。谢谢大家!

(2023年5月26日在南京大学"程千帆先生诞辰110周年纪念系列讲座"上的演讲)

《闲堂诗选》跋

先生名会昌，字伯昊，号闲堂，千帆乃其笔名。先生1913年生于长沙，自幼即深受祖、父辈之诗学熏陶。1932年，先生入金陵大学中文系，从黄季刚、吴瞿安、胡翔冬、胡小石、汪辟疆等名师游。毕业后执教于诸上庠，治学范围甚广，然专研诗学，亦致力于作诗。60岁前所作已逾千章，劫后残存者不足十一。今益以新制，编为《闲堂诗存》，凡收233首，钱仲联先生序之，以行于世。

先生治诗之道，一曰选诗：曾与其夫人沈祖棻同撰《古诗今选》，又曾自撰《宋诗精选》，选目如披沙拣金，亟见手眼；注解则阐幽探微，时呈精义。先生并与孙望先生同撰《日本汉诗选评》，大为东瀛人士所重。二曰论诗：举凡曹孟德、左太冲、郭景纯、陶渊明、张若虚、王摩诘、李东川、岑嘉州、李太白、杜少陵、韩昌黎、李义山，乃至今人聂绀弩等诗人，先生皆曾有专文论之，见解新颖，分析透辟。而文中所倡导之"以考据与批评相结合"之方法，更具有发凡起例之意义。三曰说诗：先生执教数十载，讲诗旁征博引，妙绪泉涌。说者神旺，听者解颐。学者与诗人，先生一身而二任焉。

1986年4月,程先生在杜甫墓前留影

然予谓先生之诗非"学者之诗"也。先生诗中固有学问在,然谓之以学问为诗则不可。因其诗皆自抒性情,自道哀乐,非为论学、炫学而作也。钱仲联先生序《闲堂诗存》曰:"空堂独坐,嗣宗抚琴之怀也;天地扁舟,玉溪远游之心也。时复阑入宋人,运宛陵、半山、涪皤于一手。"又曰:"于并世作者,风规于蒹葭楼主人为近。"可见自晋人阮嗣宗至近人黄晦闻,皆为先生渊源之所自。虽然,先生之学前人,乃借鉴而非模仿,故熔铸百家而自成一体,仍为闲堂一家之诗也。

先生论诗,最重老杜。曾往巩县谒少陵墓,赞曰:"愤怒出诗人,忠义见诗胆。以诗为春秋,褒贬无不敢。"先生作诗,亦一尊杜陵之矩矱。其歌也有思,其哭也有怀。于死生穷通豪宕感激之际，尤可睹其轮囷肝胆与峥嵘傲骨。故予以为先生之诗乃"诗人之诗"也。

先生平居，恂恂如也。然临大节，则毅然不可犯。虽历经磨难，而忧国伤时之心、敢怒敢骂之风，皆见于诗。今所选虽仅十余首，读者自可尝一脔而知鼎味也。

（《闲堂诗选》，原刊《中华诗词》1996年第2期）

莫信诗人竟平淡

我本来是不相信"诗谶"之说的，然而有些事情却总在迫使我相信它。在我师从程千帆先生读研究生时，先生要求我们在课余学习写作诗词。一开始我的习作总是被改得面目全非，渐渐地也偶尔能得到几句鼓励的评语。大约在1980年，我呈给先生一首《南京车站送母东归》："又作异乡别，石城寒雨霏。贫家多聚散，微愿每乖违。梦绕故园路，泪沾新补衣。此身犹寸草，何以报春晖？"先生的评语是："此诗佳，似大历。至情至文，此等是也。"我当时很清楚先生这么说无非是为了不让我泄气，并没有太在意。但是后来"微愿每乖违"一句却使我铭心难忘，它简直成了一句诗谶。

我命途多舛，父亲早在"文革"时期就不堪凌辱而弃世。我是多么希望能让劳苦一生的母亲过一个安定、温饱的晚年啊！可是当时的我虽已结束了长达10年的插队生涯，但仍是住在集体宿舍里的学生，又怎么能与母亲团聚呢？后来总算毕业留校任教了，但是居室狭小、收入低微、孩子幼小等困难又接踵而至，母亲虽也时常到南京来，但过得并不安稳。等到我住得稍为宽敞一点、经济也不再捉襟见肘时，母亲却突然因病去世了！于是我那小小的心愿

《闲堂诗存》（2019年自印本）

就成了永久的遗恨，我真懊恼当年怎么会写出那句不祥的"诗谶"！我更没想到这句诗谶会再一次带给我厄运，我的又一个小小的心愿成为永久的遗恨。

经过近两年的努力，由我编辑的《程千帆全集》即将出版了。河北教育出版社的责编潘海鸥先生向我担保，《全集》一定可在今年8月底推出。我已与师兄弟们商量好，到9月21日为程先生庆祝"米寿"时，就用新出的《全集》作为最好的礼物。一切似乎都没有问题，程先生今春以来身体一直还好，在5月13日到15日的《中华大典·文学典》样稿论证会上，他不但亲自参加，而且还在闭幕时发了言，发言思维清晰，情辞并茂，与会者都为先生的健康而高兴。没想到5月17日他突发脑梗塞，经过18天的抢救后，终于在6月3日离开了我们！他再也不能为我们解答疑难了！他也看不到凝聚着一生心血的全集了!

无论是作为学者,还是作为教师,程先生的一生都堪称是充实而又光辉的,学界对此已有公论,不用我再来赞一语。然而作为亲承音旨20年的弟子,我仍想说几句自己的想法,那就是程先生的平生事业有一个至关重要的内在因素:他是一位有强烈个性的优秀诗人。

程先生出生于一个诗人之家。他的曾祖父程霖寿,字雨苍,著有《湖天晓角词》。伯祖父名颂藩,字伯翰,著有《伯翰先生遗集》。

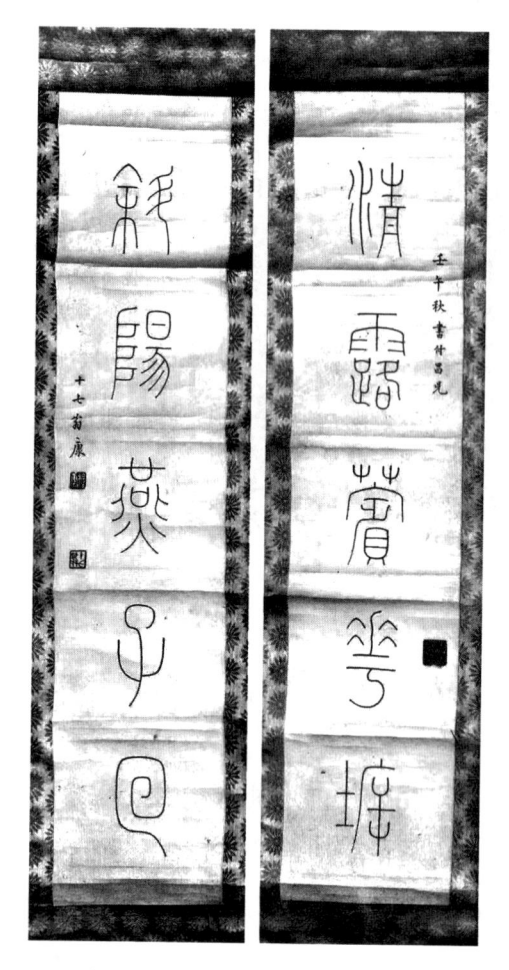

1942年秋,程康书付儿子程会昌(程千帆)

叔祖父程颂万,字子大,号十发,著有《十发居士全集》。父亲名程康,字穆庵,著有《顾庐诗钞》。十发老人在光绪年间与易顺鼎、曾广钧齐名,称"湖南三诗人"。穆庵先生青年时,即蒙陈衍赏识而有诗入选《近代诗钞》。两人还都列名于汪辟疆所撰的《光宣诗坛点将录》。程先生从小在这样的环境里耳濡目染,很早就学会了写诗。待他进入金陵大学中文系后,一方面师从黄季刚、胡小石、胡翔冬、汪辟疆等深于诗学的大师学习文史之学,继续加深对于传统诗学的修养;另一方面又受到时代风气的影响,对新诗写作产生了强烈的兴趣。1934年,程先生与汪铭竹、孙望、常任侠等人组织了"土星笔会",并创办了新诗期刊《诗帆》。《诗帆》虽然一共只出版了17期,但程先生已在上面发表了45首新诗,可见他高昂的诗兴。也正是在金陵大学,他结识了著名的女词人沈祖棻,并结为人生伴侣。在这对珠联璧合的夫妇之间,最能达成心灵默契的无疑是对诗歌的钟爱了。在以后的40年中,他们的生活中悲愁多于欢乐,然而诗神本来就是与愁苦同在的,流离失散、横遭摧残的生涯反而使他们的诗作更臻高境。对于沈祖棻,世人所认可的主要身份是诗人,尽管她也是一位优秀的学者。对于程先生,世人所认可的主要身份是学者,却往往忽视了他也是一位真正的诗人。

程先生平生作诗相当勤奋,即使在那些风雨如磐的岁月里,也始终不废吟事。可是由于人所共知的原因,他的千余首诗作(以五、七言诗为主)大多被毁了,如今只残存二百来首,其中有些还是在"文革"后勉强回忆起来的,这些诗由他手订编成了薄薄的一册《闲堂诗存》。另外还有词作十余首,附编于诗集之后。相比之下,倒是他早年的新诗保存得比较完整。"流落人间者,泰山一毫芒",这似乎是古今诗人的共同命运!

对于程先生的诗歌风格,钱仲联先生认为在近代诗人中"于兼葭楼主人为近",也即近于黄节先生的诗风。我们知道黄节的诗本来是以学陈后山为主的,陈三立即说他"卷中七律疑尤胜,效古而莫寻辙迹。必欲比类,于后山为近,然有过之无不及也"(《兼葭楼诗》卷首题记)。所以程先生的诗风也是以陈后山为远祖的,这当然是一种以平淡质朴为基本特征的风格倾向。程先生的诗中不乏清丽芊绵之作,或是廉悍奥峭之篇,例如《挂冠后寄江南故人。庾哀流离暮齿,杜嗟生意可知,虽才谢前修,而情符曩哲矣》之一、之四:

沉身几见海扬尘,失路终悲鸟堕云。
虎闼昔惭陶相国,龙山今并孟参军。
颠蛮蹶触犹争长,博谷书臧共策勋。
十有八年真露电,剩将白首仰苍旻。

江南风景梦魂间,世法拘人竟不还。
锦障步春三月雨,玉骢嘶雪六朝山。
少年好事浑如昨,衰鬓逢辰忍闭关。
若共盼英征故事,也应憔悴泣红颜。

显然,前一首不但因迭用典故而使语言较为深奥,而且句法之顿挫与情感之抑塞历落也颇生峭硬之感。后一首的颈联虽似后山,但全诗藻采芊绵,情辞宛转,竟有近于昆体之处。(顺便说一句,后一首是程先生本人的得意之作。1996年初我应《中华诗词》副主编周笃文先生之请为程先生选诗,初稿选了24首,程先生都认可了,唯独提出增补这一首)由此可见,程先生的诗风是相当丰富多彩的,并不专学后山一体。但是,在总体风格上,程先生的诗确是比较平淡的,这与他论诗时的主张可以互相印证。

那么,诗风平淡的诗人,其个性是否也一定平淡呢?其诗作的情感内蕴是否也一定平淡呢?古今诗风平淡者,首推陶渊明。然而龚自珍早已说过:"莫信诗人竟平淡,二分《梁甫》一分《骚》。"更早的朱熹也已指出:"陶渊明诗,人皆说是平淡,据某看,他自豪放,但豪放得来不觉耳。其露出本相者是《咏荆轲》一篇,平淡底人如何说得这样言语出来!"朱熹还准确地指出:"隐者多是带气负性之人为之。"的确,陶渊明隐居在庐山脚下,并不是本性恬淡所以醉心于"悠然见南山",也不是为了逃避黑暗现实欲全身远害,而是对浊世的抗争,是对黑暗势力的批判。陶诗在平淡质朴的字句中不时流露出"金刚怒目"的本相,正是其抗争精神所闪现的光辉。陈师道的情形也与之相似。陈一生在政治上无所作为,他甚至没有像陶渊明那种隐居以求其义的举动,但他确实是一位耿介倔强、清操自守的人,仅仅因为鄙视王安石的新学,就干脆不应科举;仅仅因为鄙视连襟赵挺之的为人,就坚决拒绝穿从赵家借来的棉衣,竟因此受冻而病卒。这位一生都在与饥寒搏斗的诗人,其实也一直在与丑恶庸俗相斗争,他那个性独特的诗风正是其倔强性格的外化。

程先生也一样。他在日常生活中显得恂恂如也,相当地平易近人,可是其内心却是刚强不可犯的。早在新中国成立前,他就曾因抗议某大学校方的污行而被解职。1957年，程先生在一夜之间变成了"右派"，而且是武汉地区的"大右派"。他从此离开了心爱的讲坛，先是到中文系资料室去整理卡片，后来又到远离武汉的农场去劳动改造，养鸡、放牛，度过了漫长的18个春秋。在那个时代，有多少人不堪重压而放弃了人生的希望，有多少人被扰乱了正常的心智而自认有罪，甚至曾怀疑自己曾经从事的文化、教育工作都是毫无价值的，但程先生却特立独行，保持着清醒自尊，勇敢地喊出了"我就是不服"！不服就是怀疑，不服就是抗争。他坚信自己所热爱的中华传统文化不会就此泯灭，他坚信自己的学识和能力终有一天还能为祖国和人民做出贡献。这种不屈不挠的傲骨和明辨是非的良知正是一位诗人所必需的可贵品格，也正是程先生从行吟泽畔的屈子和穷愁潦倒的老杜那里继承来的宝贵遗产。于是，我们看到了一位在劳改农场里阅读从晋到隋的全部史书的真正学者，也看到了一位在牧牛饲鸡之余吟诵诗句的真正诗人。

程先生的诗歌就是其多灾多难的人生的记录，是他对风雨飘摇的时代的反应。这些诗虽然很少直接叙述社会生活或国家大事，但它们往往通过对自身遭遇的悲欢离合的诉说表达儒者"能好人，能恶人"的淑世精神，所以在平淡的语言外表下面蕴藏着抑塞历落、豪荡感激之情。试从几个不同的历史时期中各举一例：

抗战云终，念翔冬、磊霞两先生旅榇归葬无期，泫然有作八岁荒嬉愧九泉，南郊宿草换新阡。
爆竹满天角声死，留命东还真偶然。

八里湖作（其一）

柙虎雕龙未足希，鲰生晚遇颇嶔奇。
黄尘扑地秋风起，倚杖荒原学刖鸡。

重到金陵，赋呈诸老

少年歌哭相携地，此日重来似隔生。
零落万端遗数老，殷勤一握有余惊。
金縢昔叹伤谣诼，玉步今知屡窜更。
欲起故人同举酒，夜台终恐意难明。

独携（其四）

故人风义夙相知，有女能文擅秀奇。
谁遣存亡替离会，沉泉去国不胜悲。

第一首作于抗战胜利时，在庆祝胜利的满天爆竹声中，诗人想起老师胡俊（翔冬）和介于师友之间的佘贤勋（磊霞）尚旅榇巴蜀，遂感叹自己能活着东归真是偶然之事，言下之意是多少人已经在战乱中死去，诗句似乎是淡淡说来，但其中蕴含着多么深沉的感慨，所以我读此诗时总联想到杜甫《羌村三首》中"世乱遭飘荡，生还偶然遂"两句。第二首作于开始劳改生涯之时，一位大学教授顷刻之间被赶下讲坛，来到荒凉的农村喂鸡牧牛，这是多么巨大的生活落差！这又是多么不公正的待遇！诗中仅仅是直叙其事而未作感慨语，然而牢骚、抗诉之意充溢于字里行间，可谓满纸不如人意。第三首写"文革"后重到南京的感受，旧地重游，物是人非，恍若隔世。尾联中"故人"乃指杨白桦，杨在"文革"中不堪凌辱而自沉，事后却有人说这是他"对'文化大革命'不理解"云云，这真是沉冤莫白了。此诗对这种无耻谰言并未直言驳斥，但末句以沉痛的心情诉说了杨之冤屈，长歌之哀，过于痛哭，批判力度极为强烈。第四首作于90年代前期，是对亡友王瑶先生的沉痛悼念，也是对时世的深沉忧思，此诗如与作于前一年的《浣溪沙·己巳仲冬悼昭琛》同读，即可体会其中深意。

程先生在古代诗人中最推重杜甫。他在武汉大学、南京大学等高校所开设的诗歌课程中，杜诗是重中之重，直到晚年还指导弟子合作写了一部杜诗论文集。1986年他到河南巩县凭吊杜甫墓，作诗云："愤怒出诗人，忠义见诗胆。以诗为春秋，褒贬无不敢。诗圣作诗史，江河万古流。兹丘封马鬣，永与天同休。"在现代诗人中，他最推重聂绀弩，曾题聂绀弩诗集说："绀弩霜下杰，几为刀下鬼。头皮或断送，作诗终不悔。"在诗歌艺术方面，程先生向来是主张博采众家的，唐音宋调，在他心目中正如春兰秋菊，各有千秋，并无轩轾。所以他之崇杜、重聂，主要是从诗歌的内在精神本质着眼的，尤其是从诗歌所包含的批判力度着眼的。否则的话，沉郁顿挫的杜诗与寓庄于谐的聂诗岂能在同一个尺度下得到如此高度的肯定！由此可见，程先生在研究古代诗歌时虽然把主要精力放在对诗歌艺术的探赜索隐上面，但是对诗歌思想意义的体认始终是这种研究的基础。换句话说，他对研究对象的道德判断始终是其审美判断的基础，他把诗人的人格意义以及诗歌的思想价值视为诗歌的内在生命力，而这正是中国古代诗歌的传统精神之所在。所以，程先生的诗学研究与诗歌创作都是与传统诗学一脉相承的，他的一生已经融入了传统之中，他以这种方式获得了永生。我认为，作为诗人的程先生与作为学者的程先生，是一个完整的生命。程先生在学术著作中所体现出来的精神力量，也充溢于其学术著作。

中国自古就有"发愤著书"的优良传统，这种传统的影响在程先生的学术著作与诗歌创作中有着同样的体现，这正是他兼卓越学者和优秀诗人于一身的内在原因。从表面上看，程先生的学术著作主要是在晚年完成的，但是其真正的开端却是在他遭受磨难之时。同样，程先生在被打成"右派"以后的十数年间作诗寥寥，但他作为诗人的鼎盛时期却正是从此发轫的。由于"发愤著书"是以整个生命铸成一部人生的巨著，这样的著作中所蕴含的生命激情是常态下的论著所难以拥有的，它们所达到的思想深度也是常态下的论著所难以企及的，所以程先生的学术著作与他的诗歌作品一样，其中蕴含着强烈的生命激情，具有一种诗的光辉。

程先生走了，他那充满着睿智思想的大脑终于停止了思考，他的诗歌写作和学术著述都永远画上了句号。但是透过这册薄薄的

《闲堂诗存》,我们仍能感受到其中跳动着一颗不屈的心灵。这些诗由此而获得了永久的生命力,它们是生生不息的中华诗歌史长河中的一朵浪花。

(《读书》2000年第9期)

春风沂水令人思

翻开散发着油墨香的《程千帆古诗讲录》，41年前的一段记忆涌现心头。1979年9月18日，我与师兄徐有富、师弟张三夕初次拜见导师程千帆先生，从此立雪程门。几天后的一个下午，我走进南大鼓楼校区的一间教室，旁听程先生为中文系本科生开设的"古代诗选"课。不久以后，程先生又专为我们开设了"校雠学入门"和"杜诗研究"两门研究生课程。我听课从来不记笔记，所以没有留下完整的课堂笔记。但是程先生讲课时侃侃而谈、神采飞扬的情形至今如在目前。难怪1978年已成为武汉街道居民的程先生来到南大，匡亚明校长试听了他的一堂"大学语文"课，便立刻拍板聘他为教授。是啊，讲课如此出色，不正是一位教授最重要的能力吗？

可惜在现代中国的大学校园里，讲课并不太受重视。试看民国时代的某些著名教授，似乎并不擅长讲课。王国维、冯友兰、周作人、朱自清等人，皆是如此。顾颉刚站在讲坛上嗫嗫嚅嚅，干脆转身狂写黑板，也成为流传众口的轶事。时至今日，学术论著的重要性远胜课堂讲授已成为大学校园里的普遍风气。我认为王国维等人作为学者当然是一流的，他们的著作也很好地传播了其学术思想，

1981年，程先生在南宁讲学时的风采

但既然身为大学教师，还是应该提高讲课水平，让学生在课堂上亲聆音旨。人类文化生生不息，正是得益于绵延不绝的代际相传，正如庄子所云："指穷于为薪，火传也，不知其尽也。"教师的工作所以重要，便因为他们肩负着传道、授业的文化使命。传道、授业的基本渠道有两种：一是著述，二是讲学。从孔子开始，我们的列祖列宗便对二者一视同仁。孔子既有"笔则笔，削则削"的著述活动，也有耳提面命的授徒讲学。而且从其一生的时间分配来看，孔子的著述是到晚年才进行的，他在年富力强时始终都在授徒讲学。孟子把当面听讲受教称作"亲炙"，朱熹释云"亲近而熏炙之也"，正是对后者的重视。先秦的其他学派也是如此，收徒讲学，正是百家争鸣的重要内容。所谓"少正卯在鲁，与孔子并。孔子之门，三盈三虚",虽是出于汉人王充的虚构,但不失为合理的想象。从汉儒马、郑到宋儒程、朱,都将讲学授徒视为重要事业,皆是继承孔孟的传统。西方也是一样,古希腊的苏格拉底,一生中未曾撰写任何著作,他的思想都是通过与别人交谈以及教导学生来表达的。即使是柏拉图,其思想活动也主要是讲学与讨论,以至于第欧根尼认为"柏拉图"的名字便来源于古希腊语的"流畅口才"之意。现代的教授们既然在大学里从事传承文化的工作,便没有任何理由只重视撰写著作而轻视课堂教学。

程千帆先生善于讲课,有口皆碑。2000年我编《程千帆先生纪念文集》,曾向程先生在武汉大学教过的学生约稿,贾文昭、周勃、晓雪、黄瑞云、吴代芳、吴志达、李正宇等人纷纷撰写纪念文章,大家都对程先生几十年前的精彩讲课记忆犹新。李正宇学长的文章标题就是"出神入化的讲授"!这本《程千帆古诗讲录》中收录的徐有富、张伯伟、曹虹三人所做的课堂笔记,则为程先生在南大的讲课情况留下了最翔实的记录。程先生讲课如同行云流水,当然与其学问精深、口才出众直接相关,但我认为更重要的原因是他热爱课堂教学,课前做足充分准备,课上方能娓娓道来。他对弟子们的要求也是既要努力从事学术研究,更要努力把课讲好。还记得我博士毕业时适逢师妹曹虹硕士毕业,系里让我们在同一天登坛试讲。那天程先生早早来到教室,坐在下面认真地听了两堂课。课后程先生笑着对我们说:"师也过,商也不及。"又说:"过犹不及!"原来我讲课的语速太快,曹虹则太慢,程先生指出我们的缺点,希望我们改进。程先生曾在缅怀其恩师刘永济先生的文章中,深情地回忆当年他在武汉大学初登讲坛，刘先生躲在隔壁接连旁听一周的往事。

"薪尽火传"是程先生经常引用的古语，也是他终生服膺的文化信念。我们这些程门弟子皆遵从师训，重视课堂教学成为我们的共同理念。在这重意义上，《程千帆古诗讲录》的出版既是对程先生的隆重纪念，也是对中华文化传统的深切缅怀。

沂水春风的事迹虽已远去，其文化精神却永世长存，至今令人怀想。

（《中华读书报》2020年8月19日）

好老师，好学生
—— 敬悼吾师程千帆先生

敬爱的程千帆先生离我们而去了！在鲜花环绕的灵堂里，悬挂着由在南大的及门弟子共同拟定的挽联：

> 绛帐留芳，汉甸江皋，树蕙滋兰荣九畹；
> 青灯绝笔，文心史识，垂章立范耀千秋。

上联总结了程先生对教育事业的贡献，从武汉大学到南京大学，这位辛勤的园丁栽下了多少芬芳的桃李！下联总结了程先生对学术事业的贡献，从校雠学、历史学到文学史、文学批评史，这位杰出的学者在广阔的研究领域里留下了多少精深的论著！我相信，这个评价绝不是弟子们的私见，而是天下的公言。《文学遗产》主编徐公持先生在总结新时期的古代文学研究时，认为成就最大的两位学者是钱锺书先生和程先生，并特别指出程先生在培育人才方面的贡献："门下人才辈出，形成坚强的学术梯队，在本学科中广受称道赞许。"可见程先生被公认为优秀的学者和杰出的教育家，他在

2000年，我与妻女在程先生灵前

学术和教育两方面的成就是不相轩轾的。然而，在程先生自己心目中，他的平生事业却以教育为第一要务。他在遗嘱中说："千帆晚年讲学南大，甚慰平生。虽略有著述，微不足道。但所精心培养学生数人，极为优秀。"的确，在程先生一生中，他对教育所付出的心血是远远超过自己的学术研究的，在他到南京大学任教的最后20年间尤其如此。要知道程先生曾被剥夺工作权利达20年，一般来说，一个在学术上有深厚积累的学者在长期被禁止从事著述后，最着急的事当然是整理自己的学术成果，完成名山事业。然而程先生却把培养学生放在第一位，他常常引《庄子》的话说："指穷于为薪，火传也，不知其尽也。"在他看来，弥补"文革"所造成的损失，让光辉灿烂的中华文化后继有人，这是重中之重，急中之急。

于是，程先生怀着虔诚的心愿重新走上了母校的讲坛。他不顾年老体弱，亲自为本科生上大课。面对着几百双充满求知欲的眼睛，程先生仿佛又恢复了青春，他的课讲得生动活泼，明白晓畅，又逻辑谨严，一丝不苟。他传授给同学的不仅有渊博的知识，更有切实的方法和睿智的思考。他在课堂上神采奕奕，精神抖擞，不知内情的人还以为他的身体特别健康，其实程先生曾经受过严重的折磨，体力并不充沛，他是在用全部生命进行拼搏。当课间休息时，程先生必须抓紧时间坐下来喘一口气，恢复一下精力。可是等到上课铃一响，他又重振精神口若悬河了。如果说课堂是教师的战场，那么程先生就是一位老当益壮、仍然在驰骋疆场的老将。他是多么希望能够一直在讲坛上奋战下去啊！可是年龄不饶人，几个学期之后，程先生的健康情况不允许他再上大课了，他依依不舍地离开了大教室，转而以培养研究生为主要工作。对于程先生培养研究生的成绩，学界有口皆碑，不用多说。他在南大培养的10名博士生中，已有8人升任教授，其中5人为博导，就是一个明证。自称"最大的野心便是当教授"的程先生，真是一位天生的良师！我们得到这样一位老师，是何等的幸福！

然而，很少有人知道，程先生也是一位好学生，他对当年的老师充满感激之情，时时回忆他们的音容笑貌，并把自己的成绩都归功于老师的教导。在深受学界赞誉的专著《古诗考索》的题记中，先生说："没有当年老师们的辛勤教诲，连这一点极其微末的成绩我也是拿不出来的。我永远感谢我的母校和我的老师们。"他在1990年写的一篇文章中缅怀老师们说："五十多年过去了，除了当时最年轻的教授商锡永先生还健在外,其余都已返道山,但他们的学识、他们的声音笑貌,却一直不可磨灭地留在我这个年近八十的白发门生脑中。"对于学者来说,最好的纪念方式之一就是保存其著作,程先生正是以这种方式来表示对老师的怀念的。经程先生之手而得以整理出版的此类著作有《黄侃日记》《量守庐学记:黄侃的生平与学术》《汪辟疆文集》《三百年来诗坛人物评点小传汇录》等。众所周知,黄季刚、汪辟疆先生都是前代的大学者,他们的点滴言论都有相当高的学术价值,更不用说那些未及整理的文稿了。所以程先生整理老师遗稿,是具有重大学术意义的工作。

今年6月1日,即程先生突发脑梗塞住进南京脑科医院抢救的第16天,也就是先生去世的前两天,程丽则师姐从医院打电话催我快去,说程先生正在不断地喊我的名字。我匆匆赶到先生的病榻边,他已不省人事。过了一会,他喃喃地说了几句难以听清的话,突然,他紧紧地抓住我的手,相当清晰地说:"我对不起老师,我对不起黄先生!"我的泪水夺眶而出,我知道先生牵挂着黄季刚先生日记的出版,因为这部日记虽然早已由程先生整理完毕,且已在出版社排版,但尚未印出,这是先生在弥留之际最放不下的事情。要知道,当时由我负责编辑的十五卷本的程先生的全集即将由河北教育出版社出版,最后的一批校样早已寄回出版社,程先生在人生的最后瞬间不问他本人全集的事,却念念不忘黄季刚先生的书,这绝不是出于偶然。孟子说:"大孝终身慕父母。"程先生对老师们的敬慕之情,就类似于这种感情。应该说,程先生的一生在学术和教学两方面都取得了如此的成就,他是完全无愧于他的各位老师的。然而程先生却总是为自己没有能光大师门学术而自愧、自责。有这样的一位学生，黄季刚等先生在泉下当感欣慰！

这两天我一直在为程先生守灵。面对着程先生那慈祥的遗容，面对着络绎不绝地走进灵堂来致哀的程先生的学生，以及学生的学生，我对先民们那么重视"师道"的文化传统有了更深的理解。师生关系不仅是一所学校赖以传承知识，发扬学风、校风的关键，也是中华文化得以生生不息的命脉之所在。

2000年6月6日

（《江苏文史研究》2000年第3期"纪念程千帆先生专号"）

珞珈山下的哀思

秋雨淅沥，烟笼雾罩的珞珈山显得有点沉重。

我对武汉大学的美丽校园闻名已久，但此刻我和武大中文系的吴志达教授在珞珈山下冒雨而行，却无心欣赏这斑斓秋色，我们是在追寻恩师程千帆先生的遗踪。

早在抗日战争时期，程先生就任教于当时设在四川乐山的武汉大学。1946年他随着学校迁回武汉，从此在珞珈山下度过了32个春秋。珞珈山见证了程先生的意气风发——凡是读过金克木先生《珞珈山下四人行》一文的人，对当年程先生与金克木、唐长孺、周煦良四位才华横溢的年轻教授当有相当深刻的印象。当时年仅37岁的程先生不但已是深受学生爱戴的教授，而且还卓有建树地承担了系主任的重任。要知道，当年的武大中文系，拥有一级教授刘永济、刘博平等一批名重海内的学者。珞珈山也见证了程先生的一段屈辱和苦难，他在这里被打成武大的"右派元帅"，从此经历了长达18年的迫害、折磨，与他相濡以沫的沈祖棻先生也在这里遭遇车祸而去世。珞珈山啊珞珈山，自从程先生逝世以来，我是多么想到你脚下来凭吊先生的遗踪啊！

2005年，在武汉大学二区程先生故居前

今天我终于如愿来到了珞珈山下，年过六旬的老学长吴志达教授亲自为我引路。流逝的岁月或许会改变建筑和道路，但它抹不去刻在心头的记忆。吴教授是程先生在1956年招收的研究生，他们之间的师生感情很深。程先生生前多次跟我说过，当年他一夜之间从系主任变成了阶下囚，学生们对他大多直呼其名，只有吴志达、周勃等个别学生仍以"先生"相称。程先生对此大为感慨："作为一个学者，做学问当然是要紧的，但更重要的是做人！"所以吴学长对程先生的遗踪记得十分清晰，他是我此番珞珈山之行的最好向导。

我们先来到建成于1934年的老图书馆，缅怀当年程先生在这里伏案苦读的情景。接着我们又来到当年中文系的办公室和资料室，前者是程先生筹划全系工作的地点，后者则是他当了"右派"以后专事整理卡片的场所。吴学长告诉我一件往事：60年代的一天，吴学长在教室里接受批判，罪名是他讲授《牡丹亭》时用了"如痴如醉"的话。程先生正在相隔一条走廊的资料室里抄写卡片，他倾听着教室里传来的喧哗声，既为弟子的命运而担心，又为他能坚持学术真理而高兴。事后，程先生还悄悄地向吴学长说了一番安慰和鼓励的话。

雨下个不停，我们手持雨伞，踩着满地的落叶，来到了"特二区"。这是当年武大的高级住宅区，程先生当系主任时曾住这里。以今天的标准来看，这座二层小楼丝毫不起眼。但在50年代，这已是最好的住宅了。我们环绕着小屋走了一周，屋子年久失修，墙壁斑驳，掉了漆的木制门窗暗淡无光。吴学长如数家珍地为我指点，当年程先生的父母住在这一间，程先生的书房在那一间，书房里是满架的图书……可惜现在的住户不在，我们无法进去瞻仰一番。屋前有几株小树，碎石小路边长满了杂草，本应是花圃的位置种着几畦蔬菜。程先生是喜欢花木的，当年他住在这里时，周围也许是一片花木葱茏。

最后我们走了足足二三里路，来到九区"小码头"的旧址。这里是武大校园的边缘，紧靠着东湖。当年程先生被逐出特二区后，曾在这儿的一所小屋里容身。如今小屋已荡然无存，在原址旁边盖了一座学生公寓，公寓后面杂树丛生。地面逐渐倾斜，直到湖边。吴学长十分肯定地告诉我，当年的小屋就位于这个斜坡上。我仔细地察看了地形，终于明白沈祖棻先生诗中"注屋盆争泼，冲门水乱流"之句了。原来这里正是珞珈山与东湖之间的狭小地带，一旦下了暴雨，从珞珈山上冲下来的洪水奔流入湖，这里正是必经之途。当年在这儿建一所小屋，是为住在附近的苏联专家的汽车司机临时休息用的。没想到它后来竟成了一代宗师程先生与一代才女沈先生的栖身之所！我站在树丛前，让吴学长为我照几张相片。从公寓里走出来的一群女大学生对此惊讶不已，她们一定不明白我为什么要到这个偏僻的角落来留影。

雨越下越大，东湖一片迷濛。回望珞珈山，满山的青翠在雨幕中变成了黛色。我们久久地伫立着，不忍离去。此时此刻，我似乎对程先生有了更深的理解。敬爱的先生，我相信您的英灵一定会常常返回这美丽幽静的珞珈山。

(《江苏政协》2001年第4期)

程千帆先生的本科毕业论文

南京大学图书馆真是一个宝库,它不但继承了前中央大学与金陵大学的全部藏书,而且珍藏着两个大学的档案资料。前不久,南大图书馆副馆长史梅女士向凤凰出版社副总编辑林日波博士出示程千帆先生在金大的本科毕业论文,虽是84年前的旧物,却保存完好,未受鼠啮虫蛀之灾。今年是程先生逝世20周年,两人征得程先生女儿程丽则女士与南大图书馆馆长程章灿教授的同意,决定影印出版这篇论文以示纪念。说来也巧,林日波的硕士生导师是华中师大的张三夕教授,其博士生导师则是程章灿教授,两人皆是"程门弟子"。史梅则曾在程先生领导的南大《全清词》编纂室工作多年,她说:"我虽然未能成为程门弟子,但程先生在学业上对我的帮助却超过了任何一位老师。"由于我在程门弟子中年龄稍长,诸人商定请我为此书拟序,于是我有幸在它付梓之前先睹为快。论文的题目是"少陵先生文心论",后来曾数度付梓,且已收进程先生的文集,我早已多次细读。但当我看到原件上熟悉的程先生笔迹时,仍然感慨万千,就像黄山谷所云:"平生半世看墨本,摩挲石刻鬓成丝!"

论文的封面中间竖排印着"金陵大学文学院毕业论文卷",左边的一列印着"题目",下面用毛笔填着"少陵先生文心论"。右下边的三列从左到右分别印着"学生姓名""系别"和"毕业时期",下填"程会昌""中国文学"和"二十五年春季"。"二十五年"用的是民国纪元,即1936年,那时程先生24岁,正是一位风华正茂的翩翩少

程先生本科毕业论文封面

年。翻检徐有富教授著《程千帆沈祖棻年谱长编》,可知程先生于1932年考取金陵大学化学系,因家境清贫交不起该系学费,报到那天临时申请改进学费较低的中文系。在以后的四年间,程先生除了接受黄季刚、胡小石、吴瞿安、汪辟疆、刘国钧等著名学者的教导外,还热爱文学创作,尤其爱写新诗。即使在他与学姐沈祖棻相恋以后,也并未像后者那样热衷填词,而是继续大写新诗。当然,金大中文系的课程还是以古典学问居多,这对于幼时曾在堂伯父程君硕先生所办的"有恒斋"里熟读经典的程先生来说,真是如鱼得水。所以他读到三年级时,已经发表了《西昆诗派述评》《〈汉志·诗赋

程先生本科毕业论文（手稿）

略〉首三种分类遗意说》等学术论文。到了四年级，他选择杜甫为题撰写毕业论文，由中文系主任刘继宣先生指导。也许是因为论文已相当成熟，刘先生竟然一字未改就予通过，次年全文刊登于《金陵大学文学院季刊》二卷二期。

论文原件的正文共44页，全是程先生手书的蝇头小楷，从头至尾一笔不苟，连人名号的竖线和书名号的曲线都描得相当整齐。只是句号、逗号未加区分，均作一点。更值得关注的当然是论文的内容。1946年春，程先生在四川乐山对此文进行修改，成为定稿。此后收进程千帆、沈祖棻合著的《古典诗歌论丛》（上海文艺联合出版社1954年版）及程先生著《古诗考索》（上海古籍出版社1984年版），均无改动。1999年我编纂《程千帆文集》时也以此稿为准，只是文末仍署"1936年5月"。今以定本与原件进行对勘,发现虽有删节、修改,但皆是技术性处理,主旨则一仍其旧。删节主要有两处,一是全文五节,原件均有小标题,它们分别是"文章千古事,得失寸心知""文章一小技,于道未为尊""美名人不及,佳句法如何""诗人以来未有如子美者""残膏剩馥沾丐后人多矣",定稿全部删去。这些小标题的前三个是杜甫的诗句,后两个分别是元稹与《新唐书》对杜甫的评价,它们虽有主旨醒豁的优点,但尚难以概括全部内容,确以删去为好。二是原件第五节的倒数第二段,是对关于杜甫的几则"迂怪之谈"的辩驳,例如《古今诗话》所载杜甫自称诵其诗句可治疟疾等,定稿整段删去。那些内容都是荒诞不经,不值一辩,故而删去。修改者大多仅涉语气,例如原件第四节中有云:"《旧唐书·文苑传》称元稹《墓志》,谓'自后属文者,以稹论为是。'"定稿改成:"元稹为杜公志墓,于其诗渊源,论列甚详。《旧唐书·文苑传》引之,且云:'自后属文者,以稹论为是。'"相比之下,后者更加通顺。总的看来,上述删改消除了原稿中稍嫌稚嫩的痕迹,至于论点及论证则一如其旧。所以说,《少陵先生文心论》虽是程先生的重要论文,也是享誉杜诗学界的名篇,但它确实是一篇本科毕业论文。

《少陵先生文心论》的主旨是"就杜公之诗,探其文心所在"。"文心"一词,始于刘勰所云:"夫文心者,言为文之用心也。"就本文而言,"文心"意近今人所谓"诗学"。全文的主要内容有以下诸点:儒学在人生态度与文学观念两方面对杜甫的影响;见识、才华与学术是杜甫诗学成就的三个支柱;杜甫对前代诗学成就的广泛继承；杜甫诗学对后人的深远影响。这显然是一篇提纲挈领的大文章，它不但包涵了杜诗学的多个重要命题，也预示着程先生一生治杜的主要方向。此文完稿三个月后，程先生撰《杜诗伪书考》，对杜诗学史上的五种伪书进行辨伪。《少陵先生文心论》中仅有一句说到"笺注或王洙居其首"，注引《郡斋读书志》云"是邓忠臣伪托"，《杜诗伪书考》则用两千余字的篇幅详尽地考定托名王洙的《杜工部集注》实为伪书。由于生逢乱世，程先生一生的学术事业时断时续，但他对杜甫研究始终念兹在兹。即使在"文革"时期，他也像做"地下工作"般地撰写了《杜甫〈诸将〉诗"曾闪朱旗北斗殷"解》一文。晚年移砚南京大学后，程先生不但重整旗鼓深研杜诗，写出了《一个醒的和八个醉的》等重要论文，而且不顾年老体弱，亲自登坛讲授"杜诗研究"课程。程先生的杜诗课不是单纯讲解作品，而是分析杜诗学中的具体问题，并引导学生进行学术思考。听课的学生既受到程先生精深观点的启迪，又受到他对杜甫的热爱之情的熏染，不少人从此走上了杜甫研究的道路。我与师弟张宏生即在程先生的指导下分别与他合撰杜诗论文，后来结集为《被开拓的诗世界》，集中有几篇论文的内容其实是对《少陵先生文心论》中观点的深化。我在程先生退休后接他的班开讲"杜诗研究"课，几轮以后将课堂录音稿整理出版，成《杜甫诗歌讲演录》一书，重版时改题《莫砺锋讲杜甫诗》。我还撰写了专著《杜甫评传》与20多篇杜诗论文。听我课的学生大多提交杜诗论文为作业，其中公开发表的已有20多篇。我的弟子童强博士与我合撰了《杜甫传》与《杜甫诗选》。另一位程门第二代弟子刘重喜博士已出版专著《明末清初杜诗学研究》，且已成功地主讲"杜诗研究"课程，成为杜诗学界崭露头角的新秀。凡此种种，皆与程先生的身教言教一脉相承。借用杜甫的话说，堪称"波澜莫二"。所以我认为，如果对南京大学的杜诗研究追源溯流，《少陵先生文心论》便是其滥觞之源。这真是一篇影响深远的本科毕业论文！

岁月不居，程先生离开我们已经20年了。此刻我摩挲着先生手书的《少陵先生文心论》，他的音容笑貌宛在目前。拟序既毕，欧阳修的两句诗又一次涌现心头："门生今白首，墓木已苍烟。"

噫！

(《中华读书报》2020年6月3日)

密旨深衷皆肺腑，长书短简俱文章
　　——读《闲堂书简》

　　灯前摊着600多页的校样，这是由陶芸师母于去年编成的程千帆先生的书信集，题作"闲堂书简"。我一边读，一边校，为了尽量不漏过错字，便时时提醒自己只注意文字而不要遐想，可是仍然控制不住思绪的飞扬。

　　2000年12月，由我负责编纂的十五卷本《程千帆全集》由河北教育出版社出版，此时上距程先生逝世已有半年。《全集》的编纂工作早在1997年就开始了，当时程先生还健在，也没有完全停止笔耕，所以当时与出版社商定的书名叫作"程千帆文集"而不是"全集"。可是到了2000年6月初，正当全书的清样都已经过三校、即将付印的时刻，程先生却突然因病逝世了。我们本想在当年9月用新出版的文集向程先生的"米寿"献礼的计划落空了，而延迟了几个月出版的文集也就改名为"全集"。不言而喻，这部"全集"当然是不全的。《程千帆全集》出版以后，陶芸师母认为程先生写给亲朋好友的书信中有许多商讨学术的内容，可以作为其著作的补充，应予整理成书。在程先生的后人和学生的帮助下，经过征集、誊录、编次等步骤，终于整理出这部书信集的全稿，即将交付出版。

我立雪程门长达21年，其间除了有两年在国外工作之外，一直伴随在程先生身边，所以他很少给我写信。现在读着这近千封的长书短简，看到程先生与各种身份、各种年龄的人们的对话，既感到亲切，又觉得新奇。而当我看到书信原件上那熟悉的字迹，以及字迹由工整清晰逐渐变为潦草模糊而体现出来的岁月沧桑，更是感慨万千。

书信集中最早的一封信是1949年6月1日写给孙望先生的，最晚的一封则是2000年5月9日写给郝延霖先生的，时间的跨度长达半个世纪。108位收信人中既有赵景深、黄焯、施蛰存、夏承焘、杨明照、缪钺、张舜徽、金克木、

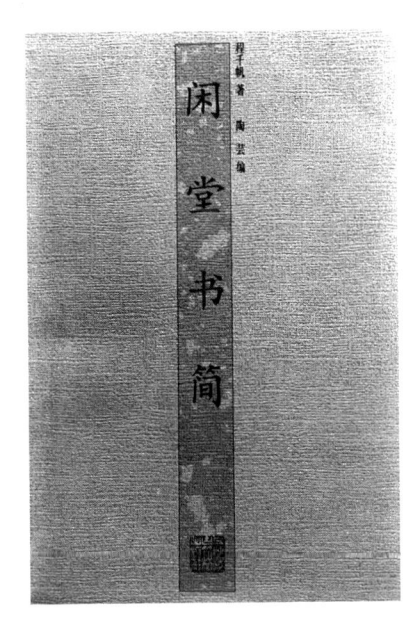

《闲堂书简》2004年初版

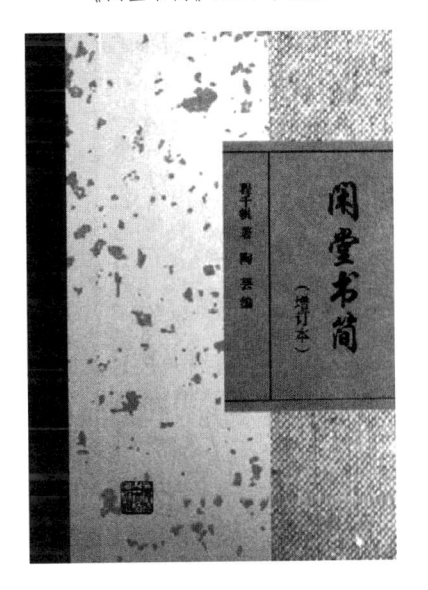

《闲堂书简》2013年增订本

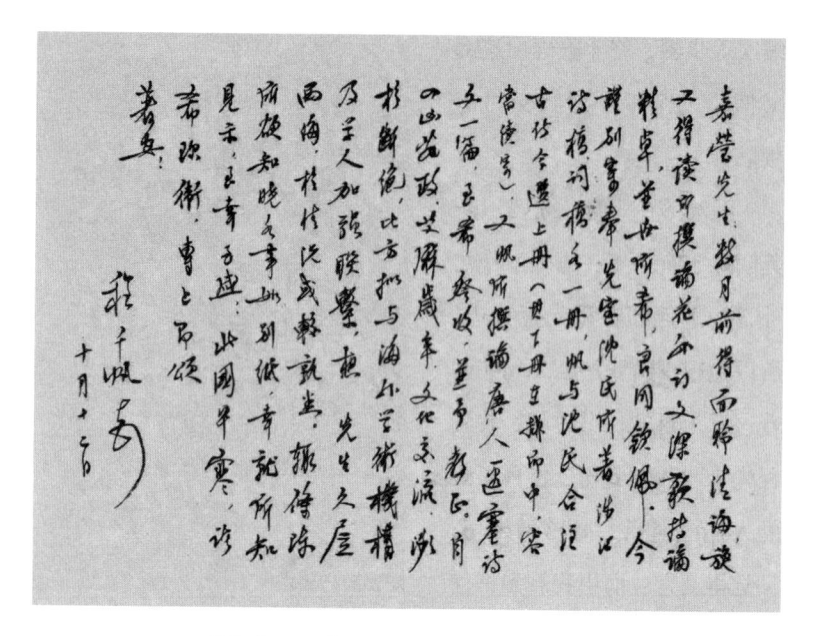

程先生1979年10月12日致信叶嘉莹先生

王利器等老一辈学人,又有林继中、王小盾等新一代学人。年龄最小的收信人是徐雁平博士(他也是为整理书信集出力最多的人),是程先生的再传弟子。

程先生是一位真正的学者,他好学深思,老而不倦,他的书信中最常见的内容便是商讨学问。由于是书信,不可能发表长篇大论,但是那些简约的三言两语中往往闪耀着真知灼见。试举两例:"简斋于东坡关系不深,其诗自黄陈出而归宿于杜老,简严雄浑是其所长,无后山之枯涩及山谷之怪巧,然思力沉厚处亦似不及。鄙意南宋诗人中,简斋与放翁、诚斋实各具面目之三大宗师,非余子所及。"(致王淡芳之三)"对联其实是更加精练更加集中的律诗和骈文，要做好对联最好多读律诗骈文名作，自然得心应手，抒情叙事，各得其宜。"（致严中之一）一论宋诗，一论楹联，何等的言简意赅，何等的准确精彩！

值得注意的是，程先生在不经意间说出的一些观点，其实具有极高的学术价值，例如他在回答张三夕关于陈寅恪的几个问题时曾纠正了学界流传甚广的一种误解："陈先生说'寅恪平生为不古不今之学'，汪荣祖竟然认为这是指他专攻中古史，即魏晋六朝、隋唐五代。这不但与事实不合，也完全不解陈先生的微旨。'不今不古'这句话是出在《太玄经》，另外有句话同它相配的是'童牛角马'，意思是自我嘲讽，觉得自己的学问既不完全符合中国的传统，也不是完全跟着现代学术走，而是斟酌古今，自成一家。表面上是自嘲，其实是自负。根据他平生的实践，确实也做到了这一点，即不古不今，亦古亦今，贯通中西，继往开来。"（致张三夕之二七）这对于方兴未艾的陈寅恪研究是多么重要的意见！然而程先生又是一位十分谦虚的人，他也常常向别人请教学问，在致周策纵、叶嘉莹等海外学人的信中，他曾多次请教有关海外汉学的情形，从学术机构、学术刊物到著名学者，"每事问"。在致王绍曾先生的信中，他曾请教日本人仓石图书馆所藏的《衍波蓉渡》书名的意义："王士禛有《衍波词》，今与'蓉渡'连文，未悉其义……先生多识清代艺文，或能见示？"

程先生是一位诲人不倦、循循善诱的教师，他常常在书信中为学生或其他年轻学人答疑解难，或指示治学门径。在毕业于南京大学的"程门弟子"中，蒋寅与程先生通信最多（共69通），这些信从大历诗歌谈到清代诗学，基本上涵盖了蒋寅所走过的学术路程。程先生对非亲非故的其他学人的请教也知无不言，言无不尽，例如在致余恕诚教授的信中，他详细地回答了对方的问题："承问课题，我觉得唐代文学是一座很大的富矿，到现在还有很多领域没有开发，特别是文学与文化和政治的关系，陈寅恪虽提出唐代内乱与外患的连环性，这个题目在文学上的表现就很少人涉及过，如果先生有兴趣，是否将这个问题做一个比较彻底的清理。这可能在文学上表现的不多，但间接上可以开发的不少。三百年中，汉族与外族的矛盾和互相吸收，可以钻研的地方似乎不少，如唐高祖曾对突厥称臣，而太宗有'雪耻酬百王，除凶报千古'之句。以后汉族遭遇到许多对手，外族的兴废直接影响本族的兴衰，直到五代，没有断过……"要知道这封信写于1999年，其时程先生已经87岁，且早已退休，可是他依然保持着诲人不倦的精神，不知老之将至！

书信是最纯粹的"个人化写作"，它最能体现作者的真性情。程先生的绝大多数书信都直抒胸臆，在毫无修饰的文字中洋溢着真情实感，读来娓娓动人。例如下面一段："千帆自到南大后，得可传业者数人，著述得诸友生之助，亦大体完成。残年八十有六，耳聋目盲，自然之数，故终日枯坐，亦无可埋怨处。惟偶然细数平生，虽经忧患似若无可悲者，然为国为民，亲情友谊，则愧负实多。朱古微晚年词曰：'忠孝何曾尽一分'，'可哀惟有人间世'，每一念及，辄切怛不能去怀。出版社多劝录音，说平日可念之事。但每一念及，则泪如泉涌，岂尚有心及于文字？"（致万业馨之二〇）此种文字，在程先生的学术论著中是读不到的，然而它岂不是尼采所谓"以血书者"的天地间至文?

程先生的书信中常常说到他的亲人、师友、弟子,情深意挚,从各种角度展现了他极为丰富的感情世界。在给武大时的学生周勃、吴志达的信中,程先生多次说起其夫人沈祖棻,伉俪情深,悱恻感人。在给老友孙望、金克木诸人的信中,程先生经常回忆往事,并介绍家人的近况,如故人重逢,寒灯夜话。在给杨翊强、张三夕、蒋寅等弟子的信中,程先生不但谈学问,也谈人生,关心着他们的工作、职称乃至婚姻、孩子……

程先生的人生阅历极为丰富,他的书信忠实地记录了一个正直知识分子走过的人生道路及心路历程,也记录了所经历的世态炎凉和人情冷暖,例如:沈祖棻遭遇车祸去世后,她的教研室同事中只有吴志达一人前来吊唁(致吴志达之一)。程先生的"右派"身份得到改正时,武大党委已经同意,中文系却有人坚决反对(致周勃之三)。在程先生不知情的情况下,香港某报刊登了他哀悼王瑶先生的两首《浣溪沙》,邵燕祥、朱正先生怕这事给程先生带来麻烦,便来信告知(致朱正之一)……凡此种种,不正是那个时代的一个缩影? 更何况程先生的书信中记录了大量关于文坛和学林的珍闻、掌故,活跃着许多著名人物的身影,使这部书具有极高的史料价值。

程先生的书信大多用文言写成,偶然也用白话,无论文言还是白话,都写得流畅生动,朴实无华,例如关于庞石帚和沈祖棻的两段:"石帚先生尤所密迩,论学之余,杂以诙笑,与之相交,真所谓如饮醇醪也。忆访之苏坡桥,同步田野间,有权贵汽车驶而过,先生则口占云:'上有无心肝,下有蒙口鼻。'后缀成短古一首,惜

-073-

忘其全文矣。"（致王淡芳之八）"她是一个非常谦虚朴实的人，从不自炫所长，也不求人知道。退休后，住在渔村附近，人家从不知道她是一位有名的女教授。夏夜，和邻居的孩子一同猜谜语。渔民站在旁边听，说：'看不出，这个婆婆还有点文化。'"（致周勃之四）此类文字，清丽可诵却绝无修饰。这样的段落在书信集中相当常见，从而增加了全书的可读性。

再过一个多月就是程先生逝世四周年的纪念日，此时此刻我读着他的书信，其音容笑貌宛在目前。校完全稿，谨作短文介绍本书，并表示对先生的怀念。

（《人民政协报》2004年7月26日）

我的两位师母 —— 沈祖棻与陶芸

我之所以要把两位师母放在一起来写，是因为她们都是我的恩师程千帆先生的夫人。

沈祖棻先生我无缘得见，当我在1979年考到南京大学师从程先生时，沈先生已于两年前遭遇车祸去世了。然而不久程先生就送给我两册油印的《涉江词稿》和《涉江诗稿》，翻开前者，卷首的一首《浣溪沙》顿然使我眼前一亮："芳草年年记胜游，江山依旧豁吟眸。鼓鼙声里思悠悠。　三月莺花谁作赋？一天风絮独登楼。有斜阳处有春愁。"其惊才绝艳简直使我不敢相信这是出于今人之手。以后程先生又常在日常谈话中说到沈祖棻的情况，使我对这位未曾谋面的师母更加敬佩。再往后，又读到了她的《宋词赏析》和《唐人七绝诗浅释》两本薄薄的小书。虽然此类图书后来几乎泛滥成灾，许多书字数多达一二百万，且都是豪华精装，但是就质量而言，没有哪本可以与沈先生的装帧朴素的小册子相比。我当时读了《宋词赏析》后，知道这原是沈先生在武大为研究生及青年教师讲解作品时的讲稿，便十分懊恼"予生也晚"，没有赶上听这样的讲课。否则的话，也许我会对宋词增加几分理解。

1953年，程先生、沈先生携女儿程丽则在上海探亲

　　沈祖棻先生是名满海内的女词人、女诗人。她的诗词已经得到了学界的一致好评，那多达数十篇，且大多出于行家之手的评论文章就是明证。对涉江诗词的艺术造诣，我没有资格再赘一言。然而我还是有几句话要说，那就是学界对其情感内蕴的理解，似乎还有不够准确之处。有不少论者认为涉江诗词的价值在于"爱国主义"，我不否认沈先生是对祖国怀有刻骨铭心之爱的诗人，但是她的诗词是否仅仅以"爱国主义"取胜呢？她是否还有其独特的个性呢？例如其名篇《早早诗》，舒芜先生曾在《沈祖棻创作选集·序》中作了详尽的分析，他的意见几乎成为对这首诗的定评了。但是我总觉得意有未惬，请看此诗的最后一节："儿勿学家家，无能性复痴。词赋工何益，老大徒伤悲。汝母生九月，识字追白傅。少小弄文墨，勤学历朝暮。一旦哭途穷，回车遂改路。儿生逢盛世，岂复学章句。书足记姓名，理必辨是非。……"对此，舒文中说："这所谓'盛世'，不正是那腥风血雨的十年么？但是我

相信作者这里决没有什么反讽之意,更不是被迫表态之作,而是教徒式的虔诚,是'鞭笞派'似地狠狠地令人痛心的自我否定,实实在在由衷地祝愿第二第三代能够顺着'金光大道'直接走进幸福的天国。……是的,这毕竟是愚昧,今后再不能这样愚昧了。然而,这也毕竟是爱国,今后仍将爱国,虽九死其犹未悔。"我对此极感疑惑,难道这就是沈祖棻当年的真实心态? 难道她真的对那场"大革命"衷心地拥护? 难道她的灵心慧性已被那些无耻谎言彻底遮蔽? 程千帆先生晚年回忆他当年遭受迫害后的心态说:"我就是不服!"(见《劳生志略》,收入《桑榆忆往》一书)也许沈先生的个性没有程先生那么刚强,但是作为"文章知己、患难夫妻"(见《千帆沙洋来书,有"四十年文章知己、患难夫妻,未能共度晚年"之叹,感赋》)的一方,难道她竟然丝毫未受程先生的心态的影响,反而把那个风雨如晦的黑暗年代颂为"盛世"? 的确,沈祖棻是一位极其温顺善良的女性,她不像程先生那样刚肠疾恶,但是她并不缺乏是非感,也并不曾做到犯而不怒。程先生曾告诉我一件旧事:"反右"以后,程先生成了武汉地区的"大右派",作为"右派家属"的沈先生也受够了人们的白眼。有一次,武大中文系的一位同事家的布票丢失了,而此人家中正有孩子需要添置衣服。于是沈先生便把自己的布票送给她一些。没想到此人转身便到党委去报告,说"有右派家属要贿赂"她。程先生说:"祖棻从来不与人生气的,但那一次她真是非常气愤了……"《早早诗》写于1976年,同年的诗作中颇不乏真情的流露,例如《既成前诗,追念白桦、铭延,悲不能已,因复有作》中追悼在"文革"中被迫害而去世的友人说:"吟成不尽盈袖泪,谁为传书到夜台?"《介眉远惠书物,赋答》中回忆当年的学侣:"回首当时玉笋班,飘零生死泪潸潸。"《漫成》中慨叹自己的寂寥生涯:"三户低檐接废垣,十年寥落住荒村。""历历悲欢沉万念,堂堂岁月付三餐。"《淡芳、文才数惠诗札,赋答》中诉说自己空有才学而不为世用:"何处文章留旧价? 余生温饱颂王明。"这些诗难道不是满纸不可人意? 难道真是"决没有什么反讽之意"? 末一例中的"颂"字难道真是发自内心的歌颂? 即使是《早早诗》自身,也不应像舒芜先生那样解读。对沈祖棻来说,祖国的传统文化早已沦肌浃髓,她岂能真心"'鞭笞派'似地狠狠地自我否定",岂能真心希望儿孙"书足记姓名"? 况且此诗中的"汝母"即是沈先生之女程丽则,她虽然自幼聪颖,却因是"右派子女"而不能上大学,试读"一旦哭途穷,回车遂改路"之句,但觉悲愤莫名,哪里是什么"由衷地祝愿第二代第三代能够顺着金光大道直接走进幸福的天国"? 当我读到"愿儿长平安,无灾亦无危"之句时,总联想到苏东坡的《洗儿戏作》:"人皆养子望聪明,我被聪明误一生。惟愿孩儿愚且鲁,无灾无难到公卿。"《早早诗》中分明有《洗儿戏作》的影子在,如果我们不对东坡此诗中的牢骚、讥讽视而不见,那么也就不会从沈诗中读出什么别的来。所以我认为,舒文中对此诗末节的解读:"特地来给小早早预先留下这样的谆谆告诫:千万不要学外祖母,不要读太多的书,不要搞什么文学。"这实在是被诗人的反讽笔法瞒住了。如今"早早"已经从南京大学硕士毕业,正在复旦大学攻读博士学位,正在从事她外祖母所热爱的古代文学的研究,而沈先生的文集也已由早

1999年，程先生、陶先生在南京南秀村寓所

早编辑完成。我想，沈先生泉下有知，对此当感欣慰而不会是失望！

如果说我对沈祖棻这位师母主要是从书本中认识的，那么对陶芸师母则可说20年来一直在亲承音旨。1979年9月的一个傍晚，当我与两位同学一起去初谒程先生时，同时也就认识了陶芸师母，从此一直称她为"陶先生"。这实在是一个名副其实的称呼，因为她与程先生一起承担了对我们的学业指导。

陶先生是金陵大学政治系出身，曾做过外交工作，后来又当过几十年的中学英语老师，作为特别重视学生外语学习的程先生的夫人，她也就责无旁贷地担当了我们的英语老师。当时我虽是从安徽大学外语系考来的，但毕竟才上过一年半的本科，英语水平远远不能符合程先生的要求，还不能够阅读专业文献。于是，当程先生的案头放着我们的古代文学作业时，陶先生的桌上便常常放着我们的英语作业。我记得经她批改的习译有刘若愚的《中国诗歌中的时间、空间与自我》、李又安的《法则与自觉：黄庭坚的诗论》等，这些译稿上充满了陶先生用红笔写的修改意见及符号，它们与程先生在我的论文初稿上留下的红色记号一样，都凝结着老师的一腔心血。每逢碰到英语文献中涉及专门名词的疑难，陶先生就与我仔细地讨论，有时甚至程先生也来加入我们的讨论，大家一起在灯下斟酌。

当然，更多的时候我是到程先生家去请教专业的。这时，陶先生常常坐在一旁静静地倾听。有时我带着小女儿去了，陶先生就把孩子引到隔壁房间去玩，以免打扰我们。以至于后来我的女儿都养成习惯了，她随着我一进先生家，就对陶先生说："陶奶奶，我们俩到隔壁去谈谈吧！"这常常引得两位老人哈哈大笑。那是多么美好的回忆啊！

也许陶先生对我们更大的恩惠在于她对程先生无微不至的照顾，这使程先生可以把全部心思都放在教学和学术研究上。1992年在程先生的八十寿辰庆祝会上，北大的安平秋教授发言说："我祝愿程先生健康长寿，但我首先要祝愿陶先生健康长寿，因为只有师母健康长寿，才能更好地照顾好程先生……"我对安先生此语印象极深，倒不是因为他妙于辞令，而是他说出了我们的心里话。可以毫不夸张地说，要没有陶先生那么细致的照顾，程先生晚年成就的辉煌也许会逊色几分。程先生是一位只知事业而不甚注意生活的人，他的健康情况又不是很好，长期艰苦的劳改生活毕竟给他留下了许多伤痕。我经常看到这样的情景：程先生正在与学生滔滔不绝地谈着学问，突然陶先生端着药片和开水走进来，原来程先生服药的时间到了。我也多次看到这样的情景：程先生住在医院里，陶先生手里拎着保温瓶等物挤公共汽车赶到医院去。今年5月17日到6月3日，程先生最后一次住院抢救，我们这些弟子分日轮流到医院去陪护先生，而陶先生和程丽则师姐则每天都在病房里。要知道，陶先生自己也已87岁了，看到这位满头白发的老太太每天守在病榻旁边，护士们都深受感动。程先生去世后，我们看到了他与陶先生在1996年联名写下的遗嘱："我二人前半生多难，历尽坎坷。老年结缡，极为和谐……"的确，程先生与陶先生的21年夫妻生活，是极为美满的，这是程先生晚年取得如此成就的重要保障。自从我搬进程先生所住的这座楼房，几年来几乎天天看见他与陶先生两人互相搀扶着在校园里慢慢行走。有时我在很远的地方就看见他俩了，便有意放慢脚步，在他们后面多跟一些时间，以免打破了这个温馨的剪影……

人们多以为程先生与陶先生是在"文革"后才相遇的，其实并非如此，他们早在20世纪30年代就读于金陵大学时就已相识了。当时程先生在中文系就读，而陶先生则在政治系，但是有些公共课程如英文等是一个课堂里上的。后来由于程先生与同学自编刊物，曾约陶先生投稿，两人渐有交往。等到抗战开始，两人各自漂泊，就很少相闻了。自古才女多薄命，1977年6月，刚刚从严酷的政治重压下稍得宽松的沈祖棻先生突遭车祸去世，使程先生经受了雪上加霜的打击。我看见过程先生坐在沈祖棻先生墓前的照片，筋骨突出的脸像刀削的一般，目光肃穆而坚毅地看着前方，这是一颗不屈的灵魂正在与苦难做最后的搏斗。1978年8月，身份已经成为武汉市街道居民的程先生被匡亚明校长聘为南京大学教授。1979年7月，程先生与陶先生结婚，开始了他的晚年生涯。

对于程先生来说，沈祖棻先生不但是他同甘共苦40年的人生伴侣，而且是他在学术研究和诗词创作上的知己，所以程先生对沈祖棻先生的最好纪念就是整理其遗稿。在程先生重新获得工作权利后，他所做的第一件大事就是整理、刊布涉江诗词。1978年，他自费印行了油印本《涉江词稿》《涉江诗稿》，分赠友好。其后他又把《涉江词》交由湖南人民出版社出版，把《涉江诗》交由福建人民出版社出版。《宋词赏析》与《唐人七绝诗浅释》也经程先生整理后由上海古籍出版社梓行，而当年由沈先生与程先生共同草拟的《古诗今选》则经程先生修订后成为家喻户晓的名著。到了1994年，涉江诗词又经程先生亲自笺注而以《沈祖棻诗词集》之名由江苏古籍出版社出版。值得注意的是，在整理沈祖棻先生遗稿的过程中，陶先生几乎自始至终地参与了，从誊录到校对，她几乎以与程先生同样的热情从事这件工作。沈祖棻及其诗词不但不是这对老夫妻间需要回避的话题，反而是增强他们感情的纽带。程先生与陶先生所以能有此种超越世情俗态的举动，完全是因为他们都有真诚、善良的心灵，这样的心灵在任何情况下都可以进行坦率的交流。

沈祖棻和陶芸的人生遭际相去甚远,沈先生是名满天下的大学教授,而陶先生则是默默无闻的中学教师,但她们都是程先生最好的人生伴侣,她们也都是我敬爱的师母。

(《人民政协报》2001年4月17日)

程沈说诗解人颐，早早编书传芬芳

"程沈"指程千帆、沈祖棻两位先生，早在上世纪50年代，沈尹默便说"昔时赵李今程沈"，意即与宋代的赵明诚、李清照一样，"程沈"也是埋首书斋、扬名文坛的一对夫妇。到了今天，"程沈"并称已得到社会的公认。三年前陕西师范大学出版社把二人讲解诗词的著作以"程沈说诗词"的总题予以重版，深受读者欢迎，便是一证。

"程沈"生平成就的荦荦大者是古体诗词写作与古典诗词研究，但他们对诗的爱好其实是全方位的。程先生在金陵大学读书时曾与学友创办《诗帆》半月刊，成为新诗创作的重要阵地。沈先生早年在专注填词的同时，也热衷于写作新诗。他们的新诗作品，在陆耀东编的《沈祖棻程千帆新诗集》中可窥一斑。由于种种原因，他们后来像闻一多一样"勒马回缰作旧诗"了，但我总觉得程沈的旧体诗词与他们的新诗是有共同点的，诸如对青春与生命的激情，对社会现实的关怀，乃至对新颖表达手法的追求等，都是一以贯之。当然，他们声誉最高的诗作乃是旧体诗词。沈先生的诗词名满天下，前辈学人题咏甚多，如沈尹默云："漱玉清词万古情，新编到眼更分明。伤离念乱当时感，南渡西迁一例生。"更惬我意者则有朱光

潜的两首绝句:"易安而后见斯人,骨秀神清自不群。身经离乱多忧患,古今一例以诗鸣。""独爱长篇题早早,深衷浅语见童心。谁说旧瓶忌新酒,此论未公吾不凭。"程先生的诗词作品,传播不广,其实也是成就非凡。钱仲联先生序其《闲堂诗存》云:"其神思之骛远,藻采之芊绵,不僦而及于古。"程先生很少作词,但偶

1977年6月,程先生、沈先生与早早在上海

尔出手即不同凡响,他追怀沈祖棻的两首《鹧鸪天》与悼念王瑶的两首《浣溪沙》,情文并茂,感人至深。程沈擅长诗词创作,这是解说诗词最重要的内功。吴世昌评沈著《宋词赏析》云:"正因为沈祖棻具有丰富的创作经验,能深入体会古人创作的甘苦,所以她才能对诗词进行艺术分析时切中腠理。"程先生也在《闲堂自述》中说:"如果我的那些诗论还有一二可取之处,是和我会做几句诗分不开的。"他们所以能准确揭示古代诗词中蕴含的种种灵心慧性,很大程度上仰仗自身的创作经验,否则岂能进入与古人相视而笑的奇妙境界!

"程沈"的学术研究则是他们解说诗词的另一种内功。他们的学术研究并不限于诗学,尤其是程先生,在史学、校雠学等方面均成就卓著。但无论用力之勤,还是成就之高,诗学显然是"程沈"学术最显著的标志。"程沈"的诗学研究有一个鲜明的特色,便是格外重视对作品的创作过程及艺术特色进行分析。沈先生的论文如《阮嗣宗咏怀诗初论》《苏轼与词乐》等均是如此,她的专著如《唐人七绝诗浅释》等则以细读作品为主要内容。程先生的诗学著作范围极广,但其精彩之处也多在于此,其重要论文如《一个醒的和八个醉的》对杜甫《饮中八仙歌》的创作心态的探究,《关于李白和徐凝的庐山瀑布诗》对二诗艺术手法优劣的分析,皆为范例。

"程沈"说诗的方式有两种。第一种是口头表达,主要是在大学课堂里授课。他俩曾在多所高校任教,在课堂上说诗说词,给学生留下永不磨灭的印象。程先生在武汉大学讲课,黄瑞云回忆说:"他讲课很放得开,谈吐自如,严肃中不乏幽默。特别使学生们佩服的是,他讲一篇作品,总要连及许多诗作,他都随口而出,背诵如流。每一堂课又总会有一两个精彩的例子,引得满堂哗然。"吴志达回忆说:"千帆师讲得丰富多彩,触处生春,语言的逻辑性具有一种雄辩力量,又生动活泼,具有丰满的形象性,且有抑扬顿挫的节奏感。"沈先生在武大讲课,刘庆云回忆说:"沈先生讲课不以具有十足的鼓动力为特点,而是以细腻、形象见长,或者说,她不是以长江大河的汹涌澎湃激荡人的心潮,而是娓娓道来,似潺湲的涓涓细流渗入人的心田肺腑。先生既是古典诗词的研究者,又是深有造诣的诗人、词人,对于前人的作品有自己独特的感悟,具有不同凡响的艺术感受力。听她讲析作品，使人如亲临其境，目睹其人，心灵亦随之融入境界，感受角色，同抒情主人公一道歌哭笑涕。"可惜当时没有音像记录的手段，年富力强的"程沈"在武大说诗的情形不复可睹，未及亲承音旨的人们只能慨叹"予生也晚"。只有程先生晚年在南京大学所讲的"历代诗选"等大课，在徐有富、张伯伟、曹虹等弟子的课堂笔记中存有记录，读者可在《程千帆古诗讲录》这本书中窥其一斑。幸亏"程沈"还有一种"形诸笔墨"的说诗方式，主要是编写选本或鉴赏读物：沈先生著有《唐人七绝诗浅释》《宋词赏析》，程先生著有《宋诗精选》（一题《读宋诗随笔》），还有一本夫妇合著的《古诗今选》。这些著作风行海内，好评如潮，以至一再重印，其中如《宋词赏析》的累计印数高达50多万册，可见它们受读者欢迎的程度。

"程沈"成为夫妇，堪称天作之合。程先生自幼能诗，但他高中毕业后免试升入金陵大学，本想就读化学系，报到注册时因该系学费太贵而临时改读中文系。沈先生考进中央大学商学院，一年后因性情不合而申请转入中文系，毕业后又考进金陵大学国学研究班。两个偶然事件合成一个必然结果，沈祖棻这位温柔敦厚的苏州闺秀遇到了才气横溢的湖南才子程千帆，终成佳耦。"程沈"这对珠联璧合的伉俪，为他们牵绾红线的月老便是诗神。然而正如东坡诗云，"诗人例穷苦，天意遣奔逃"，"程沈"先逢连绵的战乱，后遇不断的"运动"，终生动荡不安，甚至身家不宁。凭"程沈"之学养，又俱在大学任教，宜有后人传其家学。"程沈"为其独女取名"丽则"，本于扬雄"诗人之赋丽以则"之语，可见对其期望之殷切。可惜程丽则纵然聪慧好学,却因出身"右派"家庭而被拒于大学门外,未能接受系统的高等教育。虽然她后来写得一手好诗,七绝颇有其母风调,但在"说诗"方面未能克绍箕裘。于是,"程沈"的诗学家风,就有待于其外孙女"早早"来继承了。

"早早"学名张春晓,因早产而得此乳名。1976年,也即早早3岁的时候,沈先生写了一首长达184句的《早早诗》。诚如舒芜所云,此诗是"中国古典诗歌史上空前未有的佳作","这首长诗写的是一个'右派家庭'的日常平凡生活,舞台中心是一个天真活泼的小姑娘早早,笼罩舞台的灯光就是早早的外祖母的慈祥注视的目光"。全诗的末尾纯以反讽语调为之:"儿勿学家家,无能性复痴。词赋工何益,老大徒伤悲。汝母生九月,识字追白傅。少小弄文墨,勤学历朝暮。一旦哭穷途,回车遂改路。儿生逢盛世,岂复学章句……但走金光道,勿攀青云梯。愿儿长平安,无灾亦无危。家家老且病,难见儿长时。赋诗留儿箧,他年一诵之。"诗教传统早已沦肌浃髓的沈先生当然不会认为"词赋工何益","岂复学章句"也不可能是沈先生对外孙女的真心祝愿。《早早诗》写后不足一年,沈先生溘然长逝,"难见儿长时"一句竟成诗谶。但是时代变了,早早在新时代里健康成长,并且顺利考进南京大学中文系,在"程沈"当年相逢相爱的那个美丽校园里"学章句"。为早早授课的南大教师中有多位"程门弟子",他们把从"程沈"那里习得的学识再传授给早早。程先生对早早的学业极其关心,他虽已退休,仍亲临早早所在班级与同学们对话。早早在南大获得硕士学位后,为了让她接受更严格的文献学训练,程先生支持她考到复旦大学陈尚君教授门下去攻博，且亲笔给复旦的傅杰教授写信转达此意。程先生的种种举动，皆是希望早早更好地继承"程沈"的诗学传统。对于早早坚定地走上"学章句"的人生道路，沈先生一定会含笑于九泉。

早早果然不负众望，经过十年苦读与一番历练，她沿着当年沈先生走过的那条道路奋力前行。她热爱创作，出版小说多部。她热爱学术，在多个研究方向颇有收获。尤其值得注意的是，她亲手为沈先生编纂文集，撰写评传，努力让"程沈"诗学发扬光大。如今她又着手编写一本《唐诗宋词大师课》，要将"程沈"说诗著作的主要内容改编成一本"适合青少年及诗词入门者的读物"，以此"带领他们进入一个充满感悟和意韵的世界，在另一重维度继续实现程沈夫妇的'保存国粹'之志"。我对此极表赞同，因为我一向认为阅读古典诗词既是青少年提升语文能力的利器，也是他们修身养性、涵养人格的不二法门。有"程沈说诗词"的著作作为学术底蕴，早早的新书一定能实现其编纂目标。

程先生是我亲承音旨20余年的恩师，沈先生是我从未谋面然衷心敬爱的师母，早早则是我教过的学生。如今早早为其新著向我索序，我当然义不容辞。可惜我对"程沈"诗学的精深意蕴体会甚浅，故仅能述其始末，以塞责焉。从"程沈"到早早，是"诗教"代际传承的一个范例。指穷于薪，火种长传。春兰秋菊，无绝终古！

（程千帆、沈祖棻著，张春晓改编
《唐诗宋词大师课》，万卷出版公司2023年版）

沈祖棻的最后五年

沈祖棻是一位诗词兼擅的才女，令人惊讶的是，她的写诗年月与写词年月几乎是截然分开的。据程千帆笺《涉江诗词集》以及张春晓所编《补遗》统计，沈祖棻一生作词615首，其中只有4首作于1949年以后，其余的611首皆作于从1932年到1949年之间。沈祖棻一生作诗488首，其中只有69首作于1972年以前，其余的419首皆作于1972年到1977年之间。尤其是1974、1975、1976三年，每年作诗多达94首、116首和110首，竟呈爆发状态。正如程千帆在《沈祖棻小传》中所说："1972年以后，她忽然拈起多年不用的笔，写起旧诗来，为自己和亲友在十年浩劫中的生活和心灵留下了一点真实而生动的记录。"此外，沈祖棻在这几年间还频繁地给友人写信。现存的沈祖棻书信共有105通，其中的83通都写于1973年之后，比如致王淡芳之39通，以及致施蛰存之22通，皆是如此。湮灭不存的书信则不计其数。通信密度如此之大，令人惊讶。还有，沈祖棻从前不写日记，但从1975年3月21日始，至离开武汉东行探友之1977年4月24日止，却无日不记。把上述书信、日记与诗歌对照而读，沈祖棻在人生最后五年间的生活状态如在目前，其心态也清晰可感。

《沈祖棻全集》书影

一、历尽新婚垂老别

沈祖棻与程千帆是一对名副其实的患难夫妻，1937年他们在日寇侵华时逃难至屯溪，匆匆成婚。其后避乱西奔，先后至长沙、益阳、乐山、成都等地，流离失所，别多会少。抗战胜利后，二人相继来到武汉，程千帆从此在武大任教，沈祖棻则先是数度往上海治病，后又在江苏师院、南京师院任教，二人仍是别多会少。直到1956年秋，沈祖棻才调入武大，夫妻成为同事。但次年程千帆即被打成"右派"，不久被发配到蕲春八里湖农场、武昌流芳岭等地劳动改造。从1969年冬到1976年夏的数年间，程千帆一直在离武汉几百里远的沙洋农场劳改，偶尔请假回家也必须准时返场。1975年春,沈祖棻作《千帆沙洋来书,有"四十年文章知己患难夫妻,未能共度晚年"之叹,感赋》:"合卺苍黄值乱离,经筵转徙际明时。廿年分受流人谤,八口曾为巧妇炊。历尽新婚垂老别,未成白首碧山期。文章知己虽堪许,患难夫妻自可悲。"从新婚至垂老,这对患难夫妻始终别多会少,第五句字面上嵌入杜诗篇名,内容则全是实录,字字血泪。

沈祖棻一生的最后五年中,日常生活的一大内容就是思念程千帆。此时沈祖棻独自蛰居在武汉大学"下九区"的两间简陋平房里,程千帆则远在沙洋农场放牛饲鸡,请假常遭拒绝,平时很少回家。这对恩爱夫妻均年过花甲,且一病一伤,却分居两地不得团聚,只好借助鱼雁传书来互相问候。沈祖棻的日记经常写到夫妻通信之况,比如1975年8月15日:"千帆已十二日无信,为从来所未有。虽前信云天热懒写多话,但会有简信,且已天凉数日。前云精神不好,怕病了,甚念!甚忧!"两天以后又记:"邮员已来过,无信。报亦无,恐路阻之故?不知沙洋通车否?惟望其是路阻!"至8月20日,则记曰:"今日得帆信,无病甚慰!"9月3日又记:"以为帆有信,未至。"9月10日记曰:"接帆信二封同到,正计算帆信何日可到,见二信甚喜。"可惜程、沈的书信已经湮灭无遗,我们无法读到那些"览之凄然,增伉俪之重"的长书短简了。但从沈祖棻写给友人的书信中,我们仍可窥见她对程千帆的思念之情。

1972年1月,程千帆在沙洋被斗牛踩伤脚骨,回武汉疗伤,1973年6月重返沙洋。1973年4月24日,沈祖棻致信施蛰存说:"千帆于70年随干部下放,至沙洋分校劳动,不幸于71年底为牛车压断脚骨,遂回武汉住院治疗。至72年夏,大骨已接合愈可,惟小骨稀疏,碎骨在内,血管筋络断损者,以年老无生长力,不能复原,并留有创伤性关节炎后遗症,阴雨寒冷即发作,僵痛难行,红肿变甚。"1973年6月16日,沈祖棻致信王淡芳说:"今病起作复,所怅者闲堂已于本月十三日重返沙洋乡间分校。劳动固亦佳事,但其脚伤不能恢复,每逢阴雨寒冷或走动劳累,辄红肿酸痛,卧床难兴……一年多以来,领导照顾在家养伤,今亦将派作轻微劳动,予以照顾;但其脚伤太不能动作,仍恐不能胜任耳。且乡下生活,动须行走,其脚不便,即吃饭、饮水、用水、洗澡、洗衣、上厕所等,来往、携取,困难甚大。故于其去,殊觉悲伤忧虑也。"又说:"年余以来,二老弱病残互相依赖,疾病相扶持,家务同料理,有事共商量,困难同克服,病苦忧烦互安慰,互助两利,以度暮年。今人各一方,又皆多病,更觉为难。且居处冷静,一人独处,形影相吊,亦感孤寂。"到12月27日,她又致信王淡芳说:"闲堂天寒伤又甚,且右脚因用力过多(左脚伤),负担过重,亦痛甚剧。乡下生活不便,劳动困难,虽予照顾,而年老残废,天寒脚痛,殊可念也!"程千帆性格刚强而洒脱,他在沙洋放牛的经历,在其诗作中只用"荆门叱犊四年余"一句轻轻带过。他甚至作诗歌咏一头名唤"破角"的老黄牛:"自我来沙洋,牧牛几五年。所牧六十余,驯劣互争妍。中有老黄牡,特出居群先。"他晚年追忆平生说到沙洋放牛之事,也只是说:"我就感到自己最适当的做学问的年龄,全给放牛放掉了。"对于当年被牛踩伤脚骨的细节,则不着一语。幸亏有沈祖棻的书信、日记,我们才知道当年程千帆所遭受的痛苦,才知道此事给沈祖棻带来的精神创伤。

1971年林彪事件发生后,"文革"初期的狂热状态开始降温。1973年邓小平复出工作,随即开始以恢复秩序为主要目标的全面整顿,其中包括高等教育。1975年9月的一次会议上,邓小平甚至指出大学的主要任务是教学,为了让教师好好教书,必须改善教师的地位。远在江汉的程、沈并未得知上述情况,但也感受到政治形势稍有宽松。最明显的标志是程千帆不再经受严厉的批判、斗争,只要待在沙洋放牛即可。到了1975年初,程千帆终于被摘去"右派"帽子,1月27日沈祖棻即写信告知施蛰存:"千帆已于数日前在沙洋分校正式宣布省委复文批准'摘帽',想为兄所乐闻。兄对千帆问题,向极关怀,故立奉告。前虽早有消息,但吾等惊弓之鸟,不见正式明文宣布,不能放心也。"可惜程千帆摘帽后仍然不能回家,于是沈祖棻转而希望其早日退休,但是退休亦有无穷麻烦。1975年5月15日,沈祖棻致信施蛰存说:"中文系,尤其古代文学教研组,人手奇缺,亦毫无召回千帆之意。欲申请退休,则退在沙洋,户口只能仍在沙洋,不能迁移矣,故此为难。"1975年10月12日,沈祖棻致信王淡芳说:"武大近将退休二百余人,凡到年龄者,皆可申请。千帆亦已申请,可有希望。明令退休,家在武昌总校,当可迁回矣。"1976年4月9日,沈祖棻致信王淡芳说:"千帆户口问题,迄今已四月有余,尚未解决。家在武汉者,准许返回,但手续迟迟未能办好,以致尚不能正式回汉。今续假将满,如目前户口不能解决,恐须重返沙洋。工作既已有人接替,住屋用具均成问题,反更多麻烦与困难矣。"同年5月6日,沈祖棻致信施蛰存说:"户口既未办好,退休又不能回家。工作既已交代,而又必须留沙洋。家人有病,亦不准请假。申请续假,云须证明;证明既寄,或未完全合要求;准许与否,又不置答,而径扣工资不发。经济事小,但即表示犯规示惩之意,故不得不匆匆而去。到后告云不准请假。另给住屋,另派轻微劳动工作。近闻户口迁回武汉有困难,而人又不能先回,则又唯有久留沙洋矣。"反反复复,进退两难。后来程千帆总算蒙准退休回到武汉,但办理落户的手续亦极麻烦。1977年4月14日,沈祖棻在日记中记道:"帆外出办户口未了手续。"同日,她又写信给施蛰存说:"千帆近则忙于办理迁移户口,手续繁多,相距遥远,连日骑车奔走,连饭亦不及回家吃,傍晚归来疲累已极。"11天以后,程、沈离开武汉往宁、沪访友。63天以后,沈祖棻从上海回到武汉的当天遭遇车祸逝世。程、沈两人直到最后也未能实现共度晚年的梦想,沈祖棻两年前所写的"历尽新婚垂老别,未成白首碧山期"两句诗,竟成诗谶!

沈祖棻于1940年写给恩师汪辟疆、汪旭初的信中自称:"受业天性,淡泊寡欲,故于生死之际,尚能淡然处之。然平生深于情感,每一忆及夫妇之爱,师长之恩,朋友之好,则心伤肠断耳。"《涉江词》中有多首写给程千帆的词作,如《鹧鸪天·寄千帆嘉州时闻拟买舟东下》《凤凰台上忆吹箫·岁暮寄千帆雅州》《过秦楼·病中寄千帆成都》等,皆写于流离失所之时,既抒缱绻深挚的夫妇之情,亦寓伤时念世之意,故情深意长,广受赞誉。但我认为沈祖棻晚年写给程千帆的五、七言诗作,若论情感之沉郁深挚,似乎更胜于词。例如1975年写的《寄千帆》:"一杯新茗嫩凉初,独对西风病未苏。人静渐闻蛩语响,月高微觉夜吟孤。待将思旧悲秋赋,寄与耕田识字夫。且尽目光牛背上,执鞭应自胜操觚。"前半首写秋夜寂寥,惟有虫声月影与己相伴。后半首抒写对千帆的思念。用"耕田识字夫"称呼一位专攻古典文学的著名教授,貌似诙谐,情实沉痛。尾联是对丈夫的谆谆嘱咐:你要专心放牛,千万莫学那些骑牛读书的古人,因为手执牛鞭胜过手握笔管!联想到程千帆在沙洋时不废读书的事实,以及时人对"白专道路"的严厉批判,沈祖棻此嘱确是发自肺腑之言。又如1976年写的《余既与千帆同获休致,而小聚复别,赋此寄之》:"偕老人空羡,何时共一椽?浮生消几别,忍死待多年。孤烛巴山雨,行踪郢树烟。谁知归隐日,依旧隔云天。"此时程千帆64岁,沈祖棻68岁,可算是白头偕老,然而竟不能同居一室。忍死等待多年仍未团聚,此生还能经得起几次这样的离别呢? 五、六两句分别借用李商隐"何当共剪西窗烛,却话巴山夜雨时"及柳宗元"欲知此后相思梦,长在荆门郢树烟"之句,前者写自己雨夜孤独之状,后者写程千帆远在他乡。"行踪"即行踪,沙洋地近古代的郢都,"郢树烟"三字借用柳句,极其精妙。明人何孟春评柳诗云:"梦非实事,烟正其梦境模糊,欲见不可,以寓其相思之恨。"清人何焯则指出:"《韩非子》:'张敏与高惠二人为友。每相思,不得相见,敏便于梦中往寻。但行至半路即迷。'落句正用其意。承五、六来,言柳州梦亦不能到也。"沈诗中虽未出现"梦"字,其实也是写梦境,是说自己梦中寻找千帆之行踪,却迷路于烟树凄迷之半途。尾联追问:为何夫妻皆已年老退休,却依然天各一方? 这真是义正词严的诘问,可是有谁来回答,又有谁能回答呢?

二、少年同学皆翁媪

　　除了正在沙洋放牛的程千帆之外,此时的沈祖棻也时时思念漂泊远方的友人,尤其是她早年在南京就读中央大学及金陵大学时的同学。1931年秋,沈祖棻从中央大学的商学院转入中文系,离沪赴宁。在1937年日寇侵华之前的五六年间,沈祖棻在六朝故都度过了人生中最愉快的岁月。当时在中央大学和金陵大学任教的著名学者如黄侃、吴梅、汪东、汪辟疆、胡翔冬等先生,对待学生亲如子侄。那些登堂入室的高足,甚至常有机会到老师家中吃饭,比如吴梅日记中就有不少留沈祖棻在家用饭的记载。学生之间更是相处亲密,喜爱文学者则纷纷结社。比如程千帆曾与孙望等人结"春风文艺社",沈祖棻曾与曾昭燏等女生结"梅社",程、沈都参加的则有"土星笔会"。沈祖棻在南京初露头角,其词作受到汪东等先生的赞赏,且因"有斜阳处有春愁"之句而号称"沈斜阳"。她在这里遇到了志同道合的程千帆,结成佳偶。南京本是六朝形胜之地,玄武湖畔的烟柳长堤,紫金山下的晨曦夕岚,都为程、沈等人的学习生活增添了浓郁的诗意。可惜的是,日寇的炮声惊破了他们的青春绮梦,随之而来的是"经乱关河生死别"(《临江仙》)的流离失所,以及"嗟长贫多病,羁恨凭谁共语"(《丁香结》)的艰难生计。及至人到中年,沈祖棻成为"右派"家属,"廿年分受流人谤"之句淡淡说来,其实包含着多少辛酸的泪水! 梁启超说"老年人常思既往","惟思既往也,故生留恋心"。晚年栖居荒村的沈祖棻自称"村媪今年六十余"(《答问》),"白发携孙一阿婆"(《友人诗札每有涉及少年情事者,因赋》)。这位白发阿婆回忆平生时,当年在秦淮河畔度过的青春岁月便成为记忆犹新的唯一亮点,当年风华正茂如今风流云散的少年同学便成为寄托相思的主要对象。1976年,沈祖棻作诗云:"回首当年玉笋班,飘零生死泪潸潸。少年同学皆翁媪,难向秦淮破醉颜。"(《介眉远惠书物,赋答》)真乃感慨系之!

游寿(字介眉)是沈祖棻交谊最深的女同学,两人在中央大学、金陵大学俱为同班,毕业后又在南京汇文女子中学同任教职。日后游寿长期在哈尔滨师范大学历史系任教,与沈祖棻天各一方,然鱼雁不绝。1974年,沈祖棻作《得介眉塞外书奉寄》十首,其九云:"万里迢迢系梦思,穷边白首独归迟。塞门春暮寒犹重,旷野风沙扑帐时。"1975年,沈祖棻作《介眉老眼失镜昏瞀,手复烫伤,犹作书相问,赋此寄慰》七首,其四云:"风雪漫天望里迷,十年分付与单栖。宣文纵可传周礼,无奈空梁落燕泥。"程千帆笺曰:"介眉于1963年丧偶,至是已十有二年。"1976年,沈祖棻又作《介眉远惠书物,赋答》十二首,其二云:"故乡迢递不成归,绝塞冰霜亲友稀。独立苍茫何限思,为君老泪一沾衣。"程千帆笺曰:"介眉无出,故诗中一再叹其羁孤也。"对于游寿这位薄命的故友,沈祖棻是何等的关切!

曾昭燏(字子雍)也是与沈祖棻交好的女同学,她在中央大学毕业后留学英国专攻考古,1955年出任南京博物院院长。1963年沈祖棻重游南京,与曾重逢,曾即席背诵《涉江词》中的游仙词十首,故沈祖棻赠诗曰:"旧词忘尽劳君记,诵到游仙第几篇?"(《癸卯夏重游金陵,赋呈子雍、白匋》)不料1964年年底,曾昭燏突然在南京灵谷寺跳塔自杀。十年以后的1974年,沈祖棻作诗追悼亡友:"风雨他年约对床,重来已隔短松冈。一言知己曾相许,绕指柔含百炼钢。"(《屡得故人书问,因念子雍、淑娟之逝,悲不自胜》)同年又作诗云:"湖边携手诗成诵,座上论心酒满觞。肠断当年灵谷寺,崔巍孤塔对残阳。"(《岁暮怀人》)曾昭燏自杀后,陈寅恪先生挽诗云:"高才短命人谁惜,白璧青蝇事可嗟。灵谷烦冤应夜哭,天阴雨湿隔天涯。"可见曾之自杀,当有不得已之原因在。沈祖棻也许并不清楚其中隐微,但肯定于心有戚戚焉。暮年悼友,悲情难抑。

从1973年冬,至1974年秋,沈祖棻断断续续地写成七绝组诗《岁暮怀人》,共计42首,诗序中说:"九原不作,论心已绝于今生;千里非遥,执手方期于来日。远书宜达,天末长吟;逝者何堪,秋坟咽唱。"可见所怀之人可分成存者与亡者两大类,等于是杜甫《存殁绝句》的扩充版。组诗所怀者有死于非命者多人,除了曾昭燏外尚有:杭淑娟,1966年被剃光头发,长跪于高台上接受批斗,终以瘐死,故沈诗云"悲风飒飒起高台,云鬓凋残剧可哀"。杨白桦,1968年投水自尽,故沈诗云"一曲池塘清浅水,白杨萧瑟起悲风"。徐铭延,1964年用菜刀自杀,故沈诗云"剩有旅魂终不返,那堪重听大刀头"。杨国权,于某年瘐死狱中,故沈诗云"微云衰草愁无际,何处荒坟吊故知"。宋元谊,1966年被辱自缢,故沈诗云"浣花笺纸无颜色,一幅鲛绡泪似冰"。此外还有陆仰苏,1966年被批斗,当时传闻已死,故沈诗云"名花奇石每相邀,一夕离魂不可招"。

亦有萍踪难觅、音讯杳然者多人，如龙芷芬，沈诗云："燕京老去依娇女，谁共黄尘感逝波？"又如章伯璠，沈诗云："江南河北空相访，不见池亭扑蝶人。"又如赵淑楠，沈诗云："雾散渝州人不见，酒楼空忆白玫瑰。"又如萧印唐，沈诗云："箧中草圣依然在，何处春风问讲堂？"更多的则是春树暮云、天各一方者，比如高文，沈诗云："夷门老作抛家客，七里洲头草树荒。"又如孙望，沈诗云："秣陵旧事难重理，空向旁人问起居。"又如金克木，沈诗云："斯人一去风流歇，寂寞空山廿五年。"又如施蛰存，沈诗云："一自上元灯冷落，断碑残帖闭门居。"

1976年，沈、程二人相继退休，总算恢复了自由身，于是开始规划东游访友，以慰相思。东游的第一个地点当然是南京，其次则是上海。除了在此两地的友人外，他们又邀约济南的殷孟伦、成都的萧印唐等人同往南京，大家都是当年的少年同学。当年8月，程千帆作诗云："廿载沉吟直至今，故人风义敌兼金。吴淞白浪秦淮月，识我徂东一片心。"（《江南故人闻余将休致，咸劝东游。辄赋小诗，以为息壤》）是年年底，沈祖棻作诗云："花开沽酒迎佳客，风暖扬帆作远行。稍喜岁除人病起，安排良会计游程。"（《岁暮漫兴》）期盼、欣喜之情，溢于言表。1977年4月25日，程、沈终于实现了盼望多时的东游，带着外孙女早早乘舟东下。两天后船到南京，受到孙望、徐复、吴白匋、张拱贵、金启华、吴调公等人的热情欢迎和款待。殷孟伦、高文、萧印唐、施蛰存等人因故未至，章黄孙则明知程、沈即将赴沪仍然专程从上海赶来与此盛会。时隔几十年，紫金山的苍翠峰峦如故，玄武湖的烟柳长堤如故，只是当年的翩翩少年

1977年6月,程先生、沈先生与老友章荑荪(左一)相会于上海

都变成了白发老人。程千帆感慨万分,当即赋诗:"少年歌哭相携地,此日重来似隔生。零落万端遗数老,殷勤一握有余惊。"(《重到金陵,赋呈诸老》)沈祖棻则在南京师院的招待所里一气呵成由18首五律组成的连章律诗《丁巳暮春,偕千帆重游金陵,呈诸故人》,为此次盛会留下详细真切的记录。诗中既有怀念亡友的悲伤,如第14首写席间吴调公出示杨白桦遗诗:"生死悠悠意,沧桑事万端。故居悲数过,遗咏忍重看。强尽盈觞酒,聊为满座欢。时清君不见,闻笛更心酸。"更有重逢故人的欣喜,如第7首写初到南京时赴孙望家宴:"十年天竺路,旧迹记依稀。暮色方笼树,欢声乍启扉。繁花迎远客,春雨湿征衣。儿女陈盘盏,语余灯影微。"此时新时期的曙光已现东天,沈祖棻对此充满希望,第17首说"老来逢治世,拭

目喜同看",第18首又说"加餐爱光景,共乐太平时",确是一位历经磨难、劫后余生的老诗人的真诚心声!正如章子仲在《沈祖棻的文学生涯》中所说,"东下访友,是她在人生舞台谢幕前的最高潮"。可惜的是一个月后沈祖棻就因车祸离开人间,她的一枝彩笔没能在新时代中继续放射光芒。

三、琐屑米盐消日月

1976年秋,沈祖棻作《淡芳、文才数惠诗札,赋答》四首,其三有句云"琐屑米盐消日月"。40多年前我初读此诗,以为或有夸张。如今读到新版《沈祖棻全集》中的晚年书信及日记,方知此句就像陶诗、杜诗一样,字字实录,真切动人。

沈祖棻晚年在物质生活上感到艰难的一大原因是居住条件。程、沈一家原住武汉大学特二区,上下共有四个房间,比较宽敞。周围的生活设施相当齐全,菜场、食堂、邮局、理发店等一应俱全。可惜到了1966年秋天,程、沈全家突然被赶出特二区,迁往武大"下九区",那是武大校园里最偏僻的一个角落,紧挨着东湖边的小渔村。下九区位于珞珈山与东湖之间的狭小地带,一旦下了暴雨,从珞珈山上泻下的洪水奔流入湖,下九区便是必经之途。那里建有一排简陋的低矮平房,分配给程、沈的新居便是其中的两间。1970年以后,程千帆常年在沙洋放牛,女儿程丽则在工厂里"三班倒"必须住宿舍,星期天才能回家探望,平时就只有沈祖棻独居于此。此处"新居"给沈祖棻带来的种种困难,比如路远难行、山洪毁屋等,在1975年所写的《忆昔》七首中有极其生动的描写。其一:"忆昔移居日,山空少四邻。道途绝灯火,蛇蝮伏荆榛。昏夜寂如死,暗林疑有人。中宵归路远,只影往来频。"其五:"初到经风雨,从容未识愁。忽闻山泻瀑,顿讶榻如舟。注屋盆争发,冲门水乱流。安眠能几夜,卑湿历春秋。"诚如程千帆笺曰:"皆纪实之作,朋辈读之,莫不伤怀。"

当时全民共度的时艰之一是物资匮乏,供应不足。兹事直接影响百姓生计,沈祖棻在各类文字中都有涉及。1973年写的《癸丑秋冬之际,山居偶成》中已有"市远米薪难"之句,1976年的《介眉远惠书物,赋答》中又有"米盐料理长儿孙"之句,同年的《淡芳、文才数惠诗札,赋答》更说"琐屑米盐消日月",由于诗体的局限,故惜墨如金。但也有例外者,如同年的《漫成》之三云:"早市争喧肩背摩,新蔬侵晓已无多。旗亭索脍纵横队,山路舆薪上下坡。"前三句都是写清晨排队买菜的情形:因人多菜少,故一大早就得赶往菜场去排队,大家摩肩接踵,众声喧哗。天色刚亮,新鲜蔬菜便已所剩无多。"旗亭"本指市楼,此处当指菜场内的肉铺。当年的肉食定量供应,顾客手中的肉票斤两有限,便格外计较肉的部位,"索脍"二字是说顾客指点着柜台上的整片鲜肉,请小刀手在较好的部位下刀。肉铺前经常是人群乱挤,虽有队而不成形,故曰"纵横队"。读到此句,我眼前便涌现出当年排队买肉的杂乱景象,真是于我心有戚戚焉!所以《漫成》之五的"肉食难谋聊去鄙"之句,就是说无肉可食!这种情形在沈祖棻的书信中说得更加生动,如1976年1月8日致信施蛰存说:"新年供应,合家有排骨二斤,鱼二斤,惟蔬菜全无。幸儿辈在郊区得萝卜数斤耳。商店副食品全无,酱油亦无,水果糖限每人两角。"1976年12月11日致信王淡芳说:"千帆拟买两份每月凭票配给豆渣所做之豆腐干,出外五次购买不得。"1977年农历元月五日致信王淡芳:"近来供应日缺,即煤柴不但量少质坏,买运困难,且至无法买运。如一月份定量分配煤,千帆连跑五六次,排班站队,连煤条亦未能领到,更无论取煤托运。"沈祖棻的日记中有更加细致的记录,比如1976年6月24日:"六时三刻去向阳菜场,拟买辣椒,春荣言已去二次买不到。有番茄早排长队,现必已卖完,遂不去……张婆婆来说,有卖辣椒、番茄,陈老师说的,她已叫平平、红红排两个队,我去可接一个。不知急急跑去,皆无,且已过时关门。白跑一趟,回来更累。"次日又记:"早起买菜,六时十分出门,排队近一小时,临到番茄卖完,洋豆已老未买,买两块豆腐而回……十二时半睡至二时,醒即起至东湖买辣椒,又营业员开会去关门,仍未买得。"可见沈祖棻的日记和书信,就是解读其诗歌作品的真切背景,把三种文体合而观之,就是一部现代版的《本事诗》,而且是由李白、杜甫亲自撰写的《本事诗》!

日常生活中还有许多细碎琐屑的麻烦事,在诗歌或书信中难以着笔,沈祖棻就写进日记。比如养鸡:那年头家家户户都要养几只鸡,沈祖棻也不例外,阅其1976年的日记,可知她养了三只母鸡,黄色、黑色、麻色各一,日记中常见"黄鸡生蛋""黑鸡生蛋"等语。6月5日记:"三鸡均未生蛋。黑、麻二鸡空伏甚久,仍未生。近二鸡常如此,黑鸡更久更甚。"鸡当然也会捣乱,6月10日记:"回屋发现黄、黑二鸡在新换干净褥单上满床乱跑,到处脚灰印,气极。

幸印轻刷掉不显,但终于干净的变成有过灰污了。铺得平整干净,费力费事,终可气! 幸尚未脏耳。本想睡两周干净舒适的,无故意外鸡来乱搞。"是年7月所作《早早诗》中记外孙女早早之语:"鸡鸡不洗脚,上床胡乱搞。"看来就是从外婆嘴中学来的。一次群鸡染上瘟病,沈祖棻急得手忙脚乱,8月7日记:"发现黑鸡似病,找土霉素剥蒜瓣,拟晚令春荣捉三鸡喂之。"8月8日记:"黑鸡进房大吃米,或可望好。麻鸡先一个独吃甚多。黄鸡看了不吃,并屙稀,恐亦有病了。"8月10日记:"下午喂鸡,三鸡均吃米连啄急速如常,想病已好。"想不到曾写出"有斜阳处有春愁"之句的春风词笔,竟如此琐碎地记载养鸡经历,此等文字真是无意为文者,读来亦甚有味。

又如鼠患:1975年夏秋的日记中常记有"拌鼠药",至9月3日初见战果:"药死一小鼠。"9月22日继续战斗:"晚餐洗脚后,即忙炒米拌油做鼠药放各处,近来鼠日益猖狂!"9月23日女婿张威克也来助战:"今早一起,在厨房见一大鼠毒死。后威克做清洁又发现两中小鼠。夜仍拌药,外房药均吃掉,当仍有鼠被毒死。而里仍有鼠闹一夜,药似未吃,看明夜闹否? 如无,则已吃药毒死。"但那些老鼠非常狡猾,很难歼灭,故10月6日仍记道:"因鼠闹不能睡……威克临走扫地,又在外间发现一死大鼠,已腐,寻里仍不见。今晚油条中藏药,不知会吃否? 昨夜通晚闹不能睡,真伤脑筋!"次日又记:"昨夜十二时半睡至二时,被鼠闹得不能再睡,起看已吃掉一处油条,因又用药拌油放破匙中,即未吃,尚有油条搬动二次仍未吃,至五时过仍闹……后至厨中仍见一小鼠跑,又将外房油条放入，再进厨房即已吃掉。今早找不到死鼠，里屋也找不到。昨闻放痰盂处似有臭味，怕死鼠烂了不卫生！"到后来，老鼠简直修炼成精，沈祖棻不堪其扰，10月13日记："昨夜仍鼠闹一夜，益猖狂，不能入睡，爬床头帐杆、电线，跑帐顶，手敲、口叱、开灯均已无用。半夜起坐藤椅上握手杖守击，求其不在床头闹，则尚略可安眠。夜寒殊甚，后用毯盖，守三刻不出，才上床又出。至三时后疲极，始朦胧睡去，睡中仍闻大闹，睡不安，仍数醒开灯……每将药移动放其经过路线中，彼即改变其路线。现房已收净尽无食物，仍不吃，可怪也！"使人敬佩的是，在这种情境下，沈祖棻仍然不废吟咏，在同一天的日记中，赫然记着"今日重九，卧床成一律"！

困苦的生活当然会影响心情，1975年7月8日的沈祖棻日记说："早稍凉，拟穿长衣裤，均脱线须缝补，不知脱线之处太多，又袖口破了，须拆缝尚可，做到七时多，甚烦，因之心情不大好，觉甚凄苦，因各事为难及无味也……因米难淘，九时多即淘米，洗择甚烦。天又大雷雨，所晒物仍要潮霉，棉胎又无物包，无处放了，必回潮。樟脑丸又一直忘买，忽心中凄楚，有想哭之感。"这真是"凄凄惨惨戚戚"！然而古语说得好："诗穷而后工。"生活的艰难困苦往往能催生诗情，试看此年所作的《新秋》："连朝风雨满江城，便有萧萧落木声。簟小裯单宜卧病，笺残墨剩漫抒情。云沉北雁书难至，秋到东湖水更清。徙倚长堤无限思，独归还傍短灯檠。"如把前则日记看成此诗的写作背景与灵感来源，不亦宜乎？

1976年12月2日，在武汉大学九区附近的东湖堤上的小石桥上留影。左起：程先生、程丽则、早早、沈先生

四、娇女雏孙慰眼前

1976年，沈祖棻在《淡芳、文才数惠诗札，赋答》之三中有句云"娇女雏孙慰眼前"，这是她晚年生活中最大的安慰。"娇女"指独生女儿程丽则。沈祖棻39岁初产，不幸遇到庸医，剖腹产时将一块纱布误留腹内，导致病痛缠身，终生衰弱。正因如此，沈祖棻格外疼爱程丽则，在日记中始终称她为"囡"，哪怕她已为人母亦未改口。自从程千帆流放沙洋后，母女二人更是相依为命。1970年

后程丽则进厂当了工人，虽然工厂离家甚远，仍然每逢周日就回家探望。1972年春，程丽则出嫁，沈祖棻作诗示之："娇憨犹自忆扶床，廿载相依共暖凉。春径看花归日暮，秋灯拥被话更长。每夸母女兼知己，聊慰亲朋各异方。喜汝宜家偿凤愿，眼前膝下几时忘。"沈祖棻是旧时代的大家闺秀，拙于料理家务。程丽则生长于革命化的年代，自是十分能干，女婿张威克既强健又忠厚，夫妇俩对沈祖棻的照顾相当周到，这在其书信与日记中常有记载。

"雏孙"指外孙女张春晓，生于1974年，因早产，乳名早早。舐犊之情，人皆有之，独居孤寂的沈祖棻更是如此。只要早早在家，就一定是日记中的主角。沈祖棻写日记始于1975年3月21日，23日便记道："刚好囡一人回，因不放心我也。早早吃、走甚欢，我们晚间热闹，早早睡后又谈笑，不觉冷静寂寞了。"25日又记："十时与囡和早早同至广埠屯，早早也时要下地走，故更慢。"4月6日又记："早早吃馒头极喜爱，吃大半个之多。"4月8日又记："我陪早早在家，早早坐车椅中，喂她吃米泡，又喝葡萄糖水半杯，后又喝糖水半杯，不但肯喝，且自要喝，吃玩说笑极乖，未哭一声，叫一下，闹一会，一直维持了一小时又五十分钟，极可爱。"要是早早不在家，沈祖棻就非常想念，10月27日记道："天将亮闻小儿哭，睡梦中以为早早。早醒不闻早早叫唤声，不见早早，极为想念不置！起后也随时一直想早早，她的声音笑貌如在目前，常如听到她说的话。"早早成长过程中的点滴细节越积越多，《早早诗》的腹稿便逐渐形成。1976年5月24日记道："适囡回，我即躺藤椅休息，早早跟威克摘菜，我并嘱威克让她择菜，弄坏一点不要紧。囡亦在

1982年，程先生书《早早诗》（局部）

外房洗提包。不一刻，忽闻东西倒塌声甚重响，接着早早哭，大惊奔出，初以为小凳跌倒，不知被小晏自行车倒跌压在身上。小晏扶车，我和囡扶抱早早，哭了一下，说腿痛，后即止哭，一刻即走动说不痛了。"这分明就是《早早诗》中"偷攀自行车，大哭被压倒。婆魂惊未定，儿身痛已好"几句的绝妙素材。到了6月28日，酝酿已久的《早早诗》终于动笔："昨夜睡迟，饮茶多，过累，上床未睡着，又想早早，为之作诗，更兴奋不能入睡，至一二时始睡着，仍不沉着。幸早五时多和六时多醒二次又入睡，至七时廿分始醒，尚好，七时半后起。早事毕已八时半过，尚未生火出灰扫地清鸡笼，亦未早餐，写出《早早诗》前一部分，待续。"次日又记："思续做《早早诗》，思已不属，奈何！"7月2日又记："改定抄录《早早诗》一节。"3日又记："六时半晚餐一碗饭，饭后头昏精神转好，八时半后改《早早诗》，查字及韵，至十一时始上床。"4日又记："改定抄写《早早诗》。"直到10月15日，仍记道："改添《早早诗》二句。"次日又记："早事毕，与千帆商改《早早诗》。"其后又有多处让程千帆抄写《早早诗》并寄给外地师友的记录。沈祖棻晚年写诗，速度极快，如有神助。例如1975年6月27日记道："下午及晚上做写诗连昨晚共十七首，还有八首腹稿未改定写出。共有廿五首，仅一个半晚上，半个上下午，可算很快，真如帆所说的大笔一挥了。"7月4日又记："乘凉一小时，做寄介眉诗十绝，仅二句未成，十时半进房足成。"9月25日又记："夜又成七律二首，极速成。"唯独这首《早早诗》，从酝酿到写作到修改，前后费时数月。毫不夸张，这是沈祖棻晚年最为呕心沥血的精品，是《涉江诗》中的压卷之作。后来朱光潜题《涉江诗词集》曰："独爱长篇题早早，深衷浅语见童心。谁言旧瓶忌新酒，此论未公吾不凭。"张充和则致信程千帆说："充和最爱其诗中之《早早诗》，每逢人必读，此亦白话诗也，非大手笔，何能如此？是心中流出而不是做出。人人可感受，而人人都写不出。"好评如潮，皆非虚语！

舒芜在《沈祖棻创作选集·序》中对《早早诗》作了详尽的分析，他的意见几乎成为定评，连程千帆也称为"精辟之评论"。舒芜说："晚年她又自解包缠，舍词而诗，终于写出《早早》这样中国古典诗歌史上空前未有的佳作，这一切正是她对祖国的不朽的贡献。"又说："《早早》一篇用童心的灯光照亮了苦难和屈辱的灵魂的暗隅，这才是它的'深衷'所在。"凡此皆说得极好，我完全同意。但是关于《早早诗》的写作动机，我的看法稍有不同。《早早诗》的最后一节说："儿勿学家家，无能性复痴。词赋工何益，老大徒伤悲。

汝母生九月，识字追白傅。少小弄文墨，勤学历朝暮。一旦哭途穷，回车遂改路。儿生逢盛世，岂复学章句？书足记姓名，理必辨是非……但走金光道，勿攀青云梯。愿儿长平安，无灾亦无危。"舒芜认为"这里决没有什么反讽之意"，我则认为此处充满反讽。对沈祖棻来说，祖国的传统文化早已沦肌浃髓，她岂能真心希望儿孙"书足记姓名"？况且《早早诗》的谋篇立意全是模仿李商隐《骄儿诗》的，李诗最后一节云："爷昔好读书，恳苦自著述。憔悴欲四十，无肉畏蚤虱。儿慎勿学爷，读书求甲乙。穰苴司马法，张良黄石术。便为帝王师，不假更纤悉……儿当速成大，探雏入虎窟。当为万户侯，勿守一经帙。"李商隐是真心否定自己呕心沥血的诗文写作，并希望爱子弃文从武？非也，他是在满腔悲愤地说反话！《早早诗》的旨意也不可能与《骄儿诗》反其道而行之。诗中的"汝母"即沈祖棻的女儿程丽则，虽未上过大学，但她诗文俱佳，所撰《文章知己千秋愿——程千帆沈祖棻画传》描述父母的平生经历及精神风貌，情文并茂。书中评《早早诗》说："祖棻作为'家家'在世时，'左'倾路线的长期泛滥，'文化革命'的十年颠覆，她真是很难料想知识分子何时有出头之日。她在诗中结尾部分描述的是，一个才华横溢的高级知识分子对后代前程绝望之后的期待，读之令人心碎。"然哉斯言！至于"早早"，则在南京大学和复旦大学相继获得古代文学的硕士学位和博士学位，如今已是暨南大学文学院的副教授，不但"学章句"，而且攀了"青云梯"。我相信，沈祖棻泉下有知的话，定会对儿孙相继走上"学章句"之途深感欣慰，因为这才是她的真实期望。

五、吟罢新诗意未穷

1996年，程先生在弟子吴志达陪同下为沈先生扫墓

1975年春，67岁的沈祖棻寄诗给孙望说"吟罢新诗意未穷"（《杂书旧事寄止疆》）。此时沈祖棻老病交加，竟然全年作诗116首，真是诗意无穷，诗兴不浅！可惜到了1977年6月，就在沈祖棻写出《丁巳暮春，偕千帆重游金陵，呈诸故人十八首》之后一个月，她突遭车祸不幸逝世，其方兴未艾的诗歌写作突然画上句号。不久，程千帆应聘南京大学重返学界，不但创造出余霞满天的晚年学术辉煌，而且培养出一支号称"程门弟子"的学术新生力量。沈祖棻用毕生心血写成的《涉江诗词集》以及《宋词赏析》《唐人七绝诗浅释》等书皆得公开出版，受到读者的热烈欢迎。沈祖棻在家庭命运即将否极泰来、整个国家即将拨乱反正的关键时刻突然去世，为"才女命薄"的古老话题增添了最准确的例证。

1940年，沈祖棻在写给恩师汪辟疆、汪旭初的信中声称："受业向爱文学，甚于生命。曩在界石避警，每挟词稿与俱。一日，偶自问：设人与词稿分在二地，而二处必有一处遭劫，则宁愿人亡乎？词亡乎？初犹不能决，继则毅然愿人亡而词留也！"沈祖棻晚年虽然没有面临人亡还是诗亡的两难选择，但她在生命的最后五年中不顾老病交加依然不舍昼夜地写诗，显然体现出对生命价值的终极追求。从早年的《涉江词》，到晚年的《涉江诗》，沈祖棻把文学创作看得重于生命。1947年，沈祖棻写信给弟子卢兆显说："尝与千帆论及古今第一流诗人无不具有至崇高之人格，至伟大之胸襟，至纯洁之灵魂，至深挚之感情。眷怀家国，感慨兴衰，关心胞与，忘怀得丧，俯仰古今，流连光景，悲世事之无常，叹人生之多艰，识生死之大，深哀乐之情，为天地立心，为生民立命，夫然后有伟大之作品。其作品即其人格心灵情感之反映及表现，是为文学之本。"这是沈祖棻对弟子的谆谆教诲，也是她进行创作时的夫子自道。《涉江诗》就是在这种观念的指导下从肺腑流出的真文字，它所获得的成就使沈祖棻生命中的最后五年余霞满天，与程千帆晚年的学术事业交相辉映。1975年秋，沈祖棻赋诗曰："春风词笔都忘却，白发携孙一阿婆。"（《友人诗札每有涉及少年情事者，因赋》）透过谦抑的语气，我们不难看到自豪兀傲的神情，这是她留给历史的一幅自画像。

（《南方周末》2024年7月18日、25日）

附：本文在《南方周末》的网络版与纸质版先后刊布后，有读者来函指出文中的引文及史实各有一误，现予订正。作者谨识。

不息故健，仁者必寿

昨天的风雨，安排了一场雨师洒道、风伯清尘的庄严仪式。今天云散雨收，增添了江南三月、草长莺飞的祥庆气氛。在这个吉日良辰里，我们欢聚一堂，隆重地庆祝周勋初先生的八十华诞，我谨代表南京大学中国古代文学学科讲几句话。其实与刚才发言的胡传志教授一样，我也是周先生的弟子，可以毫不夸张地说，如今在南京大学中国古代文学学科，包括古代文学教研室和古典文献研究所工作的全体同仁，都是直接或间接地受到周先生教导的弟子。但由于我本人曾长期在博士生教学和学科点建设两个方面协助周先生的工作，所以我也算是周先生的助手。这种双重的身份使我对周先生在上述工作中作出的贡献有较多的了解，也对周先生所付出的心血有较深的体会。

周先生首先是一位驰誉海内外的杰出学者，他的学术研究以范围广泛、见解深刻为主要特征。在中国古代文学史、中国文学批评史、中国古典文献学和中国古代思想史诸领域内，周先生都获得了重要的研究成果。他的研究不以某个历史时段为限，而是上起先秦，下迄近代。也就是说，周勋初先生的学术研究无论在共时性还是历

周勋初先生在工作中

时性的维度上都达到了"通人"的境界。正因如此，周先生对中华传统文化就有了相当完整的把握，对中华传统文化的精髓就有了相当透彻的理解。对光辉灿烂的中华传统文化进行深入的研究以及具有现代意识的阐释，再进而实现与现代文化精神的接轨，从而让它在中华民族的伟大复兴中发挥更大的作用，这就是周先生全部工作的精神动力和终极目的。大家阅读周先生著作的时候，一定会注意到其中有好几种是成书于"文革"以前，甚至是"文革"之中的。例如《九歌新考》成书于1960年，《中国文学批评小史》成书于1966年，《高适年谱》成书于1973年，《韩非子札记》成书于1974年。众所周知，在那些年代里，学术研究不但得不到任何鼓励，反而会得到"走白专道路"等可怕的罪名，加上周勋初先生出生于地主家庭，在那种特定的社会环境中，这种身份的人一般都对学术研究避之唯恐不及。但是周先生一直都在孜孜不倦地进行学术研究，这就不可能怀有任何实际功利的目的，而只能是出于对学术与传统文化自身的热爱。我认为，只有在这种心态下写成的著作，才能与曲学阿世的伪学及浮躁浅薄的俗学彻底绝缘，才可能具备最高的学术品格。司马迁著《史记》，曹雪芹著《红楼梦》，就是历史上的范例。周先生曾撰写专文高度评价陈寅恪先生倡导的文化精神，其实在周先生自己的著述中，也同样闪耀着这种文化精神的光芒。

周先生也是一位桃李满天下的良师。大家手头的这册《周勋初先生八十寿辰纪念文集》中所收的38篇论文的作者，都是周先生在改革开放以后在南京大学指导过的学生。其实在"文革"以前的南大以及在其他高校里受到周先生的直接指导或学术沾溉的弟子还有很多，不过我们尊重周先生本人的意见，没有邀请他们撰稿而已。比如台湾"清华大学"的朱晓海教授，就以周先生的私淑弟子自称，并主动寄来了论文，要求编入这部纪念文集。由于周先生本人的谦逊，表示不敢当，我们才没有把朱教授的论文编进纪念文集，改而收进了《古典文献研究》的纪念专号。周先生对教学工作付出的心血丝毫不逊于他本人的学术研究。他因材施教，循循善诱，他培养的弟子不但在南京大学形成了本学科的主体力量，而且在海内外的多所大学和科研、出版单位里作出了优异的成绩，成为那些单位的优秀人才。马来西亚的学生余历雄博士把他向周先生问学的对话记录成稿，出版了《师门问学录》一书，在海内外的中文学界产生了巨大的影响，就是一个明证。周先生曾两度被省教育厅授予"优秀研究生导师"的光荣称号，可谓实至名归。

综上所述，周先生既呕心沥血地辛勤笔耕从而著作等身，也循循善诱地培养学生从而桃李满天下，他在学术研究与教书育人两方面都作出了卓越的贡献，从而以通儒和名师驰誉海内外。然而我认为周先生更大的贡献是在南京大学中国古代文学的学科建设方面。众所周知，南京大学的中国古代文学学科在教育界和学术界久享盛名，在上世纪的30、40年代曾以"东南学术"之名倾动一时，80年代以后又接连三次被教育部评定为国家重点学科，成为国内外公认的学术重镇。就其整个历史进程来说，南大的中国古代文学学科的创建和发展当然离不开许多前辈学者的卓越贡献，也离不开曾在本学科工作和学习的全体师生的集体努力，但若论工作时间之长、所作贡献之巨，则周勋初先生堪称本学科的杰出代表。周勋初先生于1950年考入南大中文系，1956年考上胡小石先生的副博士研究生，1959年改为助教留校任教直至如今，他在南大中文系的学习、工作一共经历了半个多世纪的历程。如果把1952年的院系调整看成南京大学中文系的真正开端的话，周勋初先生的生平正好与一部系史同步推进。自从1980年以来，周先生先后担任南京大学研究生院副院长、南大古典文献研究所所长等职务，校外兼职则有江苏省文史研究馆馆长、全国高等学校古籍整理研究工作委员会副主任、全国古籍整理出版规划领导小组成员、中国唐代文学学会副会长及顾问、中国古代文学理论学会副会长及顾问、中国《文选》学会顾问、中国李白学会顾问、《全唐五代诗》第一主编、"中国思想家评传丛书"副主编等。尽管他的社会工作十分繁忙，尽管他本人的学术研究和教学工作要耗费大量心血，周勋初先生仍把最主要的精力投入到学科建设中去，为南京大学的中国古代文学学科的建设立下了汗马功劳。他先是作为原学科带头人程千帆先生的得力助手，为这个国家重点学科的创建作出了筚路蓝缕的贡献；然后又以学科带头人的身份长期领导本学科继续发展。从学科的队伍建设、课程设计到研究方向的规划和集体项目的开展，周先生倾注了大量的心血。直到如今，周先生依然密切地关心着本学科的发展，依然耐心细致地指导着学科成员的成长。周先生在1995年被省教育厅评为"江苏省普通高等学校优秀学科带头人"，1999年又被南京大学校长授予"优秀学科带头人"称号，这是上级领导对他在学科建设上所作出的成绩的高度肯定。而我认为，对周先生的此项功绩，还有更高的表彰，那就是本学科欣欣向荣的良好发展态势和求真务实的良好学术声誉。

　　各位来宾，各位同仁！我们尊敬的周先生年近八秩了，但是老骥伏枥，志在千里，周先生依然精神矍铄，至今笔耕不辍。在《文学遗产》等重要学术刊物上仍不断出现他的学术论文，由他主持的《全唐五代诗》《宋人轶事汇编》等工作也正在有条不紊地进行。就在几天前，周先生的两部新著刚刚问世。当大家手捧还在散发着油墨香的两部新著时，一定会为年近八十的周先生身体如此健康、精力如此充沛感到高兴。当我们惊讶于周先生获得如此巨大的成就时，大家一定会联想起"天行健，君子以自强不息"这句古训，一定会认为周先生的人生历程就是这句古训最生动的一个例证。我还认为苏东坡在《易传》中对这句话的阐释最有助于我们理解这句格言的精神。苏东坡说:"夫天岂以刚故能健哉? 以不息故健也。"的确,"天行健"的关键在于"不息"。周先生年轻时曾一度因病休学,中年以前又因时代因素而受到种种耽误,但他始终对人生充满信心,始终在辛勤地工作,始终在不懈地努力。仁者必寿,周先生所热爱的中华传统文化本来就包蕴着生生不息的精神,这种精神必将使周先生长命百岁,并长葆学术的青春。

我谨代表南京大学中国古代文学学科的全体同仁,衷心祝愿敬爱的周先生健康长寿,也祝愿敬爱的周师母健康长寿!

(2008年4月20日在南京大学"周勋初先生八秩华诞庆典暨学术思想研讨会"上的致辞)

犹能为国平燕赵

十年前，在周勋初先生八十寿辰即将来临之际，其及门弟子各撰一文为先生寿，结成《周勋初先生八十寿辰纪念文集》，我在该书序言中说："周勋初先生是驰誉海内外的杰出学者，他的学术研究以范围广泛、见解深刻为主要特征。在中国古代文学史、中国文学批评史、中国古典文献学和中国古代思想史诸领域内，周先生都获得了重要的研究成果。他的研究不以某个历史时段为限，而是上起先秦，下迄近代。也就是说，周勋初先生的学术研究无论在共时性还是历时性的维度上都达到了'通人'的境界。正因如此，周勋初先生对中华传统文化就有了相当完整的把握，他对中国华传统文化的精髓就有了相当透彻的理解。对光辉灿烂的中华传统文化进行深入的研究以及具有现代意识的阐释，再进而实现与现代文化精神的接轨，从而让它在中华民族的伟大复兴中发挥更大的作用，这就是周勋初先生全部工作的精神动力和终极目的……正是这种精神使周勋初先生始终处于积极乐观、奋发向上的精神境界之中。周先生年轻时曾一度因病休学，而今年近八秩却反而精神矍铄，至今笔耕不辍，这正是'天行健，君子以自强不息'的古训的生动例证。"荏

2018年，我与周勋初先生在南京大学庆祝周先生九十寿辰大会上

苒十年，周先生的九十寿辰即将来临，其及门弟子又各撰一文为先生寿，结成《周勋初先生九十寿辰纪念文集》，大家推我作序。我惊讶地发现，十年前我在前书序言中所说的上引数语，只需将"八秩"改成"九秩"，便可全部迻录到这篇序言中。此时此刻，我脑海中涌现的古语已不是曹操的"老骥伏枥，志在千里"，而是陆游的"一闻战鼓意气生，犹能为国平燕赵"！

周勋初先生庆祝八十华诞之后，并未退居静养，含饴弄孙，而是笔耕不辍，成果斐然。请看他近十年推出的著作目录：《馀波集》，南京大学出版社2008年3月出版；《胡小石文史论丛》，南京大学出版社2008年4月出版；《唐代笔记小说叙录》，凤凰出版社2008年3

月出版;《宋人轶事汇编》,上海古籍出版社2014年9月出版;《全唐五代诗》(初盛唐部分),陕西人民出版社2014年10月出版;《江苏社科名家文库·周勋初卷》,江苏人民出版社2015年6月出版;《文心雕龙解析》,凤凰出版社2015年11月出版;《唐诗纵横谈》,北京出版社2015年12月出版;《锺山愚公拾金行踪》,复旦大学出版社2016年5月出版;《艰辛与欢乐相随》,凤凰出版社2016年9月出版。作为一位年过八旬的老人,在短短十年中获得如此丰硕的成果,令人惊叹。

上述诸书具有不同的性质,大体上可分成六类。第一类共3种,是对从前积累的研究成果的整理、结集。其一是《馀波集》,此书所收的数十篇文章,大多撰于80岁以前。这些文章散见于各种刊物,读者翻检不易,如今结为一集,极便学者。重读此书,使我想起杜甫的诗句"馀波绮丽为"。其二是《周勋初卷》,周先生于2013年被评为首届"江苏社科名家"。次年,江苏省社科联编纂《江苏社科名家文库》,《周勋初卷》即为文库之一。此书由周先生自选其代表作26篇,分成"文史研究""序""叙录""访谈录""前言后记""教学讲演"等6类,基本包括周先生学术成就的各种形式。更重要的是,此书收入周先生自撰的《学术小传》和《学术年谱》,是读者了解周先生学术经历的第一手文献。其三是《锺山愚公拾金行踪》,这是复旦大学出版社所编《当代中国古代文学研究文库》之一,实即周先生的论文自选集。与《周勋初卷》不同,此书所收26篇代表作皆为标准意义上的学术专论,其最大特征是全书分为"先秦两汉文史研究""魏晋南北朝文史研究""唐代文史研究""宋代至当代文史研究"四辑,其覆盖面包括整个中国文明史,最能体现周先生学贯古今的治学特点。

　　第二类共2种，是对旧著的修订、加工，虽是旧著再版，却具有推陈出新的意义。其一是《唐代笔记小说叙录》。唐代的笔记小说，版本繁多，流传改编情况极为复杂，周先生曾对唐人笔记下过大功夫，并亲自整理过《唐语林》。《唐代笔记小说叙录》的论述对象多达57种，其中包括《隋唐嘉话》《朝野佥载》《御史台记》《教坊记》《封氏闻见记》《大唐新语》《国史补》《刘宾客嘉话录》《开天传信记》《次柳氏旧闻》等最重要的唐人笔记。此书曾在2000年收入《周勋初文集》，此次重版多有修订，后出转精，不仅从史源学的角度弄清各书的材料来源和编纂经过，而且通过具体考辨揭示一些带有普遍性的规律，为古籍整理提供了宝贵的经验。其二是《唐诗纵横谈》，此书的上编是对旧著《唐诗文献综述》进行修订补充，从而对唐诗文献进行分门别类的全面梳理、评介。唐诗文献，不但浩如烟海，而且种类繁多，初学者往往不得其门而入。此书将唐诗文献分成文集、史传、小说、谱牒、碑志、壁记、登科记、书目、诗话、艺术、地志、政典、释道书等13大类，不但论述了各类文献的性质、产生背景、流传情况，而且介绍了各类文献的重要典籍的内容和使用价值，是初学唐诗者的入门津梁。此书的下编由7篇关于唐诗研究的专题论文组成，它们从各个方面为初治唐诗者提供了方法论的启示。此书与王国维《人间词话》、朱自清《经典常谈》等书一样，篇幅虽小，学术价值却相当巨大，它们都被收入北京出版社的"大家小书"，真是名副其实。

　　第三类共2种，是周先生主编的大型古籍整理及工具书。其一是《宋人轶事汇编》。早在1995年，周先生主编的《唐人轶事汇编》便已出版，此书堪称其姐妹篇。民国年间，丁传靖编有《宋人轶事汇编》一书。该书内容丰富，但是引文颇多疏漏舛误，引书时有张冠李戴。周先生重编此书，踵事增华，后来居上。诚如学界所评：此书"在广搜博采的基础上精挑细选，由博返约，展现了一幅姿态万千、骨肉饱满的宋代人物画卷，如果要欣赏宋人风度，体味宋人情怀，感受宋人的雅致生活与书卷气息，此书恐怕比《宋史》更为合适"。其二是《全唐五代诗》。对于清代编纂的《全唐诗》，学界早有重编的呼声。1990年，重编工作准备就绪，周勋初先生被推举为第一主编。其后由于人事纷纭，编纂工作几经周折，终于在2011年重新启动。《全唐五代诗》的初盛唐部分于2015年出版，此书不是对《全唐诗》的补订，而是对存世唐诗的重新编纂。如与《全唐诗》相比，则此书在增补漏编、剔除伪作、考辨异文、纠正小传等方面均有长足进步。全书完稿问世后，定可成为一部收罗齐备、准确可靠的唐诗总集。

第四类1种，即《文心雕龙解析》。从上世纪60年代开始，周先生曾先后五次在南京大学讲授《文心雕龙》，并编有包括"解题""分析"和"注释"的讲义，虽未囊括《文心雕龙》全书，但已具体而微。80年代以来，周先生又撰写了多篇研究《文心雕龙》的重要论文，引起龙学界的极大关注。在此前提下，凤凰出版社约请周先生编写一部解析《文心雕龙》的专著，堪称顺理成章，水到渠成。由于周先生年事渐高，精力稍欠，其门生数人遵循"有事，弟子服其劳"之古训，自荐参加此书的部分"注释"和"分析"的撰写，至于长达数万字的"导读"和全部"解题",则由周先生亲自执笔。此书的"导读"对刘勰其人及《文心雕龙》其书的基本情况作了简明扼要的介绍,对刘勰与《文心雕龙》研究中的重要问题作了鞭辟入里的分析,并对如何选择版本以及如何研读本书都作了由浅入深的引导。全书的"解题"则从学术史的角度介绍该篇的主要内容,提纲挈领,要言不烦。篇末的"思考研究"中附入多篇研究论文,每发一义,言必有据,凝聚着周先生多年研究的深厚积累和独到心得,富有学术价值。此书不仅对中文学科的师生,就是对一般的文学爱好者,也有重要的参考意义。

第五类1种,形式是整理前辈遗著,意义则是彰显文脉传承,即《胡小石文史论丛》。当时南京大学领导为了总结20世纪本校学者在古代文史方面的卓越成就,邀请周先生编纂一本胡小石先生的文集,以列入南大"学术大家经典"丛书。周先生"自幸老来有机会发扬师门学术,敢不黾勉从事",遂抓紧时间编纂此书,书中收入胡先生的重要论著12篇,并亲自撰写长达数万字的导读,对胡先生在"文学史""楚辞""唐诗""七绝"等方面的学术贡献条分缕析,深中肯綮。周先生是胡先生的入室弟子,由他来分析胡先生的学术思想,不但探骊得珠,且能追本溯源,从而具有学术史的意义。

第六类1种,即《艰辛与欢乐相随》,这是周先生对平生学术经验的自我总结。周先生毕生从事古代文史的研究和教学,在两个方面都积累了丰富的经验,"最为老师"。周先生不但善于总结自己的治学心得,而且注意归纳前辈学者的经验。对于治学方法,周先生是既知其然,又知其所以然。由于周先生治学的根本目的是传承民族优秀文化，所以他从来不把宝贵的经验秘不示人，而是诲人不倦，广泛宣扬。周先生的经验之谈不是空谈理论，而是关注实用，往往针对具体的研究课题深入讲授某几种方法，娓娓道来，循循善诱，金针度人，沾溉后学。这本著作是周先生对学术事业薪火相传的最大贡献。

2013年，江苏省人民政府授予周勋初先生"江苏省社科名家"称号。2014年，南京大学授予周先生"南京大学人文社会科学荣誉资深教授"称号。这些实至名归的荣誉既是对周先生既往业绩的表彰，也是对周先生当前工作的肯定。年近九秩的周勋初先生精神矍铄，心情愉快，他的"治学经验谈"之二十的副标题是"长寿之乐"，师母祁杰老师在其回忆录《风雨过后见彩虹》中也说周先生如今"内心更加愉快"，这一切都印证了孔子所言："知者乐，仁者寿。"周先生是一位智者，其著作等身就是明证。周先生也是一位仁者，其桃李满园就是明证。周先生依然担任着江苏省文史馆馆长、"江苏文脉"整理与研究工程学术指导委员会主任等职务，依然领导着整理"江苏文脉"、编纂《全唐五代诗》等工作，依然密切关心着南京大学中国古代文学学科的发展以及学科成员的成长。看到周先生清癯而矍铄的面容，听到周先生爽朗而清晰的言谈，我坚信九十寿诞是周先生馀霞满天的晚年生活的真正开端，我期盼着十年后再为周先生的下一本寿辰纪念文集撰写序言。

（莫砺锋编《周勋初先生九十寿辰纪念文集》，
中华书局2018年版）

"望之俨然,即之也温"的郭维森先生

四个月前,当我们为郭维森先生举行简朴的遗体告别仪式时,我以南京大学中国古代文学学科的名义拟了一副挽联:"金山江浪,钟岭松涛,试问英灵何往;屈子高风,史公亮节,已知毅魄谁归。"联虽做得质木无文,但对逝者生平的概括是准确的:郭先生生于江苏镇江,18岁考入南大,四年后毕业留校任教,直到80岁辞世,一生从未离开南京大学。郭先生的学术研究领域虽然相当广阔,但他用力最勤的则是《楚辞》和《史记》,他最为敬仰的两位先贤就是屈原和司马迁。

我是在1979年秋考取南大研究生后认识郭维森先生的,当时觉得他是一位意气风发但又十分严肃的中年老师,心存畏惧,很久都不敢主动前去请益。但是几年之后,这种情形就结束了。1982年初,我开始跟随程千帆先生攻读博士学位。当时学位制度创建伊始,程先生对于培养博士生也没有经验,他决定采用集思广益的办法,邀请周勋初、郭维森、吴新雷三位老师为助手(那时南大还没有实行副导师的制度),组成了一个博士生指导小组。于是郭先生成了我的业师之一,我们的交往逐渐密切起来。不久之后,我对郭先生的

1990年代，郭维森先生在锻炼

印象就大为改观。以后只要一想起郭先生，《论语》中"望之俨然，即之也温"的话就出现在心头。在我于1984年毕业以前，南大中文系没有招收第二个博士研究生，在将近三年的时期内，全系只有我一个博士生，却有四位老师在负责指导，于是我在攻博期间真是"吃尽苦头"，但是那种严格的训练使我受益匪浅。四位老师对我的指导是有明确分工的，郭维森先生负责指导我读《史记》。他指定我以日本学者泷川资言的《史记会注考证》为主要阅读对象，以梁玉绳《史记志疑》等书为参考书。读完以后，我在笔记本上写了100条读书札记，作为课程作业呈给郭先生。郭先生认真批阅，几乎在每一条札记后面都有批语，或是指出我的错误，或是指点我再参考别的著作，当然也有一些肯定的意见，偶尔还有"读书有间"之类的鼓励的话。郭先生的批语都是用铅笔写的蝇头小楷，其后程先生又用红色圆珠笔增添了几条批语，也许郭先生用铅笔写批语正是一种谦逊的表示。无论是批评还是表扬，郭先生的批语的语气都

我的《史记会注考证》作业，郭先生、程先生批阅

很温和，时常出现"此条似欠妥"之类的话，这与程先生批语的凌厉直截的语气相映成趣。我一直珍藏着这本笔记本，如今这本笔记本已成为我用来教导刚入学的博士生的"革命历史文物"。

我毕业后留校任教，郭先生正担任中文系主任，他成了我的顶头上司。几年后郭先生卸去系主任的职务回到古代文学教研室，他又成了我的同事。随着岁月的流逝，郭先生身上"望之俨然"的外表逐渐消散，"即之也温"的内心则越来越清晰。无论是安排课程，还是填表之类的杂事，郭先生总是用商量的语气向我布置任务。郭先生16年前就退休了，但我们都住在南秀村的南大宿舍，所以常常在从宿舍到校园的小路上相遇。此时的郭先生早已满头白发，还

因骨质疏松而微显佝偻，步履也很缓慢。有时我老远地就望见他拄着手杖的背影，便加快步子赶上前去，与他同行一段路，乘便与他交谈一番。但郭先生不愿多耽搁我的时间，总是说了几句话便催我先走，他自己则依然靠着路边缓缓地行走。郭先生真是一个温和谦恭的老人！

我相信，用"望之俨然，即之也温"的成语来形容郭维森先生，他的生前相识都会同意。然而《论语》中所载子夏的原话是："君子有三变：望之俨然，即之也温，听其言也厉。"事实上郭先生身上也是有此"三变"的，至少我个人深以为然。

郭先生是著名的文史研究者，他的《屈原评传》、《中国辞赋发展史》（与许结教授合著）都堪称体大思精的学术专著。与此同时，郭先生也极其重视学术普及工作，他写的普及读物《屈原》于1960年由中华书局出版，其后多次再版，还被译成日文、英文，在海内外产生了很大的影响。他撰写的《司马迁》以及主编的《古代文化知识要览》《中国文学史话》等也是影响很大的普及类读物。无论是学术论著还是普及读物，郭先生都以十分认真的态度从事撰写，不但力求准确，而且力求创新。比如他关于杜甫的几篇论文——《且去发现一个浪漫主义的杜甫》《杜甫的赋》等，从题目就可看出富有新意。更重要的是，郭先生在论著中表达的观点立场坚定、态度鲜明，绝无模棱两可或趋炎附势之时弊。上世纪80年代，海外学术界掀起了一股否定屈原其人的思潮，国内也有人随声附和。1984年，郭先生撰写《从屈原创作的个性化论屈原之不容否定》一文，以令人信服的论证肯定了屈原的真实性。到了1990年，郭先生又撰写了《屈原爱国主义的时代特征》一文,旗帜鲜明地指出屈原的爱国主义精神不容否认。每当我读到这些掷地有声的论述,就不由自主地想起"听其言也厉"这句话。

郭先生退休之后,虽然疾病缠身,但始终不废笔耕,接连出版了《诗思与哲思》《逝水滔滔 心路遥遥》等书。前者是关于哲理诗的赏析,其中颇有独到的思考。后者是回忆录,在叙事中渗透着明确的价值判断。郭先生的最后几个月是在病榻上度过的,他虽已病入膏肓,但每当说起社会上的不健康现象时,仍会变得慷慨激昂,声色俱厉。凡此种种,都使我产生"听其言也厉"的感觉。从郭先生身上,我加深了对子夏之言的理解。诚然,如果只有"望之俨然,即之也温"而没有"听其言也厉",那么此人可能仅是一个"乡愿"或"嗫嚅翁"。只有三者齐备的人才堪称君子,因为坚持原则、明辨是非才是君子人格的第一要义,所以《论语》中又称道孔子"温而厉"。

(《文汇报》2011年12月22日)

看似寻常最奇崛

2013年，我在《郭维森先生纪念文集》的序中说："郭维森先生逝世以后，我们遵照其遗愿，丧事从简，也没有举行其他形式的悼念活动。郭先生为人淡泊谦逊，生前既视名利如浮云，身后也没有引起太大的关注。然而正如古语所云：'其所居亦无赫赫名，去后常见思。'尽管岁月流逝，郭先生的音容笑貌却始终活在大家的心中。"转眼又过了六年，我惊讶地发现大家对郭先生的追思并未随着岁月的流逝而消失，相反，这种追思逐渐摆脱了死生相隔的震悼悲痛而转向对其生平业绩的理性思考，从而达到新的深度。郭维森先生是教师，也是一位学者，他的生命价值部分地体现在其学术论著中。王安石在悼念王令的诗中说："妙质不为平世得，微言惟有故人知。"将郭先生的论文自选集《古代文学的现代意义》一书公开出版，正是其"故人"——他的同道、弟子、亲友——的心愿。付梓之前，郭先生的夫人顾学梅老师让我为此书作序。郭先生是我攻读博士学位时的业师之一，我为其遗著撰序当然义不容辞，但是自忖学问浅薄，专攻方向也与郭先生有异，故不敢对全书内容作系统的分析，只能谈谈阅读书稿的点滴心得。

1998年，郭维森先生在南京大学赋学讨论会上

  郭维森先生的学术成果包括专著与论文两种形式，前者如《屈原与楚辞》《屈原评传》《司马迁》《诗思与哲思》等独著，以及《中国辞赋发展史》《古代文化知识要览》《中国文学史话》等合著，都早已问世且多获好评。后者则散见于《文学遗产》《南京大学学报》《光明日报》等报刊，多年未能结集。直到2010年，南京大学文学院准备为郭先生庆祝八十寿辰之际，缠绵病榻的郭先生才自选单篇论文30余篇，结成一集，题作《古代文学的现代意义》，印行后分赠友好，并未公开出版。不到一年，郭先生便与世长辞。此次顾学梅老师在郭先生的入室弟子管仁福教授等人的协助下为郭先生整理、出版《古代文学的现代意义》，在保持该书原貌的基础上增收论文10余篇。《古代文学的现代意义》原是本书中一篇论文的题目，它虽然未能涵盖全书的内容，却能代表全书的精神。郭先生生前取此为论文集的书名，自有深意。早在1960年，年未而立的郭先生便在《光明日报》上发表《古代文学的社会意义缩小了吗》一文，针

对当时甚嚣尘上的"古代文学作品的社会意义日趋缩小"的议论，郭先生大声疾呼"要发扬优秀的文化传统"，并指出"优秀的文学遗产必将发挥更大的作用，必将获得更大社会意义"。应该说，在"厚今薄古"成为时代思潮的上世纪60年代，郭先生的言论是不合时宜的石破天惊之论，他因此而受到有组织的批判，直到"文革"中还因此受到追究与整肃，当时中文系的一位老领导曾说郭先生"是想挽狂澜于既倒"，但是郭先生始终坚持自己的观点。到了2006年，他又撰写万字长文《古代文学的现代意义》，针锋相对地严词批判"古代文化不适合现代化""古代文学已经陈旧落后"等谬论，并从四个方面论证古代文学的现代意义：增强爱国主义感情、浸溉平等的民主意识、唤起纯洁美好的感情、培养对大自然的热爱。

重视本民族文学经典的现代意义，本是天经地义之事。当代美国的著名大学对西方文学经典就极为重视，例如哥伦比亚大学连续多年开设西方文学经典课程，描述该课程的著作《伟大的书》在全社会产生了巨大影响。又如耶鲁大学布鲁姆教授的著作《西方正典》，通过讲解西方文学经典来促使现代人更加重视西方文化传统，得到学界的高度评价。拥有三千多年优秀文学遗产的中华民族当然更应该强调对本民族优秀文化传统的继承，更应该强调对中华文学经典的阅读和学习。众所周知，中国古代文学是中华传统文化中最重要、最具活力的一个部分，它深刻而且生动地体现着中华文化的基本精神和中华民族的文化心理特征，所以其经典作品无不家喻户晓，深入人心，深刻地影响着中华民族的道德理想与审美旨趣，在陶冶情操、培育人格诸方面有着不可或缺的巨大作用。从《诗经》

《楚辞》，到《红楼梦》《聊斋志异》，中国古代的文学经典无不身兼优美的文学作品与深刻的人生指南之双重身份。诸如热爱祖国、热爱和平、热爱自然、关心他人、提倡奉献、崇尚和谐、鄙视自私、追求高尚、拒绝庸俗等道德取向，都在中国文学经典中得到充分、生动的体现。毫无疑义，中国文学经典最生动、最直观地反映着中华民族的精神品格，是中华传统文化中最容易为现代人理解、接受的一种形态，是沟通现代人与传统文化的最好桥梁。上述观念如今已得到全社会的高度认同而成为常识，但是它曾经在激进思潮的冲击下被弃若敝屣，后来经历了"否定之否定"的艰难历程才恢复正常。郭维森先生的学术贡献，应该在这个历史背景下得到充分的评价。郭先生在1960年发表《古代文学的社会意义缩小了吗》，不但体现了卓越的见识，而且表现出非凡的勇气和良知。他在2006年发表《古代文学的现代意义》，则说明他的认知已经升华为更加理性的思考。所以我认为，郭先生将论文自选集题作《古代文学的现代意义》，堪称画龙点睛。

郭维森先生逝世后，我曾撰文纪念，文中引《论语》载子夏之言："君子有三变：望之俨然，即之也温，听其言也厉。"无论是亲聆郭先生生前的言谈，还是阅读其学术论著，我都曾联想到子夏之言。郭先生待人接物态度温和，但当他抨击时弊时，却变得慷慨激昂，声色俱厉。郭先生的学术论著文风朴实无华，论点实事求是，更值得关注的是其中有一以贯之的精神，那就是立场坚定、态度鲜明，绝无模棱两可或趋炎附势之时弊。以郭先生用力最勤的《楚辞》研究为例：上世纪80年代，海外学术界掀起了一股否定屈原其人的思潮，主要是出于居心叵测的日本学者之手，国内也有人随声附和。1984年，郭先生向成都"屈原问题学术讨论会"提交了一篇题作《从屈原创作的个性化论屈原之不容否定》的论文，以令人信服的论证旗帜鲜明地肯定了屈原的真实性及其伟大意义，在学术界和社会上都取了很大的反响。与此同时，某些爱唱高调的国内学者拘于时髦理论而否定屈原忠于楚国、反抗暴秦的行为是爱国主义，对于这种貌似新颖的谬论，郭先生于1990年撰写了《屈原爱国主义的时代特征》一文予以痛驳，指出在屈原的时代，爱国主义有着特定的内容，而屈原的爱国主义又有着独特的表现：对故国、故乡的热爱，对人民的关切，以及对祖国文化传统的热爱。郭先生指出：如果说秦始皇用武力从政治上统一了中国，那么屈原则以他的诗篇从思想上促成了中国的统一。每当我读到这些掷地有声的论述，就不由自主地想起"听其言也厉"这句话。

无独有偶，曾与郭先生合著《中国辞赋发展史》的许结教授评论郭先生的学术风格时，既称道其"平实""中正""真诚"，又赞扬其"奇崛"。用"奇崛"二字评价郭先生的学术，真乃探骊得珠。王安石有句云："看似寻常最奇崛。"虽然这句诗的评说对象是诗歌创作，但移用来评说郭维森先生的学术研究，也恰如其分，故谨引此语作为这篇序言的标题。

（《中华读书报》2009年3月6日）

落红不是无情物

桌上放着吴翠芬教授的两种遗著：左边的是《流星集》，内容是散记、随笔、诗歌、楹联及绘画作品；右边的是《散花集》，内容是文学评论、书评书序、文学漫笔及作品鉴赏。两本书都是吴教授的夫君王立兴教授所编，前者新近付梓，尚散发着油墨的清香；后者则是一堆文稿，还有若干篇章存于电脑U盘中。王立兴老师命我为后者撰序，乘此机会，我将两种遗著都认真拜读一过，眼前时时浮现吴老师的音容笑貌。

我36年前考取南大中文系的研究生时就认识吴翠芬、王立兴两位老师了，当时因自己学业基础薄弱，导师程千帆先生又督责甚严，故急于"恶补"，日夜苦读，除了程先生亲自讲授的两门课之外，未曾旁听其他老师的任何课程，但对吴老师讲课的生动精彩颇有耳闻，心向往之。后来又屡屡在学校的橱窗里看到她所画的梅花，也常听人称她为中文系的"才女"。几年后我毕业留校任教，与两位老师成为古代文学教研室的同事，稍后又成为居住在南秀村的邻居，见面的机会就较多了。在我的印象中，两位老师在很多方面都是互补的：吴老师主攻魏晋唐宋文学，王老师则主攻明清近代文学；

1983年，吴翠芬老师在工作中

吴老师兴趣广泛、多才多艺，王老师则沉潜学术、心无旁骛；吴老师性情爽朗、快人快语，王老师则性格随和、温文敦厚……凡此种种，《流星集》附录的亲友追悼文字皆有涉及，兹不赘述，我只想就吴老师的学术研究谈一些看法。

从表面上看，《流星集》所收文字皆属于文学创作，而《散花集》所收文字则属于学术研究。在当今高校的学术管理和学术评价体系中，只有后者才算"研究成果"，才能填入"学术成果统计表"，前者则不受重视，甚至被视若无物。然而这样的评价标准合理吗？至少在中文学科的范围内，我们应该理直气壮地予以否定。

首先，教师的天职是传道、授业，做好教学工作才是教师最重要的职责。那么，在中文学科的范围内，一个大学教师怎样才能把学生培养成合格的人才呢？或者说，一个具有何种素质的大学教师才能胜任中文学科的教学任务呢？中文学科的学生，无论是本科生还是研究生，也无论他们毕业后从事什么性质的工作，最重要的专业素养当然是对本民族语言文字的熟练掌握和灵活运用。

如果只学到一些学术研究所需的概念、术语,只能写一些枯燥乏味的论文,而对汉语、汉字的精妙灵动毫无感觉,那样的中文系学生就是完全不合格的。所以,大学中文学科的教师,必须具备相当的文学感悟能力以及一定的文学写作能力。试看南京大学中文学科的前辈著名学者如王伯沆、黄季刚、胡翔冬、胡小石、汪辟疆、吴瞿安等先生,哪一位不是既能从事学术著述,又擅长诗词歌赋?吴翠芬老师本是胡小石先生的入室弟子,她对书画艺术的爱好,她在诗词楹联中表现出来的灵性才气,都与胡先生的言传身教不无关系。吴老师所以能把唐诗宋词讲得兴趣盎然,引人入胜,是与她擅长诗词写作互为表里的。吴老师曾赴美国内布拉斯加大学讲授中国古代文学,也曾在南大海外教育学院对外国留学生传授中国书画艺术,都受到热烈欢迎,说明她具备一位古典诗词研究者最需要的灵心慧性。

其次,关于中国古代文学的学术研究,究竟以什么样的成果最为重要?时下的学界似乎最重视理论分析或史实考订这两类成果,在形式上则以格式严谨的学术论文为主,而分析作品艺术特点的文字则常被归于"鉴赏"一类而颇遭轻视。但是事实上人们之所以会从事文学研究,其原初动力就是对文学作品的喜爱。换句话说,他们之所以会心无旁骛地过着坚守故纸堆的冷淡生涯,其深层的动因就是对古典文学作品的最初审美体验。孔子说:"知之者不如好之者,好之者不如乐之者。"只有在研究工作中能产生愉悦感的人才可能得出较好的成绩,只要我们读一读王国维的《人间词话》、闻一多的《杜甫》、李泽厚的《美的历程》,就能体会到这一点。正因如此,当程千帆先生介绍其治学经验时,才会大声疾呼要"感字当头":"文学活动,无论是创作还是批评研究,其最原始和最基本的思维活动应当是感性的,而不是理性的,是'感'字当头,而不是'知'字当头。作为一个客观存在的文艺作品,当你首先接触它的时候,感到喜不喜欢总是第一位的,而认为好不好以及探究为什么好为什么不好则是第二位的。由感动而理解,由理解而判断,是研究文学的一个完整的过程,恐怕不能把感动这个环节取消掉。"我对此深信不疑。我相信,任何研究文学的人,无论他后来在学术研究的道路上走得多远,都无法忘记阅读作品时获得的原初感动。我也相信,如果一个人面对着唐宋诗词的惊才绝艳而无动于衷,那他绝对不是一个合格的古典文学研究者。

《散花集》中的文章,并不缺乏严谨的学术论文,比如颇具理论深度的长文《谢灵运山水诗的美学追求》,以及精于考订的短论《此章水非彼漳水》,说明吴老师对此类文章"是不为也,非不能也"。然而毋庸讳言,此书中最有学术个性,也最引人入胜的首推鉴赏文章。试以原载《唐诗鉴赏辞典》的关于张若虚《春江花月夜》的一篇为例略作分析。《唐诗鉴赏辞典》首版于1983年,是国内古典文学鉴赏类图书的开创风气者,至今已累计发行300万册。此书共选唐诗名篇1100首,其撰稿人名单堪称豪华阵容,其中如俞平伯、程千帆、钱仲联、萧涤非、王季思、沈祖棻、周振甫、施蛰存、王运熙、周汝昌等,皆为名震遐迩的前辈学界翘楚。吴老师当时刚到中年,无论年辈还是学术地位,都与上述诸人不可同日而语。然而我认为,吴老师的文章与诸位前辈相比,非但毫不逊色,而且以独特的感悟和细密的分析而独树一帜。如果说张若虚因《春江花月夜》而"孤篇横绝，竟为大家"，也不妨说吴老师因此文而在唐诗鉴赏界里"孤篇横绝，竟为名家"，不少外地高校的学界同仁就是通过这篇文章而认识吴老师的。据王立兴老师回忆，吴老师曾谦称自己写此类文章是"栽培一些小花小草娱情悦性"，其实，如果把古代文学研究界比如一座气象万千的大花园，那些篇帙浩繁的学术巨著就像浓阴匝地的参天大树，而短小灵活的鉴赏文字就是姹紫嫣红的百草千卉，两者缺一不可。况且从根本的意义上说，古代文学中的经典作品流传至今的意义并不是专供学者研究，它更应该是供大众阅读欣赏，从而获得精神滋养。孔子有言："古之学者为己，今之学者为人。"吴老师所说的"娱情悦性"，颇合孔子的精神。严肃深奥的学术论著只会在学术圈内产生影响，生动灵活的鉴赏或讲授却能将古典名篇引入千家万户。所以我认为，《散花集》中的鉴赏类文章的学术价值不可低估。

　　王立兴老师将吴老师的这本遗著题作《散花集》，含义是"这些评论和鉴赏文章只是飘洒在大地上的一朵朵散花"。吴老师终身喜爱画梅，她的精神，她的风标，正如凌寒傲雪的梅花，《散花集》中的朵朵散花，应是特指梅花。因为梅花冬开春谢，百花中只有她当得起清人龚自珍的诗句："落红不是无情物，化作春泥更护花。"谨引此语以纪念在古典文学的研究、普及工作中辛勤一生的吴翠芬老师。

（《中华读书报》2015年9月2日，

原题《从吴翠芬的〈散花集〉说开去》）

第二辑

缅怀老师的老师

我与巩本栋教授一起从南大来到武大参加纪念刘永济先生诞辰130周年的盛会。本栋兄钻研过刘先生的学术成就，且整理过刘先生的遗著，完全有资格来此参会，我则不同。对于我来说，刘永济先生的学术成就有如数仞门墙，"不得其门而入，不见宗庙之美、百官之富"。我来参会的主要目的是向刘先生致敬。在二十世纪50年代，如果从学术团队的角度来衡量，全国中文学界声势最为显赫的大学无过山东大学与武汉大学。前者有"冯陆高萧"，至今尚为山大人津津乐道；后者则有"五老八中"，不但阵容更为壮大，而且"冯陆高萧"中的冯沅君与高亨两位先生亦曾是武大的教授，武大中文系的光辉历史，于此可睹一斑。"五老"中以刘永济先生居首，"八中"中以程千帆先生居首，而刘、程之间又存在着清晰的师承关系。在千帆师晚年为缅怀老师而写的以《音旨偶闻》为总标题的一组文章中，第一篇便是《忆刘永济先生》。我读了这篇文章，不但如睹刘先生之音容笑貌，而且对刘先生的道德文章深感钦佩。南大当今的古代文学学科是千帆师晚年移席南大后重现辉煌的，刘永济先生是千帆师的老师，他的道德文章也间接地影响着我们。饮水思

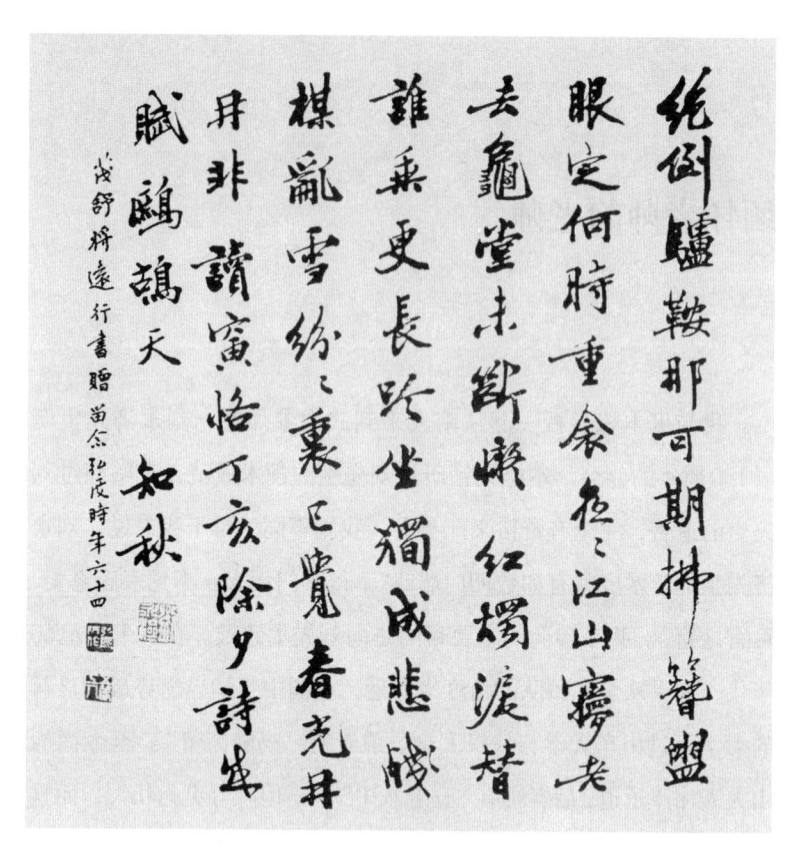

刘永济先生书法

源，我谨以南大古代文学学科带头人的身份，前来向刘永济先生这位老师的老师表示敬意。

千帆师的《忆刘永济先生》一文，情文并茂，感人至深。文中回忆刘先生的生平业绩，其荦荦大者有两点。首先是刘先生的学术成就与创作成就。文中介绍了刘先生的20种学术著作，指出这些著作"没有一部不是精心草创，然后又反复加以修改的"。千帆师还总结了刘先生治学的两大特点，一是由博返约，着眼于"辨章学术，考镜源流"；二是"好学深思""多闻阙疑"。正因如此，刘先生对学术界一些哗众取宠、欺世盗名的恶劣作风深为不满。千帆师也高度评价刘先生的诗词创作，不但艺术造诣极深，而且总是缘事而发，绝无无病呻吟之作。总之，刘先生既是杰出的学人，也是杰出的诗人，正如千帆师所说，刘先生"在古典文学领域内，从研究到创作，作了多方面的探索，取得了非凡的成果"。其次是刘先生的品行与人生精神。文中指出："求真是贯穿在先生五十余年为人治学中的一根红线。基于对祖国学术文化的热爱，对人民的责任感，先生一辈子都在探求真理的过程中。他早年深受儒家学说的影响，洁身自好，决不同流合污，尤其注重民族气节。"在教导学生、指点青年教师以及日常生活中的待人接物等方面，刘先生始终谦虚谨慎、宽厚待人，即使在受到冤屈、迫害时仍不失儒者气象。

重温千帆师对刘先生的回忆，使我联想到孔子所说的"古之学者为己，今之学者为人"，我认为刘永济先生就是一位"古之学者"。对先生来说，对传统学术文化的热爱已经内化为生命的需求，所以能做到"造次必于是，颠沛必于是"。千帆师回忆到一件往事。1941年，千帆师与刘先生在乐山结邻而居，每天清晨都听到熹微晨光中传来刘先生的读书声。此时刘先生年已55岁，早已名满海内，仍然如此刻苦。千帆师又提到，刘先生治学范围极广，在群经、诸子、小学及古史等方面修养极深，但他从不轻易发表自己的心得见解。可见刘先生治学，绝不是追求名声、地位等身外之物，而是出于对传统学术文化的由衷热爱。同样，刘先生培养学生，提携后进，也是为了让他热爱的传统学术文化后继有人。也就是说，学者与教授这双重身份，在刘先生身上有着天然的同一性。我认为这正体现了中华传统文化的一个重要特征。从孔子开始，优秀的学者与优秀的教师就是一身二任的。孔子既是伟大的思想家，也是伟大的教育家。庄子说得好："指穷于为薪，火传也，不知其尽也。"闻一多解释说："古无蜡烛，以薪裹动物脂肪而燃之，谓之曰烛，一曰薪。"刘先生、千帆师等"五老八中"，以及他们所代表的那一代学人，就是这样的一根根红烛，其自身发出的光辉是其学术成就，他们更重要的贡献在于把文化的火种传递给下一代，使之生生不息。

中华传统文化历数千年之发展，在近现代遇到了前所未有的挑战。西方文化的强大压力、激进思潮的无情冲击，使传统文化在相当长的历史时段内举步维艰，借用陈寅恪的话说，就是"今日之赤县神州值数千年未有之巨劫奇变"。在那个艰难时世，以传统学术文化为安身立命之本的前辈学人遭遇了史无前例的坎坷、挫折，乃至屈辱和迫害。但是他们始终追求理想，始终坚持真理。他们决不哗众取宠，决不曲学阿世。他们用整个生命维护着传统学术文化的精神和尊严，并用著书立说与培养后学两个手段实现了传统学术文化的薪火相传。时至今日，举国上下都认识到应该继承发扬优秀的中华传统文化。我认为这种继承首先要落实在以传统学术思想为主要内容的观念文化，也就是中华传统文化中蕴含的意识形态、价值判断乃至思维方式，这才是列祖列宗遗留给我们的最宝贵的软实力和正能量。在这个前提下，我们更加怀念刘永济先生那一代学者。身教重于言教，前辈学者的学术成果当然值得我们深思、揣摩，前辈学者的立身行事更值得我们缅怀、仿效。当我们研读刘先生他们的学术著作时，获得深邃的知识和探索的眼光当然是直接目标，但是更重要的意义在于继承其人格精神和学术精神，诸如追求真理而决不媚俗，献身学术而决不趋利，这才是我们最应关注的重点。学术乃天下之公器，求真务实的学术精神和朴实无华的学风是许多前辈学者的共同风范，也是所有大学、所有学科点都应继承发扬的优良传统。所以"五老八中"不仅属于武大，也属于整个中国教育界和学术界。从这个意义上说，我们今天纪念刘永济先生，也是在纪念曾与刘先生同样为继承、弘扬传统学术文化作出贡献的所有老师，是当代学人对前辈学者的一次集体性的深切缅怀。使我感到万分欣慰的是，今天有这么多后辈学人在这里济济一堂，隆重纪念刘永济先生，这说明我们所珍视的中华传统文化必将长久传承下去，因为传统文化本是生生不息的，中华传统文化的长江大河必将在华夏大地上永远奔流。

(2017年11月25日在武汉大学"纪念刘永济先生诞辰130周年学术报告会暨《刘永济评传》出版座谈会"上的讲话)

私德、师德与公德

应邀参加南京师大举办的纪念唐圭璋先生120周年诞辰大会，感慨良多。1984年10月我在南京大学博士毕业，唐老是我的答辩委员。当时唐老仔细审阅了我的学位论文，在肯定其优点的前提下，也指出了论文的不足与错误，使我获益匪浅。借用古人的说法，唐老是我的"座师"。可惜我一直局限于业师程千帆先生指定的唐宋诗研究方向，不敢涉足词学，未能进一步向唐老请益。我与唐老门下的诸位高足，如杨海明、钟振振、王兆鹏、刘尊明等皆谊如师兄弟，但对他们从事的词学研究则徒有羡鱼之情。唐老的学问在我眼中真如宫墙数仞，不敢妄置一言，我只想从德行的角度说说我对唐老的景仰。

古人称人生有"三不朽"，以"立德"为首。唐老之立德，主要表现在三个方面。首先是私德。唐老自幼孤苦，24岁入赘尹家，与妻子尹孝曾伉俪情深。可惜天公不作美，12年后尹夫人因病逝世，留下三个年幼的女儿。尹夫人临终前叮嘱唐老："他日再娶，切莫亏待三女。"唐老回答："不再娶，不就不亏待了吗？"此时的唐老年方36岁，但他一诺千金，从此独身54年，直至90岁离世。唐老此

唐圭璋先生与他的弟子。左起：钟振振、王筱芸、唐先生、杨海明

举，不但今世罕见，就是在古代也难觅其匹。历代文人中颇有以悼亡诗词而著称者，潘岳、元稹之流人品有疵，姑且不论。即使与人品无瑕的那几位相比，唐老也毫无愧色。唐人韦应物与其妻元蘋伉俪甚笃，元氏36岁病逝，留下三个未成年的儿女，最幼者不足周岁。韦应物伤心欲绝，其悼亡诗中"单居移时节，泣涕抚婴孩"，"幼女复何知，时来庭下戏"等句，感人至深。当时韦应物40岁，从新近出土的《韦应物墓志》来看，他此后迄未续弦。唐人李商隐与其妻王氏也是一对恩爱夫妻，王氏卒后，李商隐写了多首感人的悼亡诗，终身未曾再娶。清人纳兰性德在爱妻卢氏卒后痛不欲生，其所作悼亡词，唐老在《纳兰容若评传》中评为"柔肠九转，凄然欲绝"。上述三人对亡妻之深情，皆有与唐老相类似者。然而韦应物丧偶后

独自生活了16年,李商隐独自生活了7年,时间都不太长。纳兰性德23岁丧妻,26岁续弦,31岁逝世,其忍受悼亡之痛的时间不足十年。相对而言,唐老对妻子的深情真可谓海枯石烂,始终不渝。王安石咏杜甫画像说"推公之心古亦少",每当我看到唐老的遗像,心中也有同样的感受。尹夫人的祖母曾说孙女"没有福气",因她遇到唐老这般钟情的丈夫却未能白头偕老。我倒觉得尹夫人是有福之人,因为"两情若是久长时,又岂在朝朝暮暮"!据唐老的女儿回忆,尹夫人去世后,唐老常常独自到其坟地上停留一整天,陪伴着她念书、吹箫。尹夫人留下的遗嘱,唐老铭记终生。他一手把三个女儿抚养成人,直到晚年还精心照料外孙子、外孙女。本来丧偶之人再婚并非失德,男子丧偶并有幼儿需要抚养者续弦也是很正常的事。唐老的举动并非外在的道德要求所致,而是他对妻儿深挚感情的自然流露,是用生命对一个庄严承诺的遵守。孟子说"仁义礼智根于心",此之谓也。我认为,深情绵邈、温柔敦厚的气质是唐老成为词学一代宗师的内在条件。

其次是师德。唐老是一代名师,终生都在教书育人。他从小学、中学一直教到大学,历任中央大学、金陵大学、南京大学、东北师大、南京师大等校教授,滋兰树蕙,桃李满天下。唐老培养了一大批词学研究的优秀人才,唐门弟子在当代词学研究界已占半壁江山。更重要的是,唐老以自身的道德高标对弟子们进行了潜移默化的熏陶和引领,这也许是唐老最大的教育业绩,因为人格培养本是教育的首要目标。对此,唐门高足均有深切的体会。杨海明说:"当我在高校工作多年,目睹了当今学术界的许许多多怪状之后,再来回想唐师的为人和治学，就更觉得他人品之高和学风之正真乃当世所少见。"钟振振对唐老所讲的第一课记忆深刻："这倒不仅仅是因为一群初学者第一次谛听一位全国第一流的词学专家讲授词学，更重要的是因为一位爱国的、忠于人民教育事业的老学者语重心长地教导子侄辈乃至侄孙辈的中青年学者应该怎样治学，如何做人。"王兆鹏说："忝列门墙三载，对唐师的人格风范有了更深切具体的感受。感受最深的，是唐师对人生事业的追求十分执着，对学术，对爱情，都是矢志不渝。"唐老名震海内外，上门求教或写信请益者不计其数。唐老几乎是有求必应，或耳提面命，或答书解惑，从不吝惜宝贵的时间与精力。对此，许多学者都有亲切的记忆。吴新雷先生说："唐圭璋先生对学生和蔼诚挚，循循善诱，有问必答，诲人不倦。"王水照先生说："唐老儒雅温和、平易近人的长者风度是有口皆碑、世人共仰的。"刘乃昌先生说："唐老为人热忱谦和，平易亲切，坦诚待人，笃于交谊，即使对后学也从不以先觉自居。"孔门"四科"，以"德行"为首。朱子论教，"以人伦为大本"。唐老虽然未曾谈论这些话题，但他以身作则地贯彻了这些原则，他的一言一行都堪称当代师德的典范。

第二是公德。唐老是当代词学的奠基者，其学术成就嘉惠学林，沾溉一代。更加难能可贵的是他在学术研究中体现出来的公心公德，学界交口赞颂。编纂一代文学总集，兹事体大而难成。清康熙朝编《全唐诗》时，已有胡震亨《唐音统签》与季振宜《唐诗》的良好基础，仍由朝廷出面动员学者十余人，费时一年半方成。而且《全唐诗》疏漏错误甚多，重新编纂的工作从1992年开始，前后有五所大学的数十人参加,至今尚未完成。宋词的作品总数虽然只有唐诗的五分之二,但是唐老以一人之力编成《全宋词》,接着又编成《词话丛编》《全金元词》,其艰难程度可想而知。唐老的恩师吴梅先生为《全宋词》撰序云:"唐子此作,可谓为人所不敢为矣。"诚哉斯言! 王季思先生评唐老业绩曰:"环顾海内词林,并世能有几人?"我觉得即使说"并世仅有一人"也并不过分。唐老平生屡遭动乱,堪称"东西南北之人",身体又很瘦弱,他竟能在既无经费支撑、又无团队协作的情况下毅然完成数部大书之编纂,这种大智大勇完全是源于对传统文化的热爱,源于对国家民族文化事业的责任感,这是唐老公德之荦荦大者。唐老为人和善温良,人称"唐菩萨"。但真正的菩萨都有金刚怒目的一面,唐老也不例外。反对轻易否定岳飞的《满江红》,称颂夏完淳而鄙视钱谦益,都是显例。李灵年回忆唐老谈到有人污蔑李清照人格时"怒不可遏",这不是金刚怒目又是什么! 唐老的公德也体现在其治学态度及待人接物等各个方面。例如上世纪60年代王仲闻先生参与订补《全宋词》,却因"右派"身份而未能署名,唐老为他据理力争,中华书局的文书档案中保存着当年的《全宋词》出版合同,在编者签名的一栏里有唐老亲自用毛笔填写的"王仲闻订补"五字。又如70年代于北山先生撰写《陆游年谱》时曾向唐老请益,唐老回复了四封长信,或指示罕见资料,或商榷有关观点,倾箱倒箧,知无不言。又如80年代初刘庆云向唐老请教词话,当时《词话丛编》增订本尚未出版,唐老却把将要补入的25种书目先让她抄录。凡此种种,都在学界传为佳话。荀子云:"以仁心说,以学心听,以公心辨。"用这几句话来概括唐老的学术精神，非常准确。一位视学术为天下之公器的学者，必然会以公心公德来从事所有的学术活动。

近年来学界经常举行缅怀前辈学者的纪念活动，八年前南京大学举办了纪念程千帆先生百年诞辰的大会，我在会上说："我们今天纪念程先生，也是在纪念曾与程先生为道义之交、文字之交的所有老师，是当代学人对前辈学者的一次集体性的深切缅怀。"今天我缅怀唐老，便不由自主地想起唐老的道义之交与文字之交。程千帆、沈祖棻夫妇与唐老同出吴梅先生门下，他俩都与唐老交谊甚厚。抗战时期程先生陪沈先生到成都动手术，一时无处栖身，唐老慨然把自己的宿舍让给他们居住月余。沈先生作词有句云"万家清泪泱"，唐老指出"泱"字不宜单用，建议改用"悬"字，沈先生欣然照改。南师的另一位前辈段熙仲先生，比唐老还年长三岁。上世纪70年代有一次唐老因病不能到图书馆去，就托段老到南京图书馆看书时代查一条材料，段老欣然允诺。前辈学人"敬业乐群"的风度，令人倾想。

哲人虽远，典范长存。天下苦学风不正久矣！如今我们要想改良学风，回归传统、效法前贤应是不二法门。今天我们隆重纪念唐老，深情怀念唐老，其实质就是呼唤传统的回归，呼唤唐老以及与唐老为道义之交、文字之交的前辈们所创造的风清气正的学术风气的回归。正是在这重意义上，我愿意对唐老说一声：魂兮归来！

（2021年11月6日在南京师范大学"纪念唐圭璋先生诞辰120周年活动暨词学国际学术研讨会"上的发言）

萧涤非先生的一份论文评语
——为纪念萧涤非先生诞辰100周年而作

40年前我在苏州中学读书的时候,就知道萧涤非先生的名字了。那时的中学里是不分什么文科班、理科班的,我虽然一心想着考进清华园去读电机工程,但喜爱文学的天性仍诱使我读了一些文学书籍,其中包括人民文学出版社1963年版的《中国文学史》。封面上印着五位主编的姓名,萧涤非先生名列第三,书中的说明还注明了萧先生是山东大学的老师。对于一个十多岁的中学生来说,五位主编简直都是远在云端中的人物。我敬畏地看着封面上的五个名字,心想他们一定都是白发苍苍、终日埋头于故纸堆中的老学者。我做梦也没想到有朝一日我会认识其中最年轻的费振刚先生,也没有想到其中的萧涤非、王起两位先生有朝一日会来评议我的论文。

转眼20年过去了。我由一个中学生变成了插队知青,又成为安徽大学外语系的本科生,然后又成了南京大学中文系的研究生。1984年夏,我的博士论文《江西诗派研究》完稿了。导师程千帆先生考虑到我是他指导的第一个博士生,我的论文又是国内最早的一篇文学博士论文,必须严格把关,于是请了许多位造诣精深的前辈

1986年,萧涤非先生在博士生答辩会后。前排左起:蒋维崧、陈贻焮、萧涤非、周振甫、廖仲安;后排:林继中

专家来评议我的论文。写了书面评议意见的专家有:山东大学的萧涤非先生,中山大学的王起先生,北京大学的林庚先生,苏州大学的钱仲联先生,复旦大学的朱东润先生、顾易生先生,南京师范大学的唐圭璋先生、孙望先生、金启华先生,华东师范大学的徐中玉先生,陕西师范大学的霍松林先生,中国社会科学院的舒芜先生,中华书局的傅璇琮先生。论文答辩结束以后,系里把专家们的评议意见复印了一份交我保存。

又是20多年过去了。我一直珍藏着这些由前辈学者亲笔填写的评议表,我一看到它们就会肃然起敬,因为它们体现了前辈们的精神风貌。萧涤非先生的评语全文如下:

这是迄今为止,有关江西诗派的第一篇带有总结性的专著。论文以历史唯物主义为指导思想,在充分占有材料的基础上,对江西诗派的各个方面以及历来关于江西诗派的所有评论,作了全面而系统的论述和实事求是的分析,一分为二,由表及里,提出了自己的看法和新的评价。如谓"脱胎换骨"、"点铁成金"的精神实质,乃在于"自成一家",反对"以骂詈为诗"并非否定诗的讽刺作用,不能因此遂给江西诗派加上"蹈袭剽窃"、"形式主义或反现实主义"等恶谥;江西诗派成员绝大多数都是有节操和爱国的,不能因为个别人的丧失民族气节而怀疑整个诗派的政治态度,所论皆能言之有据,而持之以平,是符合实际情况,有说服力的。论文第八章,历叙江西诗派的影响,自南北宋之际直至清末,而归结于黄节,尤为独具只眼。微感不足之处是:洪炎在黄山谷诗序中也曾反对以骂詈为诗,并以杜甫、白居易的一些名篇为"几于骂",论文似应一并提出,阐明其主旨,不必回避。论文(449页)谓:"像陈师道这种有操守的人,如遇外族入侵,是不会丧失民族气节的。"推论甚是。如能引谢枋得为证,将更有说服力。(谢乃爱国诗人,抗元不仕,绝食而死。然观其诗有"不著挺之绵"之句,可知其深受陈师道影响。)总之,我认为论文已达到博士学位的学术水平,可提交答辩。

萧涤非(盖章)
1984.9月11日

("推波助澜",时下多有误用,论文似不宜从俗。)

这篇评语虽然字数不多，但是它既表达了一位学界前辈对后进的奖掖、提携之意，又显示了一位严格的老师对学生作业的精心指点。评语中对我的论文的肯定，当然是对我的热情鼓励；评语中对论文缺点的指正，则是对我继续努力、争取百尺竿头更进一步的有力鞭策。要知道，当萧涤非先生写下这些评语的时候，他已是一位78岁的老人了。可是他的评议表是一笔一画地填写的，他的评阅意见是在仔细审阅论文后才能得出的。评议表已经填好，并签好名、盖好章了，却又在页下添加一行，再指出我论文中一个用词不当的错误。这是何等的仔细、负责！当时的物质条件较差，我的论文是用手写稿交给印刷厂胶印的，印得很不清晰，而且挖补甚多。这副模样的长达20多万字的印刷品，萧先生竟然仔细审阅、认真评议，前辈学者的工作态度和治学精神，真是一丝不苟，堪为师表！

如今我自己也成为研究生导师了，我每年也要评议许多篇本校或外校的博士学位论文。每当我翻开一本本厚厚的论文心生烦躁时，每当我对着评议表要想写些不痛不痒的评语来敷衍塞责时，我就会想起萧涤非先生以及钱仲联、孙望等先生的评议表来，于是良心发现，重振精神来认真地评阅，就像鲁迅看见了藤野先生的相片一样，虽然我至今没有见过萧先生的像。

（《文史哲》2006年增刊）

南昌城里的矍铄诗翁

看到这个标题，读者也许以为指刘世南先生，其实不是。我很崇敬刘先生，但迄未识荆，没有资格来谈他。我想谈的是刘先生在江西师范大学的同事胡守仁先生，他的年辈比刘先生更高，2005年逝世，享年九十有八。日前我收到一册厚厚的《胡守仁诗集》，乃先生哲嗣胡敦伦兄所寄赠。翻开一看，竟然收有胡先生写给我的两首诗，20多年前在南昌面谒先生的情景便涌现心头。

1997年10月，江西吉安师专（井冈山大学的前身）主办欧阳修学术讨论会，我应邀参加。当时从南京到吉安没有直达列车，我必须在南昌转车。江西师大的曾子鲁兄便邀请我先到南昌停留一天，再与他们一起前往吉安。我把出行计划向程千帆先生汇报，先生说江西师大的胡守仁教授是他的老朋友，抗战时期曾在西迁四川乐山的武汉大学同过事，并让我代他去看望胡先生。当时程先生年老体弱，不便出门，便格外思念在外地的故人。一个月前我到河南大学开会，就曾代他去看望过高文先生。10月25日我到达南昌，次日上午为江西师大的研究生做讲座，又与古代文学教研室的老师座谈，中午还与大家聚餐，喝了两杯临川贡酒，下午3时许

胡守仁先生

才由子鲁兄陪我登门拜访胡先生。正巧，胡先生便是子鲁兄的业师。我们穿过几条寻常巷陌，走进一户平常人家，室内家具简朴，光线暗淡，但是有一个亮点，那便是白发苍苍的胡守仁先生！年臻九旬的他正伏案读书，心无旁骛，听到人声才抬起头来。我向胡先生转达了程先生的问候，他也向我询问程先生的近况。胡先生思路清晰，说话中气十足，真是一位矍铄老人！我一向不喜打扰耆年前辈，况且子鲁兄还约我晚上赴其家宴，于是半个小时后便起身告辞。像所有老辈学人一样，胡先生也把我们一直送到大门口，才握手告别。

我在吉安开了几天会，11月1日回到南京。打开信箱一看，竟然有一封胡先生的来信，信后附诗一首，便是《胡守仁诗集》第553页的那首《莫砺锋博士衔其业师程千帆先生之命道过南昌见访》，当然信中没有这个标题，但正文无异："名噪儒林莫砺锋，论文传世疾于风。一朝受命程夫子，来见南昌呵壁翁。"我这个无名晚辈竟然被一位前辈诗翁写进诗中，又蒙溢美之词，受宠若惊，便诌了四句,权当和诗,寄回给胡先生:"紫电青霜百炼锋,宝刀不老振雄风。衡门陋巷徐公宅,来谒诗坛矍铄翁。"没想到几天以后,胡先生又来一信,仍附一诗,便是《诗集》第557页的《次答莫砺锋博士见和》:"忻看高才试及锋,当之者靡此雄风。光阴于我只催老,已是龙钟九十翁。"我想要是我继续酬答的话,胡先生一定会不断地唱和下去,我怎能让一位九旬老人为我多费笔墨呢,就主动中断了那次"忘年交"式的唱酬。

翻阅《胡守仁诗集》,感慨良多。首先,胡先生自幼习诗,13岁开始写诗,可是集中作于1980年以前的诗作仅有10首,其时胡先生已经年过古稀。据胡迎建先生的《序》所云,胡先生大半生积累的诗稿近千首,皆在上世纪60年代毁于一旦。怪不得诗集的第一集便题作《劫后集》!值得欣慰的是,胡先生老当益壮,不废吟事,在人生最后的20多年里,竟然写出了近两千首新作,且有"波澜富而渊源深,情感真而韵味厚"之优点(见胡迎建《序》)。但我仍然感到深深的遗憾:胡先生是一位早熟的诗人,又享高寿,创作生涯长达80年,其诗歌风格理应有丰富的演变过程,就像宋人评价杜诗所云:"少而锐,壮而肆,老而严。"可惜如今我们读到的只有他的晚年作品,对其"少而锐,壮而肆"的艺术境界只能付诸想象了。况且诗人的创作高潮大多出现于精力弥满的青壮年时代,试以陆游为参照,放翁享年85岁,他在"晚栖农亩"的20年间吟兴不减,也不乏佳作。但总的说来,成为放翁代表作的那些雄浑奔放的名篇大多作于"浮沉中外、在蜀之日颇多"的中年。不难想象,要是胡先生大半生积累的诗作未遭焚毁,其中该有多少名章迥句!此刻我翻阅《胡守仁诗集》，竟像观赏南宋"马一角"的山水画，对于隐没在大幅留白处的云山烟水充满遐想。

其次，正如胡迎建《序》所云，"怀师忆友，申申而念恩谊"是胡先生晚年诗作的重要主题。我翻阅《诗集》，许多熟悉的姓名跳入眼帘，其中刘永济、汪辟疆等是其前辈师长，詹安泰、胡国瑞等是其同辈学友，陈永正、曾子鲁等则是其后辈学人，几代俊彦络绎而来，令人应接不暇。当然，我最关注的首推程千帆先生。诗集中共有9首吟及程先生的诗，最早的一首是《晤程千帆教授北京》："能经几回别？一别卅余秋。何意重逢此，相看各白头。君名喧禹甸，著作重山斤。承问吟哦事，春江上水舟。"诗作于1983年，一对历尽劫难的老友壮岁离别，白首重逢，万千感慨俱纳入平淡的字句之中，感人至深。最晚的一首是《千帆兄目失明诗以慰之》："脑脂遮眼哀张籍，左丘失明更伤神。先生占毕夜继日，极损目力何待言。我为拙稿乞作序，苦称两眼视昏昏。不能伏案亲笔砚，无以为报愧对君。我不偿愿出无奈，天岂善恶亦不分！转念绩学号鸿博，等身著述海宇传。声名随之震人耳，绝似雷霆处处闻。人生百年驹过隙，惟有作家能永存。晚岁虽盲且自宽，天报实丰在斯文。"诗作于1998年，后有附记："予错误领会千帆书意，其实未至失明。"确实，当时程先生眼疾严重，以至于"案上《楞严》已不看"，应酬文字皆由师母代笔，故谢绝为胡先生诗集撰序，不过并未完全失明。此诗内容系出误会，但蚌病成珠，写得真是情文并茂！我不禁联想到苏东坡谪居黄州时的一件轶事："子瞻在黄州病赤眼，逾月不出，或疑有他疾，过客遂传以为死矣。有语范景仁于许昌者，景仁绝不置疑，即举袂大恸，召子弟具金帛，遣人赙其家。子弟徐言此传闻未审，当先书以问其安否，得实，吊恤之未晚。乃走仆以往。子瞻发书大笑。"(《避暑录话》)垂垂老矣的范镇（景仁）乍闻东坡病卒即遣人奔吊，是因为他对东坡爱之重之。同样，年过90的胡先生乍闻程先生失明即作诗致慰，也是由于爱之重之。胡先生在诗集跋文中说："拜山四集之将付梓也，以书告吾友程千帆教授曰：子其为我序之。千帆谢不能，谓近双目瞢瞢，无以报命。窃念平生交好中惟千帆才华出众，欲藉手以张吾诗，尤望揭示其所未至，为吾后日致力作指南。"虚怀若谷，以义相交，前辈风范，令人怀想。

陈后山诗云"书当快意读易尽"，不知不觉，我便将600多页的《胡守仁诗集》读至卷末。掩卷沉思，对终生隐居在南昌城寻常巷陌中的那位矍铄诗翁肃然起敬。

(《南方周末》2020年7月8日)

对一位蔼然长者的琐忆

我和孙望先生见面的机会并不多,但是他那清癯、和蔼的面容却在我心中刻下了永远的烙印。

记得是1979年秋季的一个下午,程千帆先生带着我和徐有富、张三夕两位同窗,步行到孙望先生家去拜访。当时我们刚考上南京大学的研究生,对学界的前辈大多是闻其名而未识其人,听程先生说要带我们去见孙望先生,很是兴奋。因为我们早已听说孙先生是南京师范大学的名教授,况且又是程先生的老同学、老朋友,从他那里一定可以得到很多教益。云淡风轻,阳光和煦,我们一路走一路谈笑,很是愉快。由于程先生在乡下放牛时曾被牛踩伤过脚,行走不太方便,本来只需要20分钟的路用了两倍的时间才走完。当我们走到大竺路孙先生的家时,他已经在院门口等候多时了。我们被请进孙先生的书房,两位先生相对而坐,我们也敬陪末座。孙先生的书房在一楼,窗外有几株树,室内比较幽暗。但是几缕阳光从窗棂里斜射进来,恰巧照在他脸上,所以我对他的容貌看得很清楚,颇惊讶其清癯。但是他精神倒很好,和程先生谈得很热烈,内容则是海阔天空,一会儿回忆往事,一会儿又讨论学问,其中夹杂着许

1981年12月，横山弘拜见程先生时，在家中合影。左起：横山弘、程先生、孙望先生

多的人名，我虽然听得半懂不懂的，但还是觉得长了不少见识。大约过了两个小时，我们才告辞，孙先生一直送到大门口。我们走到街道拐角处，回头还看见孙先生倚门望着我们。

从那以后，我们曾多次随程先生到孙先生家去。渐渐地我们不太拘束了，对他们讨论学问的话也大多听得懂了，还偶尔插上几句嘴，并越来越觉得听这种谈话受益很大。可惜后来程先生身体日渐衰弱，走不动那么多路，而两地之间又没有公共汽车可坐，我们便去得少了。岁月如流，当年的谈话内容大多已经遗忘，但有几个细节倒记得很真切：一次孙先生用常熟方言说了一个笑话，有如绕口令，大家都笑了，但事实上听众中只有我一个人听得懂常熟方言，所以我笑得格外开心,格外长久,以至于大家都诧异地看着我。还有一次我们去时适逢枇杷成熟的季节,孙先生便从院子里摘了一些枇杷来招待我们,我们边吃边谈,分外愉快,那是我平生吃过的最好的枇杷。还有便是每次我们告辞后,孙先生一定送到大门外,而且一定目送我们走出视野之外。

孙望先生给我留下的另一个印象是他做事的认真。我至今保存着1984年他为我的博士论文《江西诗派研究》所写评语的复印件。因为篇幅较长,在学校印制的"评阅意见表"中写不下,他便另外写在方格稿纸上,每格一字,用工工整整的蝇头小楷写满了五张四百格的稿纸,最后签名,并钤上印章。说实话,我后来寓目的论文评语不在少数,但从未见过有这么详尽、细致、工整的。为了说明孙望先生对后辈的关爱,我把评语中指出论文不足之处的第五部分照录如下:

(五)几点建议:

一、"江西诗派"对南宋词坛也有影响,倘若以后作为一部专著刊出时,建议能补此一章,使内容更为完整。

二、同样的,如果来日作为专著出版时,希望书末能附一有关"江西诗派"诗人系年纪事的年表,以利阅者排比稽考。

三、关于黄庭坚的诗论一节里,似可补进他亦以"儒学致用"为重这一点意思,作为山谷并不忽视思想内容的助证。陈晔曾谓:"黄庭坚教人学诗先读经,不识经旨则不识是非,不知轻重,何以为诗!"施闰章亦谓:"山谷言:近世少年不肯深治经史,徒取助诗,故致远则泥。"皆可说明山谷重视经世致用,重视思想内容之意。即山谷本人,也曾在《与徐师川书》中说到有些人于诗的造诣所以"未至者",是由于"探经术未深"之故的话。探经术,治经史,学习儒家精神和儒家修养,这是山谷重视"经世致用"的一个方面。论文只从山谷尊杜,以国风纯正,千古史笔为说,例证嫌少,似可补充一些这方面的材料,以加强说服力。

直到今天,我还觉得孙先生对我的论文的缺点说得十分中肯,而他的语气是多么温和、谦逊,就像是与我商议似的,这与我当面听他谈话的感觉完全一样。评语的其他部分也写得十分翔实,很有指导意义,但因其中多有褒奖,不敢照录。由此可见孙先生对于后辈的指点是多么细致深入、认真负责!他又是多么平易近人!

需要说明的是,孙先生绝不是只对我一个人的论文写了如此详细的评语。我毕业以后,曾多次担承师弟们的答辩秘书,所以曾多次看到孙先生为其他研究生论文所写的评语,没有一次不是工工整整、密密麻麻地写满几张纸的。每逢我看到这些评语时,都深为感动,并把这作为勉励自己认真对待学生的楷模。我常常想,如果南大或南师大要对新增补的研究生导师进行师德教育的话,这些评语就是绝好的材料。

1986年我到美国哈佛大学去访问了一年,回国后工作越来越忙,与孙先生见面的机会就不多了。几乎每次都是奉程先生之命才到孙先生家去,常常是代程先生去送书籍或研究生论文,偶尔也送一些小礼物。我去了也不敢久留，因为孙先生显然是越发衰老了，精神也越来越不济了。但是每当我告辞出门，他仍然坚持要送到大门口。因为怕他久站，我总是一出门便跨上自行车飞驰而去。

我与孙先生的最后一面是在1990年春天，我受人之托，给孙先生送新出版的《江苏县邑风物丛书·张家港》的样书去，因为此书的序言是孙先生撰写的。此时孙先生已经病得很重，看到记述其家乡风物的新书，他显然很高兴，但没有力气多说话。他的书桌上仍然堆满了书本，还有一大堆《宋代文学史》的初稿，身为主编的孙先生正在抱病审稿。我稍稍坐了一会就告辞了，我清楚地记得孙先生没有送我到门口，因为这是我记忆中唯一的一次。两个月后，孙先生便与世长辞了。

我永远怀念孙望先生，他那清癯、和蔼的面容永远存活在我心中。

（郁贤皓、王锡九、孙原靖编《诗海扬帆 —— 文学史家孙望》，南京大学出版社2003年版）

海东隐士宋刚庵

我素不习字，也不会欣赏书法，却交了两个书法家朋友，这全是托黄庭坚的福。1981年底，我在程千帆先生指导下读完硕士，学位论文的部分内容以《黄庭坚夺胎换骨辨》为题刊于《中国社会科学》1983年第5期。1984年秋，我跟着程先生读完博士，学位论文《江西诗派研究》于1986年在齐鲁书社出版。于是我引起一些黄庭坚爱好者的注意，首先是岭南书家陈永正先生。我俩开始通信，然后又互赠著作。几年后我们在广州初次见面，陈永正到白云机场接我。他站在出口处的人群中，手中高举着一本《江西诗派研究》！其次是韩国书家金炳基先生，他1988年在台湾地区的中国文化大学获博士学位，随即给我寄来一册题为《黄山谷诗与书法之研究》的博士论文，其中多次引述拙著。几年后我应邀到韩国光州的全南大学当客座教授，此时金炳基在公州大学任教。1997年6月7日，金炳基开车来接我到公州去看古迹，途中先到全州去看望他的外祖父宋刚庵。

一路上金炳基向我介绍宋刚庵的生平。他是韩国享有盛名的书法家，生于一个世代服膺儒学的耕读家庭，自幼随父亲宋基冕先生

诵读经典，且练习书法与文人画，深受民族传统文化的熏陶。当时朝鲜半岛已被日本吞并，日本统治者不但强迫朝鲜人民接受日本文化，还强令他们改变原有的服式与发式。刚庵矢志不从，坚持束发髻、戴纱帽、穿长衫的民族服式，至今不变。我听了肃然起敬。车到全州，我们先去参观"刚庵书艺馆"。这是一座传统

身着韩国民族服装的宋刚庵先生

风格的二层建筑，檐展如翼，气势飞动，且装饰朴素，落落大方。虽然建成不足三年，却颇具古代建筑特有的古色古香。馆内展出刚庵的书画作品及其收藏的前人翰墨千余件，都是价值连城的"文化财"。可惜时间有限，无法细细观赏。稍后，金炳基引我及同来的公州大学李炳官教授前往馆侧的一间小屋去拜访刚庵，那里便是刚庵的居所。虽然途中听过金炳基的介绍，我对刚庵的相貌已有所预期，但当他现出真身时，我还是吃了一惊。只见一位老者席地而坐，他头戴黑色纱冠，身穿白布韩服，形容清癯而神情健朗，俨然是从邈远的古代穿越到现代来的高士。我以前读《世说新语》，对书

中形容高士风姿的句子像"谡谡如劲松下风""岩岩若孤松之独立"等，总是不得要领。此刻面对着刚庵，忽若有悟。金、李二人要向刚庵行跪叩礼，并说我不是韩国人，只要鞠躬即可。但我对刚庵怀有由衷的敬意，又与金、李年辈相仿，便坚持入乡随俗，跟着二人一起伏地行礼，刚庵则欠身示谢。我们与老人交谈片刻，饮茶一杯，便起身告辞，刚庵也起身送到门口。我边走边回望，刚庵的身影渐渐远去，最终隐没在绿树粉墙之后。其实他也是隐入了历史，因为一年多以后，刚庵便与世长辞了。

刚庵淡泊宁静、坚忍不拔的人格操守与兼擅书画、自成一家的艺术成就，得到韩国学界众口一词的高度赞誉。宋河璟所编的中、韩文对照的《刚庵宋成镛其人其书》中收录了七位学者的文章，论述甚详。对于刚庵终生不改传统服式，高亨坤先生说："刚庵衣冠整洁，至今还保持着传统的古衣古冠……自小在汉学与儒学精神的熏陶之下，注重于人的内在精神修养的刚庵，继承韩国传统儒学之义理与斥邪精神，在严酷而野蛮的日帝统治时期，对日帝所强行推行的亡种灭族的断发令和创氏改名令坚决不相从，毅然保持了民族气节与尊严。"崔炳植先生说："刚庵生活在现代而始终固执着纱帽和韩服，那是不肯失去从先父裕斋继承下来的朝鲜儒脉的传统及主体性。"刚庵逝世后，人们在挽词与祭文中对此亟表尊崇："举世皆浊，公乃独清。保发冠儒，食旧守贞。""独保韩冠倭乱中，屹然志气有谁同！"作为中国人，我当然会由此联想到这个史实：清人入关后曾实行"留发不留头"的剃发令，激起汉族人民强烈的反抗。当年的江阴人民坚持抗清80天，最后满城殉国，支持他们的正是

"头可断,发不可剃"的精神,也即对民族文化传统的誓死忠贞。日寇在朝鲜的"断发令"与清人"剃发令"的惨酷程度或有不同,其野蛮性质却如出一辙。宋刚庵坚持蓄发留髻与江阴人民抗清的壮烈程度或有差异,其正义性质却是桴鼓相应。

对于刚庵以汉字为主要书写对象的书法和以梅、兰、竹、菊为主要内容的文人画,元东石先生说:"刚庵先生可以说是过去传统时代的最后一人,因而他对过去的传统与文化不仅是耳濡目染,习以为性,而且它已和他的日常生活完全融为一体。刚庵早年以欧阳询帖为师学楷书,并从米芾和董其昌帖中学了行书,同时从汉隶金石拓本中学了隶书,中年以后他又广泛地涉猎颜真卿、褚遂良和清代各名家的书体,同时又继承了紫霞和秋史的运笔法,而在画竹上刚庵则是喜欢采用郑板桥和吴昌硕的画竹法……刚庵的竹可以说是古人所惯用的水墨写意,其最大的特点是温文尔雅之中蕴藏着文人高雅的志趣和从不肯低就的高昂气概。此外,他的石、兰、梅、菊等也都体现出了他在笔墨的选材以及用笔上自由奔放的风格和文人的书卷气。"金炳基先生《刚庵宋成镛先生的书法艺术世界》一文更以两万字的篇幅详细论述刚庵博采众家之长、转益多师的艰苦修艺之途。从金文可知,除了元东石提及的前辈书画家以外,刚庵还取径于苏东坡、黄山谷、王铎、刘墉、何绍基、康有为、邓石如、于右任等中国历代书画大家,以及申纬(紫霞)、金正喜(秋史)、孙在馨(素筌)等韩国书家。金文还指出,刚庵"与宋朝诸书家例如苏东坡、黄山谷之学古方式很接近",比如苏东坡所云"吾虽不善书,晓书莫如我。苟能通其意,常谓不学可",以及黄山谷所云"凡作字,熟观魏晋人书,会之于心,自得古人笔法",刚庵对这些主张心领神会,故能推陈出新,最终自成一家。我认为以上论述相当中肯,是对刚庵艺术成就的知本探源之论。

书画之外,刚庵的诗文写作也值得关注。这些作品大多用汉文写成,诗体多为七绝、七律,文体则以书简与墓表、墓铭为主。其中偶见涩辞僻典,例如《寿星社韵》云"筱骖往戏浑如昨",按宋人计有功《唐诗纪事》卷九云:"彦伯为文,多变易求新,以凤阁为鹓阁,龙门为虬户,金谷为铣溪,玉山为琼岳,竹马为筱骖,月兔为魄兔,进士效之,谓之涩体。"刚庵以"筱骖"这个僻涩的语汇指代"竹马",当是为调平仄。又如《与李玟求》云:"病懒相寻,未办一赫蹏。"按《汉书·外戚传》:"有裹药二枚,赫蹏书。"应劭注:"赫蹏,薄小纸也。"以"赫蹏"指代小纸即短简,义蕴较为深僻,但本是文人书简,无可厚非。又如《斗方禊会》云"庭际腻绿雨沾苔","腻绿"一词甚生僻,但也很生动,杜诗有"红腻小湖莲"之句,苏诗则有"春畦雨过罗纨腻"之句,刚庵此处或受杜、苏之启发,亦未可知。总的说来,刚庵诗文以古朴典雅、平易畅达为主要风格倾向。诗如《梨地与金后松丈吟》:"屈指离家已闻秋,倦游不觉岁华流。菊老山中疏把酒,雪深江上怯登楼。乡遥常苦梦魂去,境胜且堪行李留。忽见寒梅窗外发,此时倍切故园愁。"不用典故,不求华藻,意境深远,风格老成。文如《与罗柏洙》:"别而怀人,情所固然,而弟于兄则尤有切焉,何者? 遇疑义则思共质,遇警策则思共赏。唱之而无与和,言之而无与听,此恨惟我辈人知之。况绿杨交阴,黄鹂求友,因物兴感,尤难为怀。伏惟辰下侍余,棣体多旺。

第山栖永春，师友相守，寻绎经旨，暇而有浴沂风雩之乐矣，何等艳仰！弟才疏而志又未笃，所谓工夫有同磨炉，不离旧迹。每过庭之际，未尝不惕然增惧也。"文中"浴沂风雩""过庭"等词出于《论语》，都是人所习知者，而"遇疑义则思共质，遇警策则思共赏"二句或与陶诗"奇文共欣赏，疑义相与析"有关，但仅师其意而不袭其辞，用在文中亦甚畅达。又如《与洪淳奎》："今世变而伦斁，所谓友者不以心，只以势利。势利倾穷，则友亦散绝，而反若不相识，岂所谓面朋面友者非耶？""面朋面友"出于扬雄《法言·学行》："朋而不心，面朋也；友而不心，面友也。"用在此处非常妥帖，又文从字顺，即使不知其出处也能读懂，堪称用典之高境。刚庵的书简大多措辞雅洁，情致委婉，颇有苏、黄尺牍之风调。一位现代韩国人的汉文写作能达到如此水平，甚为罕见。

更重要的是刚庵诗文不仅记录其行事，而且披露其心迹，是我们理解刚庵其人的第一手材料。比如刚庵的耕读生涯，据朴权相《刚庵的人间和书法艺术》所言，刚庵虽出生于农村，但生来体弱多病，无法耕耘，故自幼从父读书。但刚庵《答林翰琱》中自称"读书弄笔之余，时复周旋于垄亩，大有耕读之趣"，可见他确曾有过耕读生涯。刚庵的书简中时时说到农事，例如《与友人》："贵庄移秧则何如？水源本好，想应已毕矣。鄙庄亦已毕，然旱干是虑。"《与李允明道衡》："近闻雨泽不均，而全州一带亦旱干，未免锄种，贵庄如何？……鄙庄则趁时移秧，而经初除，然差过几日，则惜干可虑。"凡此，均对庄稼收成的关切溢于言表，只有耕读之家的子弟，才会如此。又如刚庵坚持读经典、着衣冠的旧式生活方式，金炳基先生指出:"当代韩国书法界,像刚庵先生那样正气凛然之坚守固有东洋文人精神的书法家还有吗? 他蓄发留髻,戴纱帽,着长袍,这并不是单纯的老式打扮,而是象征着我们祖先所坚守的文人精神。"而刚庵《与李澈焕》云:"世变日甚,人皆务于异教,不知学吾道。而甚至有仇雠古圣贤,粪壤古经籍,诚甚痛叹。而吾兄居此时节,能不归于彼,而志乎吾道,着旧衣冠,读古诗书,非志之高,心之笃,才之敏,乌能如日乎? 原兄终不负此心,益加勉力。"虽是赞颂他人,也是自表心迹。可证金炳基所云并非凿空虚论,而是知人论世之言。阅读刚庵诗文,一位志趣高洁的传统文士之形象如在目前。

刚庵的书画作品也是窥见其内心世界的一扇窗口。刚庵的书法,多取材于古典诗文,仅据东亚日报社1995年出版的《刚庵墨迹》,他书写过的作品就有仲长统《乐志论》、王羲之《兰亭叙》、苏东坡《后赤壁赋》、陶渊明《庚戌岁九月中于西田获早稻》、《饮酒二十首》之五、白居易《重题》四首之三(《刚庵墨迹》著录为《草堂诗》)、杨龟山《闲居书事》、陈了斋《杂诗》、范成大《夏日田园杂兴》之七、王阳明《泛海》等,细察这些作品,大多抒写高尚的胸怀或高洁的志趣,刚庵书写它们即是出于对原作者的深刻共鸣。值得注意的是,杨龟山、陈了斋都是著名的宋代理学家,并不以诗著称,刚庵书写其诗,肯定独有会心之处。杨龟山《闲居书事》云:"虚庭幽草翠相环,默坐颓然草色间。玩意诗书千古近,放怀天地一身闲。疏窗风度聊欹枕,永巷人稀独掩关。谁信红尘随处净,不论城郭与青山。"陈了斋《杂诗》云:"大抵操心在谨微,谬差千里始毫厘。如

宋刚庵先生画墨竹

闻不善须当改，莫谓无人便可欺。忠信但当为己任，行藏终自有天知。深冬寒日能多少，已觉东风次第吹。"杨龟山乃二程门人，陈了斋则私淑二程，并与杨龟山交好，故在《宋元学案》中被列为"龟山讲友"。二人都是志行高洁之士，其诗都是修身养性、因志成咏之作，是光风霁月的理学家理想人格的诗语表述。

  刚庵的题画诗文也值得关注。他曾在一幅墨莲上题写周敦颐《爱莲说》的全文，又在一幅石兰上题写黄庭坚《书幽芳亭》的一节（黄文原载《豫章黄先生文集》卷二五，刚庵所书乃据《古今事文类聚后集》卷二九，故题作《修水记》，乃据黄文《书幽芳亭》节录者。其实"修水"是山谷家乡，此书中用以代指山谷，"修水记"犹言"黄氏所记"，并非文章标题）。前者明言"莲，花之君子者也"，后者明言"兰似君子，蕙似士大夫"，可见刚庵喜画莲、兰，正是对君子人格的敬重。刚庵画得最多的是墨竹，几乎每幅皆有题字，所题文字多为咏竹诗词，例如白居易《题李次云窗竹》、裴吟《春日山中竹》、欧阳修《刑部看竹效孟郊体》、苏轼《於潜僧绿筠轩》等，不一而足。有一幅墨竹上节录白居易《养竹记》云："竹似贤，何哉？竹本固，固以树德，君子见其本，则思善建不拔者。竹性直，直以立身，君子见其性，则思中立不倚者。竹心空，空以体道，君子见其心，则思应用虚受者。竹节贞，贞以立志，君子见其节，则思砥砺名行，夷险一致者。夫如是，故君子人多树之为庭实焉。"这段文字从四个方面以竹比德，生动完整地展示了竹子在士人心目中的高尚品格。联想到刚庵一生的行为、操守，他笔下的墨竹正是其君子人格的形象展示，与白居易的这段文字桴鼓相应。

崔炳植先生称刚庵是"我们能够见到的最后一位书生"，我则愿意称他为"最后一位隐士"。真正的隐士并不逃避现实人生，只是为了坚持操守而远离污浊红尘。中国历史上的隐士首推陶渊明，生于晋宋之际的陶渊明毅然归隐，那不是退避，而是一种特殊形态的坚守与抗争。刚庵坚持本民族的传统衣冠及传统生活方式，终生不渝。在日占时期，这是对民族气节的坚持与守护。在韩国独立以后，这是对传统文化精神的坚持与守护。刚庵的一言一行，都使我联想起陶渊明。朱熹评陶渊明云："隐者多是带气负性之人为之。"刚庵也是如此。金炳基先生说得好："'刚庵'之'刚'，可以代表他的性情和人品。"孔子论人，极重"刚"字。他说："刚毅木讷近仁。"又说："吾未见刚者。"有人说："申枨。"孔子回答说："枨也欲，焉得刚？"杨龟山释前句曰："刚毅则不屈于物欲，木讷则不至于外驰，故近仁。"程颐释后句曰："人有欲则无刚，刚则不屈于欲。"以儒学为修身根柢的刚庵显然对此深有会心，他青年时坚拒赴日留学或参加日人举行的"鲜展"来求取富贵，中年成名后仍淡泊名利，最后无偿捐献土地房屋创建书艺馆以服务民众，自己则箪食瓢饮终老于简陋的小屋。刚庵的所作所为，无愧于其号中的那个"刚"字。终生古衣古貌的宋刚庵在现代社会中鹤立鸡群，他是一位真正的海东隐士。

(《南方周末》2021年9月16日)

幽燕之士钝如槌

近日正在写一篇关于陆游与杨万里的论文,就把《陆游年谱》《杨万里年谱》二书放在案头,以便逐年比照二人的事迹。论文还没写完,忽然怀念二书的作者于北山先生。于是将书架上的《范成大年谱》也取下来,三书同读,并把论文搁在一边,先写这篇短文。

"于北山年谱著作三种"是上海古籍出版社于2006年9月同时推出的,其实《陆游年谱》初版于1961年(1985年出过增订版),《范成大年谱》初版于1987年,此次均是重版,只有《杨万里年谱》是首次问世。至于三书的撰写、修订过程,则前后长达36年。对于三书的学术价值,出版社所撰的《出版说明》说得很清楚:"于北山教授编撰年谱,一改此前年谱纯客观记录之作法,融年谱、评传为一体,关键处不乏自己的评论、分析,体现了学术进步之迹。""其篇幅之巨,考证之详,至今无可替代者。"这个评价非常准确,非常到位,我完全同意。正因如此,2007年我收到于先生的哲嗣于蕴生教授惠赠的三书后,当即插到离书桌最近的书架上,以便不时翻阅。

于北山先生出生于河北霸县(今霸州市)的一个农家,幼年就读私塾,抗战时投笔从戎。1950年起先后在南京市第九中学、南京市教师进修学院和南京师范专科学校任教。1962年师专停办,他又回到九中,教授两个班的高中语文。尽管课务繁重,生活艰辛,但他始终坚持从事著述。请看他在儿子心中留下的背影:"白天无暇写作,都是夜深人静之时,一桌一灯,一纸一笔,于古典文学之沃野,聚精会神而耕耘。居所并不宽敞,书房与卧室连为一体,夜半醒来,总见家君伏案写作之铁铸身影,总见家君以微笑回答我与家母的劝语。"就在这样的艰苦环境里,于先生以"十年磨一剑"的精神从事《陆游年谱》的撰写。此书动笔于1951年,完稿于1959年,1961年由中华书局上海编辑所(上海古籍出版社的前身)出版。《陆游年谱》刚刚定稿,于先生马不停蹄地开始《杨万里年谱》《范成大年谱》的撰写,于1965年完成初稿并寄给出版社。次年五月,出版社对《杨万里年谱》提出几条修改意见并寄还原稿,让于先生尽快修订后付印。《范成大年谱》也进入审读程序,原稿则留在出版社。没想到于先生还没来得及动笔修订,一场浩劫突然降临。他在红卫兵的关押下失去自由,家里也屡遭抄掠。要是《杨万里年谱》的书稿被红卫兵发现,肯定会被焚为灰烬,还会成为于先生"宣扬

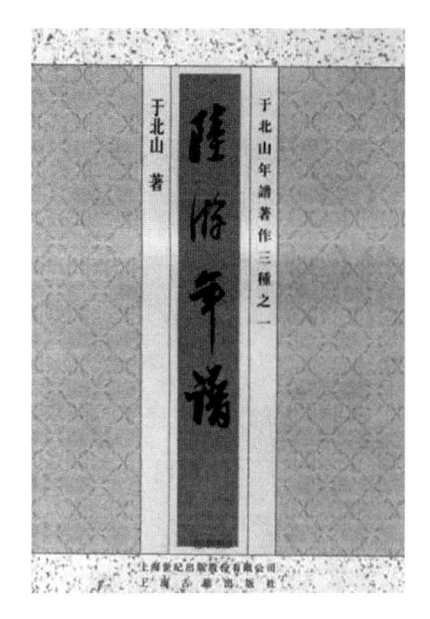

《陆游年谱》书影

封建文化"的又一条罪证。这部长达50万字,装订成10册的原稿得以奇迹般地保存下来,完全是于先生夫人马熙惠女士的功劳。对此,于先生在《杨万里年谱》的后记中有深情的回忆:"那时,熙惠在家,老病缠绵,只身苦撑灾难。她猝遇空前浩劫,始而惊疑、震恐,继而冷静下来,善自开脱,以为身外之物,过眼云烟而已。在日日夜夜担心我的生死问题之外,同时暗下决心,保护这部书稿,不忍轻易地让它化为劫灰。因为她深深知道,我为它经过了多少不眠之夜,几年如一日的精神消耗,心血凝聚,是得来不易的。她又清醒地看到:把书稿寄还上海已不可能;转移他处又恐再惹是非。几经考虑,索性把它投掷于走廊上煤炉旁边的火具筐内,覆以破纸杂物,与竹头木屑为伍。几年中,'造反派'常是不速之客,呼啸而来,从容而取,扬长而去。但贪婪攫取的目光,却从来不屑扫射这个破筐。就这样,这部书稿才幸逃恢恢劫网,成了我仅存的青毡故物。"1969年,于先生全家下放到淮阴县插队落户,出身农家的他又回到农家。1973年,于先生到淮阴县中学教书。1978年,于先生调入淮阴师专中文科,总算恢复了与古典文学相关的工作岗位。此时大地回春,万象复原,从事学术研究不再是一项罪行了。于先生带着兴奋的心情重新开始著述,他赠给本校同仁周本淳教授的诗中有句云"天禄陈编资校理,喜看奋笔答明时",表明要与后者以此共勉。于先生恢复了横遭压抑十余年的热情和勤奋,在生命的最后九年中,争分夺秒地对三种年谱进行大幅度的增补、订正。例如早已出版并广受好评的《陆游年谱》,他重写、改写的按语竟多达400余条,真正做到了精益求精。《杨万里年谱》的原稿在家中搁置多年,字迹已有模糊不清，就在增补的同时重新誊录，终于在其哲嗣于蕴生的协助下最后定稿。于先生在撰写年谱的过程中对古代职官产生了浓厚的兴趣，本想一鼓作气深入研究，可惜天不假年，竟于1987年遽归道山。已经制定撰述计划的《中国古代职官大辞典》与《中国古代官制史》二书未及动笔，成为永久的遗憾。

予生也晚，从未见过于北山先生。"于北山年谱著作三种"三册书的封二勒口印着他的半身小照，红彤彤的脸膛，结实的身板，颇像一位老农。其面部神情也颇似老农，憨厚、和蔼地微笑着，但掩不住岁月风霜的痕迹。于先生自称"幽燕之士钝如槌"，自属谦辞，但也堪称夫子自道。在我看来，"钝如槌"意味着鲁钝、质朴，也意味着诚实、坚强。唯其"钝如槌"，于先生从事著述绝无功利目的，而是发于对学术的衷心热爱。否则的话，在那个"白专道路"成为畏途的时代，身为中学教师的他何必要冒着风险自讨苦吃？唯其"钝如槌"，于先生治学时绝不投取取巧，而是扎扎实实地下笨功夫，否则的话，三部书稿何以耗费30多年的心血？唯其"钝如槌"，于先生下笔时绝无哗众取宠之心，而是实事

于北山先生

求是地撰写古代诗人的"实录",否则的话,以先生掌握材料之富,理解文本之透,为何不像时人这般写出一堆"宏论巨著"?唯其"钝如槌",于先生将曾获前辈学者罗根泽、汪辟疆先生指导之事在后记中郑重道出,否则的话,三书出版时两位前辈早已作古,当年请益之事,除于先生本人外又有何人知晓?……

"于北山年谱著作三种"合在一起,厚约三寸,这与时下某些动辄"著作等身"的学者相比,简直不可同日而语。于北山先生生前从未获得任何"项目"的支持,也未获得任何级别的奖励,这与时下某些项目无数、获奖频频的学者相比,也不可同日而语。但是真正推动学术前进的却是前者而绝非后者。兴念及此,我凝视着于北山先生的小照,崇敬之意从内心深处油然而起。

(《中华读书报》2016年11月16日,原题《怀念于北山先生》)

小书大学问

——读周本淳《读常见书札记》

如今是"巨著"涌现的年代,我说的"巨著"主要指书籍体积巨大而言。书本变得越来越厚,开本也越来越大。早年我在家里打书架时手头的藏书以32开本为主,只有中华书局版的《全唐文》之类才是大16开,于是只打了少量的宽架。没想到近年来涌进我家的"巨著"越来越多,宽架严重不足,令我懊恼不已。有些"巨著"体量太大,我只好委屈它们横躺在书架上。我对"巨著"的态度是敬而远之,即使是友人所赠者也是一视同仁。我爱读的书大多是"小书",只有它们才能让我手不释卷。我甚至对某些好写"巨著"的朋友心存腹诽:为何把书写得那么厚?难道一部著作的学术含量与其体积是成正比的?

我为什么突然发此牢骚?只因近日重读周本淳先生的《读常见书札记》,颇多感慨。此书1990年由江苏教育出版社出版,全书仅310页,又是小32开本,是一本真正的"小书"。装帧也极其朴素,灰蓝色的封面,书名及作者与出版社之名都径用仿宋或宋体。其实周先生本人就写得一手好字,又与林散之等书法名家交往甚

《读常见书札记》书影

密,自题书名或求人题签皆非难事。如此装帧,当是力求简朴之故。我当年是逛书店时偶然发现这本小书的,"读常见书"本是我的人生宗旨,又看到是周先生所著,便立刻买下。因为此前周先生曾应程千帆先生之请负责修订《全清词·顺康卷》的书稿,他逐字审阅多达700万字的原稿,纠谬正讹甚多。我曾听到程先生与周勋初先生谈论其事,心想能入程、周二师法眼的学者,定是学问精深。从此这本小书便一直插在我的书架上,时时翻阅。我还曾向南大的研究生推荐此书,2006年春天,我在南大教学楼301教室为研究生讲《杜诗研究》课,为了推断"杜诗伪苏注"何时出现而涉及胡仔《苕溪渔隐丛话》前集的成书年代,我说:"《苕溪渔隐丛话》前集前面有一个序,写于绍兴十八年,也就是1148年……表面上看是这样,我们在论述这一问题的时候,可以运用胡仔的这个序,它后面署的时间很清楚,就是1148年。可惜这条材料是不能用的。因为《苕溪渔隐丛话》的序虽然是1148年写的,而他这部书是先写序后写书,他写序的时候书还没有写好,所以这部书真正的成书时间要晚很多,已经到绍兴三十一年或者三十二年,也就是1161或1162年。这个研究成果是淮阴师范学院已故的周本淳教授做的。周本淳有一本书,叫《读常见书札记》,这是一本非常不起眼的小书,很薄,封面也很朴素,可能一般人都不大注意,可这本书里有很好的见解。这个老先生做学问非常踏实,他一条一条地研究,他说这个《苕溪渔隐丛话》写序在前,成书在后,我觉得这个结论完全可以成立。"这段话见于当年的讲课录音,后来一字未改地收进广西师大出版社出版的拙著《杜甫诗歌讲演录》,所以现在得以引用。由此可证我对这本小书的推崇由来已久。

周本淳先生在书房

《读常见书札记》的《自序》中说:"顾亭林写《日知录》,强调要'采铜于山'。拿今天的话说,就是要用第一手材料做根据,而鄙弃那种辗转稗贩拾人牙慧的投机取巧行为。我自惭孤陋寡闻,但却奉顾亭林之言为圭臬。有时看到一些文章的论据,往往喜欢去找一找它的根源,在这个过程中也常常产生一些不同的看法。"话说得朴实无华,却是自道甘苦的治学心得,也是对后生的入门指南。全书收文68篇,篇幅都是寥寥数页,最短的如《谢客》《金埒铜山》甚至不足一页,堪称名副其实的短文。这些文章无论长短,都有自己独到的见解,都有充足的文献依据,确实是"采铜于山"的结果。例如《〈世说新语〉原名考略》以中唐刘肃《大唐新语》序中有《大唐世说新语》之称,以及南宋汪藻《世说叙录》中言及此书四种异题且称"今以《世说新语》为正"等材料,作为刘知几《史通·杂说》中"近者宋临川王义庆著《世说新语》"一语的旁证,证明《世说新语》的书名并非后起,证论细密,足资参考。又如《〈辨奸论〉并非伪作》驳斥清人李绂"伪作说"为"鲁莽灭裂",其撰写时间在章培恒、王水照诸位名家的论文之前,堪称孤明先发。周先生终生以教书为业,曾在南京一中及平桥中学教语文,又在南京师专及淮阴师院教中文,本书中某些文章以"古文备课随录"或"教学拾零"为副标题,皆是其教学心得的结晶。不难想见,当年周先生在课堂里把这些思考结果讲给学生听,师生之间产生拈花微笑的心灵交流,其教学效果远胜于把教科书当成标准答案的照本宣科。

周先生的学术成果,以古籍校点最为重要。如《唐音癸签》(上海古籍出版社1981年)、《震川先生集》(上海古籍出版社1985年)、《唐才子传校正》(江苏古籍出版社1987年)、《小仓山房诗文集》(上海古籍出版社1987年)、《诗话总龟》(人民文学出版社1987年),以及重订《苕溪渔隐丛话》(人民文学出版社1992年)等,皆是优秀的古籍整理著作。郁贤皓先生对此深有体会:"一般人多认为点校常用的古籍是比较容易做的工作，不需要有多少发明，其实，这是非常错误的看法。应该指出，有的人正是在这种思想指导下从事古籍校点工作，结果出现大量的常识性错误，笑话百出。实践证明，必须具备深厚的学术素养、渊博的知识和严肃认真的治学态度，才能从事点校古籍的工作。我最佩服本淳先生的就是在这一方面。"的确，经过周先生的精心点校，这些典籍得到准确的断句和校勘，为读者提供了极大的方便。此外，周先生在校点古籍的同时也对该书及其作者进行深入的研究，其成果即体现在一篇篇的《前言》中，例如《唐音癸签》的撰者胡震亨，不但《明史》无传，且无行状志铭传世。周先生在《前言》中广征博引，钩稽史料，才理清其家世与生平仕历，并说清该书的成就及缺点。周先生将此书以及《震川先生集》《小仓山房诗文集》的前言收入本书，十分妥当，它们确是具有原创意义的学术论文。

周先生不但亲自从事古籍校点，也关心业已出版的古籍校点著作，对发现的问题直抒己见，收入本书的《读校随感录》堪称这方面的代表作。文中指出："古人所谓点书，指校其误字、正其音读及断其句读而已。今日校点古籍，为方便初学，率加新式标点，专名号、引号等，对阅读者使用愈便，对校点者要求愈高。稍有疏忽，动成谬误。近年既多涉猎此类标点本古书，教学之余，又复从事若干校点工作。个中甘苦，略有会心。随笔札录，名之曰读校随感录，以就正同好。"全文共分四节，分别从年代、地名、人名、句读等方面列举大量事例，既指明其错误，又分析其所以致误之原因。条分缕析，细入毫芒。有人误以为此类文章枯燥乏味，其实不然。《北史·邢邵传》云:"有书甚多,而不甚雠校。见人校书,笑曰:'何愚之甚!天下书至死读不可遍,焉能始复校此。日思误书,更是一适。'""适"者,悦也,快也。为什么"日思误书"能成"一适"呢?因为发现舛误与求得真相是同一件事情的两个方面,所以"思误书"的结果也即雠正文字,这当然会令人愉悦。清代校勘名家顾广圻自号其斋曰"思适斋",且称:"思而有所不得,困于心,衡于虑,皇皇焉如索其所失而杳乎无睹,人恒笑其不自适,而非不适也,乃求其所以适也。思而得之,心为之加开,目为之加朗,豁然如启幽室而明之,举世之适,诚莫有适于此也。"我猜想当周先生在古籍中发现舛误且想出致误之由时,肯定也有"莫有适于此也"之感。我虽缺乏"思适"的本领,但读到《读校随感录》中所举的某些例子,也会忍俊不禁。比如此条:"中华书局校点本《挥麈录·后录余话》289页:'曾文肃十子,最钟爱外祖空青公。有寿词云:"江南客家,有宁馨儿。三世文章称大手,一门兄弟独良眉。籍甚众多。推千里足。来自渥洼,池莫倚善。题鹦鹉,赋青山。须待健时归,不似傲当时。"其后外祖果以词翰名世,可谓父子为知己也。'中间寿词标点不能卒读,实则不过《双调望江南》耳,当标为:'江南客,家有宁馨儿。三世文章称大手,一门兄弟独良眉。籍甚众多推。　千里足,来自渥洼池。莫倚善题鹦鹉赋,青山须待健时归。不似傲当时。'合此二误观之,凡遇长短句,若不先明词律,未宜骤下铅黄也。"片言折狱,快刀斩麻,痛快淋漓,莫此为甚。如此趣味盎然的好文字,何枯燥之有!

除了《读常见书札记》之外,周先生还著有一本更小的"小书"

《诗词蒙语》,也是小32开本,且全书只有240页。但是读者肯定不敢轻视此书,因为它被列入上海文艺出版社2001年推出的《故事会学者讲坛系列》第二辑,该辑所收的其余八种书是:贺麟《文化与人生》、朱自清《读书指导》、顾颉刚《我与古史辨》、朱光潜《谈文学》、罗继祖《墨佣小记》、郑振铎《西谛三记》、章太炎《国学略说》、夏丏尊、叶圣陶《文章讲话》。这些"小书",哪一本不比当今某些厚如砖块的"巨著"更有价值?阅读周先生的"小书",他的音容笑貌浮现眼前。

予生虽晚,尚有幸与周先生在南大校园以及外地的学术会议上见过数面。记得他身躯健壮且步履矫健,不像一位常年伏案的学者。还记得他性格爽朗且言谈坦率,不像一位饱经折磨的"右派"。周先生于1965年被下放至苏北农村务农,后来又横遭批斗,但他作于1968年的《自嘲》一诗中说:"为牛为马随呼应,是鬼是人自主张。偶放强颜争曲直,难遂众口说雌黄。"如此耿直磊落之人,方能著如此直言无隐之书。文如其人,岂虚言哉!

(《南方周末》2021年12月9日)

附记:《周本淳集》八册,人民文学出版社2022年出版。

我和苏州中学的校友

我在1968年深秋离开苏州高级中学时,母校的校园里正是一片凄凉。两年来人迹罕至的操场上杂草长得半人高,清晨在道山周围再也听不到琅琅书声,而只是喧嚣着从高音喇叭里传来的革命口号。我们本该在1966年、1967年和1968年毕业的一千多个高中生,除了少数应征入伍的幸运儿外,一夜之间全都变成了插队知青,风流云散。我至今难忘我背着铺盖走出苏中校门时的情景,我回头朝立达楼看了一眼,想起五年前走进校门看到这座实验大楼时的兴奋心情,想起三年学习过程中越来越强烈的对于清华园的向往,黯然销魂。正因如此,我在离开母校以后的30多年中虽然没有完全忘却母校,绿树掩映的道山亭和立达楼在春雨池中的清晰倒影也时时进入我的梦境,但是我心中的母校校园总是蒙着一层灰暗的阴影,这种印象即使到了今天也未能完全消除。正因如此,当母校的校史资料室为了庆祝百年校庆而向我约稿时,我几次铺开稿纸都没能写下一字。既然没法写母校的校园,那就转而谈谈母校的校友吧。

苏州中学(她曾一度改称"苏州高级中学",简称"苏高中")是一所历史悠久的名校,即使不算北宋范仲淹在此创办府学以来培养的许多杰出人物,她在"新学百年"期间的校友中也是藏龙卧虎,人才济济。据说去年母校庆祝百年校庆时,校史陈列室里展出的院士校友的名单就超过了30位。我当然没有能力全面介绍这些事业有成的杰出校友,本文只想说说我认识的几位校友。

1978年春,经历了长达10年的插队生涯之后,我终于走进了大学的校门。当然,我没能走进清华园,而是走进了安徽大学。我也没有进入理工科的院系,而是进了外语系。一年以后,我准备报考研究生。由于我还在读本科二年级,又想跨专业报考中国古代文学的研究生,在报名时理所当然地遇到了困难。于是我找到了安大的校长孙陶林先生,孙校长通情达理地安排中文系的老师对我的古代文学基础进行一番测试,然后就同意我报考了。我这才知道,原来孙校长也是苏州中学的毕业生,是我的苏中校友。1979年秋,我进入南京大学中文系读研究生。开学不久,我就得知南大校长匡亚明先生也是苏州中学的校友。这使我大为兴奋:我一共读了两所大

1984年,匡亚明先生在曲阜

学，这两所大学的校长竟然都是苏州中学的校友！

从那以后，我遇见的苏中校友就越来越多了。这些校友们在各自的岗位上作出了杰出的贡献，正是他们为母校的历史增添了光彩。由于这些校友不是校史陈列馆里的照片，而是在我眼前鲜活生动的人物，他们给我留下的印象也就更为深刻。

1994年春，我应邀前往台湾参加"两岸文学创作与研究座谈会"，同行的成员中有作家陆文夫先生。陆先生是1940年代从苏州中学毕业的，后来又长期在苏州生活，他对苏州的方方面面都了如指掌，其中当然也包括苏州中学。陆先生很健谈，说话很风趣，一口不算太纯正的吴侬软语听来也十分亲切。访台的一个星期里，我从他那里听到许多关于苏州中学的掌故，对母校的历史有了新的了解。从那以后，我与陆先生有了较多的交往。他长期主编《苏州杂志》，情文并茂的短文，朴素雅洁的装帧，其独特的风格在时下那些花花绿绿的刊物的衬托下如同鹤立鸡群。打个不太恰当的比方，现在的时尚杂志像是塞满了游乐设施的现代公园，而《苏州杂志》却是清幽古朴的苏州

陆文夫先生

园林。陆先生知道我是专攻古典诗歌的，就劝我写一些与苏州及古诗有关的短文。盛情难却，我在《苏州杂志》上发表了几组短文：《苏州杂忆》《苏高中琐忆》《苏高中人物》等，那是我平生最早撰写的非学术性的文章。后来我开始写谈论古典诗词的"诗话"，并在《苏州杂志》上开辟了一个"莫砺锋诗话"专栏。可惜连载不到一年，陆先生就遽归道山，我的"诗话"也因结集出版而不再交《苏州杂志》刊登了。

冯端院士是南大物理系的泰斗，也是苏州中学的校友，而且长期担任苏州中学南京校友会的会长。虽然我一进南大就知道冯先生的大名，后来又多次在学校的有关会议上瞻仰了冯先生的丰采，却一直没有机会与他交往。然而机会终于来了。去年，为了庆祝苏州中学的百年校庆，南京校友会决定向母校捐赠纪念碑，冯先生提议让我起草碑文。我平生从未写过碑文，但是身为南大中文系的教授，又是为母校的校庆撰稿，自觉义不容辞，便接受了这个任务。我所拟的碑文初稿是：

> 饮水思源，我心何求。延跂东瞻，大邦苏州。
> 三元名坊，立达名楼。霞池澄澈，道山清幽。
> 嗟我母校，府学是由。范公垂训，光耀千秋。
> 后天下乐，先天下忧。校训若此，海内孰俦。
> 教泽绵绵，岁月悠悠。老树新葩，桃秾李稠。
> 琢成琳琅，育就骅骝。科学邃密，文采风流。
> 昔皆青衿，今或白叟。孺慕易兴，春晖难酬。

> 呕心为颂，沥血为讴。愿我母校，永居上游。

冯先生看了表示同意，后来因纪念碑体积较小，刻不下这么多字，我才把碑文删成简本：

> 饮水思源，长怀苏州。名庠百岁，府学千秋。
> 根深叶茂，桃秾李稠。琢成琳琅，育就骅骝。
> 科学邃密，文采风流。昔皆青衿，今或白叟。
> 孺慕易兴，春晖难酬。愿我母校，永居上游。

如今以南京校友会的名义捐赠的纪念碑已经立在苏州中学的校园里，我与冯先生的交往也由此开始。前些日子冯先生赠给我一册他的文集《零篇集存——物理论丛及其他》，书里除了关于物理学的文章以及回忆性文字外，竟然还有《西诗偶拾》一类，收录了冯先生翻译的外国诗歌数十首。这些诗歌涉及英、法、德、俄等国文字，译文则清丽典雅，显示出深厚的诗学修养。我这才知道原来冯先生不仅仅是一位名满海内外的物理学家，而且是一位文才横溢的诗人！

一所学校的产品就是她培养的学生，凡是优秀的校友，身上必然体现出母校的某种气质。陆文夫先生也好，冯端先生也好，他们除了在各自的领域内取得杰出成就以外，还都体现出一种深厚朴茂的气象。我说不清这种气象与他们在苏州中学接受的教育有什么直接的关系，但是我深信两位校友正是在道山亭下、碧霞池畔奠定他们的人生根基的。想到这里,我似乎觉得母校的校园在我心中变得明亮起来了,但愿母校源源不断地培养出更多的杰出校友!

(《江苏政协》2006年第4期)

平生风义兼师友

我怀着无比悲痛的心情，前来参加余恕诚先生的追思会。请允许我引用李商隐的《哭刘蕡》：

> 上帝深宫闭九阍，巫咸不下问衔冤。
> 黄陵别后春涛隔，湓浦书来秋雨翻。
> 只有安仁能作诔，何曾宋玉解招魂。
> 平生风义兼师友，不敢同君哭寝门。

到余先生的灵前来引用李商隐的诗，当然不是想要班门弄斧，而是因为这首诗真切地表达了我此时此刻的心情。

我一向不相信"好人一生平安"这句话，因为从古至今，有太多的事例证明好人并不一生平安。李商隐哀悼的刘蕡就是一个显例，他堪称是唐代最典型的怀才不遇之人。刘蕡忠君爱国，奋不顾身，他应制举的对策被新、旧《唐书》全文收录，但是他一生坎坷，不断地遭到排挤、迫害，郁郁以终。余恕诚先生当然不是怀才不遇，他一生中取得了卓越的成就，也获得了实至名归的荣誉，但是余先

2013年，我与余恕诚先生在安徽师范大学

生没有享受到应有的长寿和健康，他生前曾患有两种严重的疾病。当我听到胡传志教授在电话里报告余先生去世时，心头立刻涌现孔子的话："斯人也而有斯疾也！"在《论语》中，孔子重复两次的话很少，而这句话孔子一连说了两遍，可见他心中的感触是何等深沉。余先生淡泊名利，宽厚待人，俗话说"仁者寿"，可是余先生并没有享受到长寿和健康，这就使得我们格外痛心。

去年12月21日，我和南京师大的钟振振教授一起到安师大来参加中国诗学研究中心的学术委员会会议，余先生出席了会议，还介绍了诗学中心的工作情况。第二天，我们又一起参加了几位研究生的开题报告，余先生还提出了中肯的意见。那是我最后一次见到余先生。南京和芜湖相距不远，但毕竟隔着长江的波涛。本以为到今年年底，我又会有机会与余先生相见，没想到在秋雨连绵的日子里，竟突然收到了余先生去世的噩耗。"黄陵别后春涛隔，湓浦书来秋雨翻"，李商隐的这两句诗，真是先得我心！

李商隐诗的第三联是"只有安仁能作诔，何曾宋玉解招魂"。余先生去世后，大家纷纷写了唁诗、挽联，来表达对先生的哀思。我也拟了一副挽联："此解此笺彩笔凌云湔日月，斯人斯疾青衿泪雨洒江淮。"上联是表彰余先生的学术成就的。我高度评价余先生的学术专著和论文，比如他的论文《李白与长江》，从题目就可看出新意，因为我们一般只会谈"李白与黄河"。但是我相信，最能标志余先生学术水准的成果，还是他与刘学锴先生合作的李商隐诗文的校注，尤其是《李商隐诗歌集解》，这是一本肯定会传世的学术著作。李商隐的诗歌，向称难解，金代的元好问就说过"诗家总爱西昆好，独恨无人作郑笺"，但是刘先生和余先生很好地完成了这项工作。《李商隐诗歌集解》的笺注部分，体现了两位先生的学问和功力；此书的解，也就是两位先生谦称为"按"的部分，则体现了他们的灵心慧性。清人钱谦益注杜诗，曾在序中引用其族孙钱遵王称赞此注的话："凿开鸿蒙，手洗日月。"意思是杜诗虽像日月，但以前蒙着一层灰尘，是钱谦益的注释把日月洗干净了。我觉得此话用来评价钱注杜诗，稍嫌过分，如果用来评价刘先生和余先生的《李商隐诗歌集解》，则恰如其分。我的挽联中所说的"湔日月"，这是这个意思。可惜的是，尽管我们用各种唁诗、挽联来追悼余先生，却再也无法使他起死回生了。汉人王逸注《楚辞》，认为《招魂》是宋玉作来追悼其恩师屈原的。我相信大家都会想起《招魂》的最后三句:"湛湛江水兮上有枫,目极千里兮伤春心,魂兮归来哀江南!"

李商隐诗的最后两句是"平生风义兼师友,不敢同君哭寝门"。孔子说过:"师,吾哭诸寝。朋友,吾哭诸寝之外。"李商隐认为他与刘蕡的关系介乎师友之间,所以说不敢哭于寝门之外。清人何义门解这两句诗说:"平生则友,风义则师。"我觉得除了这个原因,两人的年龄差可能也是一个原因。刘蕡是在李商隐13岁那年进士及第的,估计他比李商隐年长10来岁,所以李商隐这样看他。余先生也比我年长10岁,我其实曾经有机会成为他的及门弟子。1977年冬天,我在安徽泗县参加高考。对我来说,那是一场迟到11年的高考。我当了10年知青,又是"反革命分子"的子女,当高考的机会来临时,早已人穷志短,不要说北大、清华了,连家乡的南京大学也不敢报考。我填报的三个志愿都是安徽的高校:安徽大学、安徽师范大学、宿县师专。每个大学都是既填外文系,又填中文系。要是当年安师大中文系录取我的话,我就会像丁放院长一样成为安师大的七七级学生,也就会成为余先生的及门弟子。可惜三所学校都不要我,我落榜了。过了一个月,由于有扩招的政策,我才进入安大的外语系学习。幸亏我第二年就考上了南大的古代文学专业的研究生,从此与余先生属于同一个学术圈。我很幸运,博士毕业后刚进学术圈,就认识了安师大的刘学锴、余恕诚等先生,后来又认识了潘啸龙教授等学长。余先生生性谦逊,总是以平等的态度对待我,但我自己始终认为我们的关系是师友兼而有之,今天来追思余先生时,我的心情也就格外的沉重。

各位朋友！余先生已经离我们而去了。俗语说"盖棺论定"，大家公认余先生既是一位优秀的学者，又是一位优秀的老师，他是一身二任的。其实从孔子以来，凡是与文化传统有关的学科中的学者和老师，都是一身二任的。庄子说得好："指穷于为薪，火传也，不知其尽也。"闻一多解释说这里的"薪"就是古代的蜡烛，古人用木棍裹上动物脂肪，点燃了照明。余先生就是这样的一支红烛，他燃尽了自己，留下了光明。余先生的学术成就，就是这支红烛发出的光芒。余先生更重要的贡献是培养了大批优秀的学生，是他开创的安师大古代文学这个博士点，是他创建的安师大中国诗歌研究中心。余先生一生的意义，其实就是把文化的火种传递给下一代，使之生生不息。从这一点意义来说，余先生已经在中华传统文化的长河中获得了永生。我们完全可以说一声：余先生，安息吧！

（2014年9月2日在安徽师范大学
"余恕诚先生追思会"上的讲话）

致敬楚人周勃先生

大家看本次会议的来宾名单,就会发现他们主要由两个界别的人员组成,一是文学创作界,二是文艺理论界。那么,我这个既不搞创作,又不懂文艺理论的人,是前来蹭会的闲杂人等吗?当然不是,我坐了三个小时的高铁专程前来湖北大学参会,是负有重要使命的。我与周勃先生有一个身份重合,我们都是程千帆先生的学生。周勃先生是程先生在上世纪50年代的学生,我比他晚了20多年才进入程门,所以周勃是我们的老学长。程千帆先生在南京的弟子,简称在宁程门弟子,我这次便是代表全体在宁程门弟子,专程前来祝贺《周勃文集》的出版,并对周勃学长致以敬意。

我来湖大的次数不多,但与湖大,包括其前身武汉师院的人员还是有不少交往。我初入程门,便遇到了师弟张三夕,后来又结识了学友王兆鹏、刘尊明,再往后又从这儿招收了学生路成文。对于周勃先生,虽然很晚才见面,但常听程先生说起他。还记得第一次听到周勃这个名字,心想这不是西汉的大将吗? 后来才知道他果然是一员大将,他在学术上观点鲜明,独树一帜,例如写出论现实主义的著名论文；在行政上筚路蓝缕，指挥得当，例如在湖大创办行政管理系。凡此种种，都体现出大将风度。周勃先生在这些方面的业绩，当然应由他的同仁与学生来予以评说，不用我来多嘴。我只想就《周勃文集》的出版说三点感想。

第一，周勃先生的学术是包含着生命激情的学术，记录着一位学者追求真理的心路历程。不说那些曾经在文学界与理论界引起重大反响的论文，即使是文集中的那些短文、随笔，也莫不掷地有声，比如原载《历代应用文概说与选读》中的10篇古文鉴赏，所选作品从诸葛亮的《出师表》到林觉民的《与妻书》，哪一篇不是尼采所说的用鲜血写成的文字？在这些鉴赏文中体现的情感倾向与价值判断，都从侧面反映着作者的良知与热血。

第二，《周勃文集》所展现的不仅是文品，而且有作者的人品。阅读文集，一位善良正直、坚毅刚强的长者形象跃然目前，这与我们心中的周勃形象是完全一致的。程千帆先生与周勃都是在湖北工作的湖南人氏，是名副其实的楚人，他们的血脉里流淌着与屈原一

晚年的周勃先生

脉相承的刚毅与坚韧。程先生生前多次对我说过,当年他被打成"右派"后,武大中文系的师生都对他直呼其名,只有两个人始终不肯改口,仍然称他为"先生",一个是吴志达学长,另一个便是周勃学长。什么叫风骨？这就是风骨！程先生在几十年后还对此念念不忘,他用这个例子教导我说:"作为一个学者,做学问当然是要紧的,但更重要的是做人。"由于师生二人同时落难,周勃对老师的报答要到"文革"结束后才得以实现。1986年冬天,当他得知程先生在南大的住所没有暖气,便特地邀请程先生到湖大为研究生开选修课,以便让他住进有暖气的外教专家楼。此后程先生数次来汉,周勃先生都亲自到码头接送,恭执弟子之礼。我相信,当读者从文集中读到这些内容后,一定会受到尊师重道精神的熏陶。

第三,《周勃文集》是一部产生于特殊年代的学术记录。21年前,我在《程千帆全集》的总序中说过:"这是一位生活在20世纪历经坎坷的学者的学术记录,是一部忧患之书。"这几句话完全适用于《周勃文集》。文集中那篇论现实主义的成名作,才气横溢,洛阳纸贵,却是周勃在25岁时写成的,要是他后来没有在当代文学史与学术史上"失踪"的话,他一生的成就何止这部文集？我认为,当我们对周勃等老一辈学人进行学术评价时,千万不能忘记这个重要的前提。

此外我要说几句稍微离题的话。湖大文学院不久前推出一套由"新三届"同学合著的文集,题作《时代之子》。"新三届"这个名词在我们江苏是指"文革"中紧接着"老三届"的三届中学毕业生，湖大的朋友则指七七级以及七八、七九三个年级的本科生。我本人也是七七级本科生，对于1977年冬天穿着棉衣走进高考考场的情景记忆犹新。前年我到武汉大学的"珞珈讲坛"去做讲座，开讲之前先对武大的查全性院士表示感谢，感谢他40年前仗义执言，当面向邓小平建议恢复高考。1978年的春天与秋天，七七级、七八级两届饱经沧桑的学生相继走进大学校园，与此同时，九死一生的程千帆、周勃等先生获得平反，回归校园。我们这批学生与程千帆等先生在校园里相逢，就像汉初的晁错到济南伏生家中受教一样，具有特殊的历史意义。这是中国教育史上特殊形态的师生相逢，这是中国文化史上前所未有的薪火相传。恢复高考是邓小平拨乱反正的标志性举措，它使中国的高等教育重新走上正轨，也让一代学人与学子恢复正常的人生轨迹。我们永远铭记邓小平的历史功绩，我们是改革开放路线最坚定的拥护者。总有人希望我们忘记那段历史，但是我们拒绝遗忘，因为一个忘记过去的民族也不会拥有将来。从这个角度来看，湖北大学及时出版《周勃文集》与《时代之子》，是从不同的维度为铭记那段历史留下珍贵的民间记忆文本，必将载入史册。

　　致敬，周勃先生！致敬，湖北大学！

（2019年12月28日在湖北大学"《周勃文集》
首发式暨周勃学术思想研讨会"上的发言）

附记：2019年12月28日，我往湖北大学参加《周勃文集》发布会并作发言。返宁未久，武汉疫情爆发。至2022年11月7日，竟得周勃先生之讣闻，乃赋诗挽之：

大疫三年音问少，忽闻噩耗涕成霖。
湖亭犹忆冬波暖，山屋难当沴气阴。
炳耀文章知可诵，崎嵚品节最堪钦。
先师蒙难人皆嫚，门外惟君立雪深。

书香人生
——评徐宗文《曲士语道》

老友徐宗文是江苏教育出版社的资深编辑,也是一位术业有专攻的学人。这样的双重身份使他的生活与书籍结下了不解之缘:除了编书,就是著书,正如苏东坡所云:"堆几尽埃简,攻之如蠹虫。"不久前收到他的新著《曲士语道》,翻阅一过,更加坚定了这种看法:原来宗文除了编书、著书之外,还擅长评书,他的人生真是浸透着书香!

与宗文以前的著作(如《三余论草》)不同,这本《曲士语道》不是一般的学术著作,而是一部书评集。《庄子》说:"曲士不可以语于道者,束于教也。"宗文以"曲士"自喻,当然是出于谦虚。然而他不但不承认自己"不可以语于道",而且公然以"语道"者自命,可谓底气十足。这种底气从何而来?读毕全书,便恍然大悟。原来此书所收的40篇书评,十有八九是评说宗文长期担任总编辑的那家出版社所出的图书,其中又以他自己担任责编的图书为主。也就是说,宗文所评的图书不是泛泛浏览的过眼烟云,而是渗透了自身的汗水与心血的劳动成果。俗话说"王婆卖瓜,自卖自夸",那是一

句贬义的话。但是如果王婆是个老实人,此瓜又是王婆自家所种,是她自家经过浇水、施肥、锄草等一番辛苦才收获来的果实,那么她吆喝几声又有何妨?此瓜是苦是甜,是熟是生,当然只有种瓜人最清楚。同样,作为一本书的责编,尤其是像宗文兄那样极为负责的责编,他对该书的优点与缺点都了然于胸,写起书评来就能切中肯綮。

2017年,徐宗文在南京玄武湖

在此书的代前言《编辑原来是书生》中,宗文说了这样两句话,第一句是:"编辑职业主体上要'为他人',但并不是'唯他人'。换句话说,编辑工作应该有并且一定要有充分的自主性和自由性……编辑绝不是作者的'孝子'或'养子',也绝不会单纯地为别人而活着或依附于别人而活着。"第二句是:"最核心的一点是编辑的一切工作都离不开书,时时事事与书发生关系,可以说,编辑就是为书而生、为书而死、为书奉献一生的人。"宗文是这么说,也是这么做的。

翻开这本书评集,发现宗文所评之书,绝大部分属于学术性、艺术性很高的书，其中有多部获得了出版界极为重视的国家图书"三大奖"。宗文还私下透露给我一个秘密：这本《曲士语道》所评的40种图书，凡是他亲自担任责编的图书，最不济的也在江苏省哲学社会科学成果奖评比中获得三等奖，几乎没有例外。获奖率如此之高，由此可见，作为一名编辑，宗文在选题、约稿、编辑诸方面都付出了大量心血，从而取得了优异的成绩。换句话说，宗文所编的图书几乎成了一种品牌，这就为他撰写书评提供了相当优质的资源。

在如今的编辑队伍里，像宗文这样长期不懈地为自己当责编的书（或本社出版的书）写书评，实属"凤毛麟角"。其实，无论是图书的作者还是读者，都十分需要宗文这样的人来写书评。作者著书是给广大读者看的，当然希望能够及时了解读者的感受和意见，其中作为第一读者的编辑们的意见如何，也是他们首先需要关心的。读者面对浩如烟海的新书，如何选择应读、可读的好书，也需要有优秀的书评家来引导。编辑写书评，既是和作者交流切磋的有效途径，也是为读者指引书山路径的有效方法。宗文作为一位学识深厚、经验丰富的资深编辑，他的书评往往是一语中的、切中肯綮的，这本《曲士语道》就是最好的样本。

宗文本人就是学界中人，他与许多作者都堪称知己，为知己而写书评，所以能搔着痒处。试看收在本书中的书评，都是他花力气、用功夫写出来的，因而有深度、有见解。例如评王钟陵的《中国中古诗歌史》，兼谈文学史著作编写方法论问题；评毕万忱的《中国历代赋选》，兼谈"当代文选"问题；评曹虹的《中国辞赋源流综论》，谈及对赋学研究的启示,不是就书评书,而是兼及相关学术领域内的重要问题,其他的书评亦大体如此。需要强调的是,因为他有一定的学术底蕴,他的书评勇于也善于和学者商榷异同,完全不同于时下习见的那种肤浅的泛泛而谈或廉价的胡乱吹嘘,因而他的书评每每为同道所称赏,许多书评发表后还引起学界的热烈反响,也能给原作者以重要启迪。

宗文把书评分为两类:一类是客观性的书评,重在发现;一类是主观性的书评,重在发明。宗文自己的书评这两类性质的都有,并且都达到了相当高的水平。试看属于后者的一例:陶渊明究竟有无"忠晋"的倾向? 历来看法不太一致。周振甫先生在他的论著《陶渊明和他的诗赋》中持"无"的意见,理由是陶渊明对刘裕北伐获胜采取"冷淡"的态度;陶的诗赋中不像传统所谓的"义熙以前,则书晋氏年号;自永初以来,唯云甲子而已";陶渊明"归耕"到刘裕代晋的年代相差十七年,他不可能预料到日后政局的变化。对此,宗文在其书评中都有自己的思考和发现,讨论开展得比较充分,也较令人信服。总之,此文名为书评,实际上完全可以看作一篇颇有分量、且具一定创见的论文。这正说明宗文书评的特色和价值。

几年前,我在宗文的古代文学论著《三余论草》的出版座谈会上说过:"宗文是老实人,文如其人,他的文章的特点也是老实,是老实人写作老实文。"宗文谓为"知己之言",并称此评"甚获我心"。在本书内,宗文把他的40篇书评分为内篇、外篇、杂篇三大类,他说这是根据自己对专业的熟悉程度而划分的,这真是老实诚恳的态度。其实无论是哪一篇,他都写得极其认真,又很见水平。

我特别注意到本书附录的对于博士生论文的12则评审意见，用他的话来说，"这也是一种特殊的书评"，他写得非常认真，而且颇多发明，对于鼓励学生起到很好的作用。我曾多次在南京大学、南京师范大学的博士生论文答辩会上与宗文共事，我在会上就感受到他的认真态度。

还有一点必须补充的是，宗文的文章除了"老实"之外，笔端也常带感情，并且颇有文采。例如本书的两篇附录《编后"题词"》《神龙见首不见尾》，内容都是纪念他的恩师的，立雪情深，读之令人堕泪。后者写他当年登门拜访徐复先生的经历，对恩师的崇敬之情渗透在字里行间，文情并茂。古人说"修辞立其诚"，说到底，只有老实人写的文章才能感动读者。

宗文编了30多年的书，写了30多年的书，也写了30多年的书评，他的人生浸透了书香，这本《曲士语道》便是其书香人生的一个记录。但愿这缕书香能沁入更多读者的心扉！

（《中华读书报》2009年8月5日）

岁暮怀旧悼宗文

腊月初一，猛然想起大门上的春联应该以新换旧了，于是晨起就动笔拟联。按照惯例，贴在前门上的一副由我书写："负郭以居数重峰影晨昏见，隐几而坐几缕梅香远近闻。"贴在后门的则由老伴书写："从心所欲翁岂敢，惟适之安媪自知。"把字数较少的一联让老伴来写，是因为她大病初愈，没有力气写太多字。春联拟成，便想投寄给《江海诗词》。该刊主编是老友徐宗文先生，几年前他上任伊始便委派我当"顾问"，并不断索稿。我平生以读诗为业，却很少写诗。迫于"诗债"，有时便寄几副联语去交差，反正该刊辟有"楹联天地"专栏，以联代诗也不算越界。于是我家历年的春联像"布衣暖菜根香白发谁家翁媪，树荫浓山色淡红尘此处蓬瀛""门外皆引车卖浆者，斋中是伏案读书人""书香夙喜浓如酒，世味何忧薄似纱"等，都曾被宗文兄索去刊于《江海诗词》。正要打开电子信箱，忽然想到宗文最近动了一个手术，正在养病，我理应前往探望，但不知他是住院还是居家。南大的同仁中许结教授与宗文交情最深，我便打电话向许结打听宗文的近况。没想到从电话里传来的第一句话竟是："他走掉了。"我大吃一惊，赶忙探问详情，这才知

我与徐宗文在滁州琅琊山

道宗文患的是血管癌，动刀切除后又做了化疗，病情很快恶化，终于不治，已于两周前离世，遗体告别仪式也已举行过了！还记得2017年我的姨父王益云先生突然病逝，因他也是经常向《江海诗词》投稿的诗友，我便将此事告知宗文。宗文听了大呼"惊悚"，说一个月前才与他在饭局上见过。没想到宗文自己竟也突然离世，这真令人大感"惊悚"！

十年前我曾为宗文的新著《曲士语道》写过书评，其中说到："老友徐宗文是江苏教育出版社的资深编辑，也是一位术业有专攻的学人，这样的双重身份使他的生活与书籍结下了不解之缘：除了编书，就是著书，正如苏东坡所云：'堆几尽埃简，攻之如蠹虫。'

不久前收到他的新著《曲士语道》，翻阅一过，更加坚定了这种看法：原来宗文除了编书、著书外还擅长评书，他的人生真是浸透着书香！"(《书香人生》)的确，宗文虽长期担任出版社的社长、总编辑，但他最关心的是书籍的学术水准而不是市场效益，从他嘴里很少听到"销量""码洋"之类的出版界行话，他身上散发着浓郁的书香而不像有些出版人那样沾染铜臭。宗文从出版社"老总"位置退下来以后，不久便有了两个新的身份：一是南大文学院的兼职教授，二是《江海诗词》的主编。宗文身体强健，精力弥满，他在两份新的工作上都显得游刃有余。前者的突出表现是每次参加南大的研究生论文答辩会，他都仔细阅读论文，认真撰写评语，不但纠正谬误，而且指明修改的方向。后者的突出表现是从他接任主编以来，《江海诗词》这本老刊物的面貌焕然一新，不但新增栏目，兼容创作与评论、研究；而且扩大队伍，约稿范围从江苏一省扩为全国，新、老作者济济一堂。我每次与宗文晤谈，看到他壮硕的身躯，听到他洪亮的嗓音，总觉得他是一个虎虎有生气的健者，谁能料到他竟会先我而去。放翁诗云："君看幼安气如虎，一病遽已归荒墟。"痛哉斯言！

我虽然很欣赏苏东坡"存亡惯见浑无泪"的诗句，但每逢亲戚、师友突然去世，仍然难免潸然泪下。随着年龄的增长，近年来所拟的挽联越来越多，其中有几副曾刊登于《江海诗词》，且深得宗文的赞赏。如今宗文突然离世，我当然应该为他拟一副挽联。可是不知何故，宗文生前所在单位虽然与我同在南京城中，却没有给我发来讣告，使我失去了前往殡仪馆送别宗文的机会，再拟挽联也就毫无意义。无奈之下，谨赋诗一首以追悼宗文：

> 石城岁暮日连阴，噩耗初闻涕作霖。
> 黄菊红梅未及荐，素车白马已难临。
> 开怀把酒杯嫌浅，抵掌谈诗意觉深。
> 从此知音何处觅，伤心千古伯牙琴。

宗文兄！以前你总是允许我"以联代诗"，今天我却要"以诗代联"，不知可否？

（《中华读书报》2019年1月9日）

悼吴建辉博士

尽管早就到了"存亡惯见浑无泪"的年纪,但突然听到吴建辉博士病逝的噩耗,还是禁不住老泪潸然。以前曾哀悼过的逝者大多是父辈或师长,近年来也偶有同辈学友英年早逝的事情发生,但万万没有想到竟有下一辈的人先我而去了!白发人送黑发人,本是人生的一大悲哀,况且建辉还是我的及门弟子。今年四月,我到长沙开会,建辉到寓所来看我,还与我商谈了修订博士论文的事。五月,我给她寄去一本新著,她收到赠书后打来电话致谢,又谈起她最近申报的科研课题。言犹在耳,而形神逝其焉如?建辉今年才40出头,正值人生的黄金阶段,"孰谓少者殁而长者存"?以前读到韩昌黎的这句话时并无太深的感触,如今才知道它有多么沉痛!

建辉是1989年考进南京大学的,从此在我的指导下攻读硕士学位,1992年毕业后返回湖南,在中南大学任教。她的性格特别沉静、温婉,也许是自幼多病的缘故,我似乎从未见过她有快步急奔的举止,也从未听到过她的高声谈笑。无论是在课堂上与同学进行讨论,还是课后与我商谈论文写作中的问题,她总是细声细语地说话,态

2005年，吴建辉在南京大学论文答辩会后。左起：吴建辉、贺严、李沃夏、张巍、我、徐丹丽、管仁福

度诚恳而和蔼。但她又是一个有主见的人，有一次她与我谈起《文选》编纂的问题，我向她介绍了自己的一篇论文让她参考。没想到几天后她就直言不讳地指出我的推论有问题，令我对她刮目相看。建辉返回湖南后，我们见面的机会不是很多，但每当她的生活中有什么变化，比如恋爱了，结婚了，她总在第一时间向我和我的妻子报告，我们也总是为她而高兴。我有时在会议上遇到从长沙来的同行，总要打听建辉的消息。有一次听她的同事说她讲课很认真，学生很欢迎，我还一改从不表扬自己的学生的习惯，特地打电话对她鼓励了一番。

转眼十年过去了，建辉突然来信说想考我的博士生，因为她在教学中觉得汲深绠短，希望回母校来补补课、充充电。我当然支持她来报考，于是建辉又回到母校来了。由于招生名额的限制，我把她推荐到许结教授门下，让她在许老师的指导下撰写学位论文。但我在感情上仍把她视为自己的学生，我的博士生也与她谊若同门。建辉回南大来读博时已年近40了，身体又多病，但她读书十分刻苦，进步也很大，许老师曾多次对我夸奖她。三年以后，她顺利地通过了论文答辩，重返湖南继续在中南大学任教。由于我对学界研究杜甫的论著格外关注，所以建辉接连发表了几篇关于杜甫的论文，我都及时看到了。她研究杜诗的切入角度相当新颖，她讨论了杜诗中的夜景描写，又探讨了杜诗中的黄昏意象，我都很赞赏，并为她的稳步前进感到欣慰。她还向我汇报过最近申报的科研课题，想为自己的学术研究做一个中长期的规划。然而这一切都被死神的降临突然终止了。

我知道建辉长期忍受着病魔的折磨，近年来常患支气管炎，有时竟咳得喘不过气来。我真想用这个理由来安慰自己，也用它来安慰建辉的亲友：倏然进入长眠的建辉从此得以解脱了！然而这个理由毕竟是苍白无力的，生命是宝贵的，一个年轻的生命更是无价的，建辉的突然离去给我们留下了永久的伤痛。我不知该怎样来悼念建辉，我只能希望她得以长眠在她服务了一生的校园附近，让岳麓山的松风与湘江的涛声永远陪伴这个沉静、温婉的灵魂。

2007年11月13日

挽联中的故人身影

梁启超说得好："老年人常思既往，少年人常思将来。"我年臻七十，时常回忆往事。近来翻阅日记，发现自己写过不少挽联，心中突然涌现两句唐诗："世上空惊故人少，集中唯觉祭文多！"公元833年，刘禹锡读到白居易悼念元稹等人的诗歌，感慨万千，写下了这两句诗。其时刘禹锡年过六旬，生平友好大多去世，集中的祭文逐渐增多，单是为柳宗元写的祭文就有三篇（其中一篇是代李程而作）。的确，其他文体的写作或许多多益善，唯独祭文是个例外。祭文渐多，意味着故人渐少，难免使人百感交集。挽联就是缩微版的祭文，自己撰写的挽联逐渐增多，也令我感慨万千！

我写挽联始于本世纪初，一开始的追挽对象都是师长。2000年6月3日，恩师程千帆先生病逝。我与师弟程章灿合拟挽联："绛帐留芳，汉甸江皋，树蕙滋兰荣九畹；青灯绝笔，文心史识，垂章立范耀千秋。"其他同门皆予认可，就以"在宁及门弟子"的落款张于灵前。程先生离去后不久，师母陶芸老师就着手编纂他生前所写的书简。她不顾年老体弱，征集、誊录、编次，事必躬亲，虽有弟子相助，但她仍然付出了许多心血。我看到她日夜操心此事，深为感动,也暗暗地担心:这件事也许是支撑其生命之火的最后一枝薪炭。果然,2004年7月,《闲堂书简》终于出版。不到一个月,陶老师就溘然长逝。我自拟一联挽之:"青衿痛失良师,春风芸阁,永忆帐前同受业;白首幸逢佳耦,夜雨书窗,今归天上共修文。"这是用"程门弟子"的集体语气措辞的,同门也都同意,仍用"在宁及门弟子"落款。上联指的是,在我们立雪程门的日子里,陶老师责无旁贷地担当了我们的英语老师,我们的译稿习作上布满了她用红笔写的修改意见及符号,它们与程先生在我们的论文初稿上留下的红色记号一样,都凝结着老师的一腔心血。下联指的是,程、陶晚年结缡,夫妻感情极其融洽。在程先生晚年的著述活动中,陶老师一直承担着誊抄、校对以及推敲文字等工作,其中包括程先生前妻沈祖棻遗稿的整理和刊布。重读此联,恻然有感。

我也曾为南大中文系的其他老师拟过挽联。2005年6月,许永璋先生逝世。许先生是南大中文系的外聘教员,生前与我并无交往,但许先生的哲嗣许结是我多年的同事,当时我又担任系主任,就义不容辞地撰写挽联:"梁溪学派,桐城文脉,笔底波澜承丽泽;忠厚门庭,诗礼家风,阶前玉树继清芬。"上联指许先生乃桐城人士,又曾在无锡国专就学。下联指许先生教子有方,在打成右派回乡劳改的艰难岁月里竟然将多个子女培养成才。后来许结在回忆父亲的《诗囚》一书中说到此联:"上联论学术,下联言家教,美誉中不乏精到语。"2009年9月,卞孝萱教授逝世,我以南大古代文学学科的名义拟联挽之:"月映青灯,露凝绛帐,文苑史林悲贺监;幼承慈训,老育英才,遗风余烈绍欧公。"上联指卞先生享年八十有六,与贺知章同寿。下联指卞先生幼年失怙,由其寡母亲自教育,终成一代名师,生平有似欧阳修。2011年8月,郭维森先生逝世,我仍以学科名义拟联挽之:"金山江浪,钟岭松涛,试问英灵何往;屈子高风,史公亮节,已知毅魄谁归。"上联指郭先生生长于镇江,18岁考入南大后终生未曾离开。下联指郭先生治学,用力最勤的是《楚辞》与《史记》,他最为敬仰的两位先贤就是屈原和司马迁。犹记我当年攻读博士学位的时候,被程先生聘为助手的郭先生亲自指导我研读《史记会注考证》,并在我的作业上留下近百条批语。岁月虽邈,师恩难忘!

2002年,我与钱仲联先生在苏州大学

1984年10月,我进行博士论文答辩,系里组织了阵容强大的答辩委员会。后来答辩委员们逐渐离世,我曾为其中数位拟过挽联。2003年12月,我拟联追挽钱仲联先生:"虞山翠壁,苕水清波,驾鹤骖鸾归梓里;九畹芳馨,千秋教泽,伤麟叹凤忆音容。"2016年1月,我追挽傅璇琮先生:"聚天下英才,汲引提携,先生卓识空冀北;

2005年，我与徐中玉先生在武夷山顶峰黄冈山

导儒林正脉，笔削编纂，后学楷模瞻浙东。"2017年2月，我追挽霍松林先生："西北望长安，塞上烟云迎鹤驾；东南泣后学，江头风雨伴鹃声。"2019年6月，享年105岁的徐中玉先生去世，我所拟的挽联是："曾陪杖履武夷巅，披雾拏云，寥天鹤影瞻前辈；初识仪型场屋内，指瑕示纇，温语春风忆座师。"上联指2005年9月，我在武夷山的"中学语文教师培训班"上偶遇徐先生。当时徐先生年过九十，但仍是一位"矍铄翁"，竟然随着众人登上海拔2180米的武夷绝顶黄冈山。他在白云缭绕的峰顶指点江山，飘飘然有神仙之概。下联指35年前我在论文答辩会上初识徐先生，他指摘缺点毫不留情，语气却是相当温和。前辈仪范，没齿难忘。林庚先生不是我的答辩委员，但曾评阅我的学位论文，并亲笔写下一纸评语。2006年10月林先生仙逝，我曾寄去挽联："月晦星沉，豪气何人追太白；兰枯蕙折，大招几叠吊灵均。"

此外，我也曾为其他前辈学人撰过挽联。河南大学的高文先生曾是沈祖棻先生的同窗，也是程千帆先生的挚友。有一年我到开封出差，程先生让我代他去看望高先生。当时许多大学的教授住宿条件已稍有改善，没想到高先生仍在一间破旧不堪的斗室中栖身。高先生见到从家乡远道而来的后辈十分高兴，当场提笔为我写了一首自作七绝，并钤上一方闲章"家在燕子矶边"，表示对家乡南京的怀念。这幅墨宝多年来一直挂在我的书房里。高先生赠给我的《全唐诗简编》和《汉碑集释》两部著作，也一直保存在我的书架上。2000年11月高先生在开封去世，我寄去一副挽联："素壁犹张墨迹新，更忍看唐集简编汉碑精释；衡门曾识清容瘦，空怅望梁城月冷汴水波寒。"北京师范大学的聂石樵先生是我素来敬仰的前辈，1994年我们在巩县的杜甫讨论会上初次见面，聂先生待我十分友善。两年后我们共同参加《中国文学史》的编写，其间多次会面。2018年3月，聂先生在北京病逝的讣闻传来，我从网上看到他病容憔悴，十分难过，拟联挽之："燕京传讣，惊瞻遗像清容瘦；巩县识荆，永忆春风笑语温。"南开大学的叶嘉莹教授是我尊敬的学界前辈，也是我在古典诗歌普及工作中心仪的楷模。2024年11月闻其讣音，拟联挽之："舌端花雨霎时去，笔底春风永世存。"

除了学界前辈之外，我也曾为某些亲属撰写挽联。2017年1月，我的姨母章亚娟女士在安徽泗县逝世。我千里奔吊，书联追挽："恩泽铭心，徽音在耳，来听悲风啸淮北；慈容遽杳，孺慕长存，归将泪雨洒江南。"姨母于上世纪50年代末随着姨父"支援内地建设"，从江南来到人称"安徽西伯利亚"的泗县工作。十多年后，我顶着"可以教育好的子女"的帽子在江南走投无路，就前去投奔姨母，在她帮助下迁到泗县插队,直到考上大学后才离开。我在泗县生活了四年,姨母待我视同己出,恩重如山。挽联词意酸苦,乃是发自肺腑。同年7月,我的小姨父王益云先生在南京病逝,我送去的挽联是:"世路崎岖,人生辛苦,冬雪秋霜摧毅魄;钟峰黛影,玄武清波,湖光山色葬诗魂。"姨父出身于苏北的贫苦农家,"文革"中从南大毕业后被分配到徐州挖煤,多年后才调到南京工作,辛苦的人生摧毁了他的健康,刚过七十便遽然离世。他本是法语专业出身,但一辈子都是用非所学,退休后迷恋于诗词创作。他家住玄武湖畔,生前喜欢在湖畔一边漫步一边吟诗。联中所云,尽是实情。

　　人生短促,近年已有同辈学人离开人世。最早离去的是陈植锷与曾子鲁,他们都与我一样热爱宋代文学,按理说我都应为他们撰写挽联。可惜两人任教的学校都未及时发布讣闻,以至错失时机。到了2017年11月,老友王步高教授病逝。步高兄专攻唐诗宋词,原来在东南大学任教,退休后应聘往清华大学主讲诗词,深受两校学生的欢迎。于是我拟联挽之:"树蕙江南,滋兰冀北,教席设双城,学子泪飞千里雨;唐音豪壮,宋韵清和,校歌谱一曲,箫韶声振六朝松。"下联所云,是说他曾为东南大学校歌作词,调寄《临江仙》。我曾多次到东大做讲座,每次开讲前全场听众都要同声高唱此歌,声振栋宇。"六朝松"就是矗立在东大校园里的一株古松。2021年9月,老友佟培基教授病逝。佟兄原是河南大学的校车司机,因自学成才成为教授。我俩都是古代文学界的半路出家者,性情亦相合,故一见倾心。他染病多年了,我十年前到开封参会时便看到他病容憔悴,此后一直未能相见。如今幽明永隔,便拟挽联曰:"梁苑文情,夷门侠气，一病痛君遽成故；壁间遗墨，案上陈编，十年愧我未临存。"2023年初春，大疫流行，老友万光治教授突然病逝。光治兄专攻汉赋，著述颇丰，业余又行遍天涯，采集民间歌谣，没想到性情倜傥的他竟为疫鬼所祟，乃拟联挽之："精研汉赋，书著五车，挥毫于扬马齐驱之域；广采风谣，身行万里，绝笔于应刘俱逝之年。"同年七月，从四川大学传来祝尚书教授的讣闻。尚书兄生于阆中，卒于成都，一生行踪皆在巴山蜀水之间。其治学范围则与我相似，主攻宋代而兼及于唐，遂拟联挽之："山川灵气钟巴蜀，堕地在巴，升天在蜀；著述英华掩宋唐，大成于宋，小试于唐。"

  以上数位学界同仁虽与我谊属同辈，但毕竟长我数岁，我为他们撰写挽联还是情理中事。那么，我为比我年轻20来岁的同事王彩云女士写挽联，就出于意料之外了。王彩云刚进南大中文系时，在现当代文学研究所当秘书，不久调任系研究生教务员。她在系里工作了16年，口碑是出奇的好，现当代文学所的刘俊说："王彩云在工作中以她的善良和敬业，感动并温暖了许多人的心，中文系的所有老师和研究生，大概都曾在那个圆圆脸、笑嘻嘻的'王彩云老师'那里，获得过这样或那样的帮助吧。这些帮助，也都在他们的心中，播下了善良的种子，留下了美好的记忆吧。"在系教务办公室与她共事十多年、几乎形影不离的王一涓则斩钉截铁地断言："王彩云是个善良的人。""这样的人是可以交朋友的。"可是好人不一定一生平安，王彩云刚到中年就患了白血病，并于2009年9月宣告不治，享年仅有43岁。刘俊在日后回忆说："9月13日王彩云的追悼会，系里去了许多人，包括不少已经退休的老教师。告别的时候，许多老师悲难自抑,潸然泪下。看到她静静地躺在那里,穿着红色的棉袄棉裤,戴着毛线帽,依然是圆圆的脸,可是她那温暖了多少人的熟悉的笑容不见了,她不再笑,再也不再笑了……告别大厅的门外,悬挂着一副莫砺锋老师撰写的挽联,表达的是悲痛,感叹的是人心:'彩云易散斯人斯疾;霁月长明此面此心!'"虽然这副挽联得到系内同仁的认可,但是让一个花甲老人来为一个中年人撰写挽联,真是白发人送黑发人,情何以堪!

周作人说:"惭愧我总是文字之国的国民,只会以文字来纪念死者。"我觉得在正常的情境下,以文字来纪念死者本是合情合理的事情,撰写挽联也是如此。近日翻阅日记看到上述挽联,怀旧之情油然而生,可见挽联虽短,亦自有意义。当然,我祈求命运千万不要让我撰写太多的挽联!

(《中华读书报》2019年9月11日,收入本书时有增补)

第三辑

彩云之南访老宿

因出差首次来到彩云之南,在春城昆明停留了两天。虽然来去匆匆,但是滇池的万顷碧波、悬挂着天下第一长联的大观楼、西南联大故址的三绝碑、教场中路上繁花似锦的蓝花楹,都给我留下深刻的印象。此行最难忘的情节则是拜访云南大学的张文勋先生,这位98岁高龄的学界前辈,其矍铄之状着实让我大开眼界。

张先生是先师程千帆先生的老朋友,程先生辞世已经20余年,其生前友好亦已凋零殆尽,张先生可能是灵光独存的一位。程先生笃于友情,他晚年不再出行后,只要我出差的地方有其故友,常会派我代他前往探望。我曾代他到开封看望河南大学的高文先生,又到南昌看望江西师大的胡守仁先生。如今程先生虽已离去,但是学者之间的友谊理应薪尽火传,老师生前结下的善缘当由弟子予以持续。我决定赴滇后,便希望能去拜访张先生。但是一查资料,发现张先生年近百岁,便有点犹豫。我一向认为年登耄耋的老人最需静养,不宜有人打扰。于是我与云南大学文学院派来接机的何丹娜老师联系时,便向她打听张文勋先生的近况。没想到何老师一口答应帮我前去预约,她说张先生身体非常健康,精力充沛,完全可以会

2024年，我与张文勋先生在张先生家

客。我4月22日下午到达昆明，次日上午在全国阅读大会主论坛上发言10分钟完成出差任务，下午便放心地前往张先生府上拜访。

我虽然从未见过张先生，但对其生平并不陌生。张先生是中国古代文论研究界的著名学者，著作等身，其中如《刘勰的文学史论》《〈文心雕龙〉探秘》《儒道佛美学思想探索》等几种，我曾认真拜读。更重要的是，张先生长期在云南大学文学院任教且担任领导，是云大古代文论这个全国学术重镇的奠基人。早在1979年3月，在那个百废待兴的年代，张先生便在昆明主办全国性的"中国古代文学理论学术讨论及教材编写会议"。当时十年动乱刚刚结束，学者心中的余悸尚未消尽，学术研究仍被视为动辄得咎的危险行为，更不用说举办全国性的学术会议了。然而张先生敢为天下之先，竟然联络海内同道举行此次学术盛会，并主动承担筹办会议的繁杂事务。出席此次盛会的学者多达80人，其中包括吴组缃、钱仲联、杨明照、周振甫、马茂元、程千帆、舒芜、顾学颉、蒋孔阳、敏泽、霍松林、王达津、姚奠中、袁行霈、张少康、蒋凡、李庆甲、康侃、吕慧娟、蔡厚示等，可以说当时古代文论界的著名学者，尽在其中。年近九旬的郭绍虞先生未能亲自与会，也以播放录音的形式致开幕词。正是在这次会上，"中国古代文论学会"宣告成立，成为改革开放后最早成立的中文学科全国性学会。从那以后，各种学会像雨后春笋般地纷纷出现，整个学术界呈现百花齐放的盛况，而中国古代文论学会就是学术百花苑中的东风第一枝。毫不夸张，张文勋先生及其领导的云大文学院举办此次学术盛会的壮举，在学术史上值得大书特书。作为晚辈，我能登门拜访张文勋先生，便带有致敬学术传统的意味。

下午4时15分，我在赵永忠、段炳昌、杨园三位云大老师的陪同下准时来到张家。虽然我一路上已听他们描述过张先生的矍铄之状，但得瞻真容时，仍然暗暗吃惊。无论面容还是身姿，张先生都像一个80来岁的健康老人，哪里看得出年近百岁！寒暄之后开始交谈，张先生侃侃而谈，中气十足，记忆清晰。我们的交谈重点是张先生与程千帆先生的交往。我随身带了一册《千帆身影》赠送给张先生，那是2013年南大纪念程先生百年诞辰时出版的影集，其中有一张1979年4月3日摄于昆明石林的五人合影，程先生与张先生皆在其中。这张珍贵的照片原是多年前张先生提供给程先生之女程

1979年4月3日，与会者游览大小石林。左起：殷光熹、彭安湘、程千帆、吴组缃、张文勋

丽则的，如今物归原主，引得张先生感慨万千。仔细端详照片，我们的话题逐渐集中到程先生身上。张先生对程先生十分恭敬，口口声声称程先生是他的老师，还说程先生对他多有提携。我则告诉张先生，程先生一向视他为亲密的友人，对其学术成果亦有很高的评价。其实对我们这些程门弟子来说，在两位先生拍摄那张合影的时刻，说是张先生对程先生有所提携亦不过分，尽管前者比后者年轻13岁。

程先生在1957年非罪遭遣，其后有整整20年被摒弃在大学讲坛之外，同时也与学术界彻底隔绝。1978年8月，程先生才被匡亚明校长聘到南京大学，重新走上久违的讲坛。他一到南大就开课，匡校长亲临教室试听一节课，立刻拍板聘他为教授。至于听课的同学，则莫不听得如痴如醉，好评如潮。如果说程先生晚年在教学上迅速得到南大师生的欢迎，那么他在学术上的重振雄风就要艰难得多。程先生在牧牛饲鸡时并未完全中断学术思考，有些思想结晶且已形成腹稿，然而学术论著的发表并非朝夕之间就能见效。况且当时学术界的活动相当稀少，程先生复出大半年都没能在学术界重新亮相。1979年3月23日，在彩云之南举办的古代文论讨论会开幕，才给了程先生重返学术界的宝贵机会。当时古代文论学会还没有成立，与会代表的名单基本上是由主办单位提出的。我颇感好奇的是，筹办会议的张先生怎会想到邀请已从学界销声匿迹20年的程先生，并把邀请函寄到南京大学的呢？要知道程先生在1977年7月奉命退休后，已经成为武汉的街道居民，此后一直蛰居在东湖一角的小渔村里。1978年6月南大中文系的叶子铭先生奉匡校长之命到武汉去商请程先生复出时，在珞珈山下四处打听，花了两个多小时才找到渔村的那间小屋。两个月后程先生前往南大，也是悄无声息地离开武汉的。以至于日后昆明会议的消息见报时，有些武大的人员还以为程先生依然蜷缩在渔村小屋里呢。我无法推测其中缘由，但我肯定1979年3月到昆明参会是程先生实现晚年学术辉煌的重要一步。程先生果然不负张先生之青睐，他在3月24日上午的第一场大会上就登台发言，语倾四座。是日清晨，程先生吟成七绝四首，其四云："赋陆评钟聚一堂，新知旧学共论量。鲰生亦有挥鞭意，未觉萧萧白发长。"老骥伏枥之意，溢于言表。3月28日上午，程先生应邀到云南大学做了一场学术讲座，受到云大师生的热烈欢迎。会议一连开了十来天，3月30日举行理事会选举，程先生不但被选进由23位理事组成的理事会,而且当选为7位常务理事之一。不久《人民日报》报道了会议消息,常务理事的名单也被公之于世,这等于宣告程先生终于重返学术界。在这个意义上,说张文勋先生对程先生有所提携并非过甚之词。程、张二人以学术为重,以道义相交,故能惺惺相惜,互相提携。前辈风范,令人钦想。

古语云"书当快意读易尽",愉快的交谈也让人感到结束太快。事先约定的半个小时很快过去了,虽然张先生谈兴犹浓,我还是准时起立告辞。张先生让他的女儿从书房里取出几本业已签名、钤印的著作赠送给我,然后坚持要走到电梯口为我们送行。电梯门徐徐合上,我从门缝里望着仍在挥手的张先生,觉得这位从苍山洱海之间走出来的白族学者确实当得起程先生对他的评价:"灵芬奇采,炳耀天南!"

(《南方周末》2024年5月23日)

传经与传道

刚才在线上聆听了几位代表的讲话,感触很深。程毅中先生和袁行霈先生都是我的前辈,陶文鹏先生和薛天纬先生与我是同代人,但都比我年长,我一向称他们为兄。陈尚君比我年轻,但是他学问比我好,所以我也称他为尚君兄。很高兴能和几位师长和兄长在线上线下不同的场合,参加刘学锴先生文集的发布会,下面谈几点感想。

刘先生的学术成果,主要是两方面,一是对温、李这两位唐代诗人作品的笺注,二是关于唐诗普及选本的编纂。《李商隐诗歌集解》这部书,在我看来,是唐代诗人别集笺注中难度特别大的。当然杜诗也难注,但是今人如果要注杜诗的话,前人已经有"千家注杜"的学术铺垫,从杜诗的宋注到清注,前人有很多很好的杜诗注本,为我们提供了非常好的参照。大家只要仔细地收罗材料,仔细地考辨甄别,是能够推陈出新的。但李商隐不一样,元好问《论诗绝句三十首》说到李商隐诗的注解之难:"诗家总爱西昆好,独恨无人作郑笺。"大家都觉得李商隐的诗好,但是要想像郑玄为《诗经》作注那样为李商隐诗歌进行笺注却是非常难的,因为李商隐的诗难

2020年,我与刘学锴先生在安徽师范大学《刘学锴文集》首发式上

懂,诗意隐藏得很深。虽然前人也注过李商隐的诗,比如清代的冯浩、近代的张采田等人,但他们在作注的时候往往追求微言大义,有时候反而在李商隐本来就难懂的文本上面又增添了一层迷雾。因此,我觉得刘学锴先生和余恕诚先生两人通力合作,做了一部相当准确的、非常实事求是的笺注,是一件功德无量的事情。刚才袁行霈先生在发言稿里说到,不论谁再研究李商隐和温庭筠都绕不开刘先生这些高水准的成果。我完全同意这个判断。

去年6月份,我到安徽师大来参加刘先生《唐诗选注评鉴》十卷本的座谈会,当时也表达了对这部书的欣赏和意见。当时我说,出版社在第二版的封底上印了我的三句评语,我觉得很光荣。我今天还要再说说这本书的意义。当今的唐诗学界应该向广大的读者贡献一个什么样的唐诗选本呢? 唐诗选本从唐代到今天已经有800种之多了,仅是唐人选唐诗就有14种选本传世,但是其中的大部分都不太适合当代读者阅读。特别是清代有些学者选的唐诗选本,比如王渔洋选的《唐贤三昧集》,是一个学术意味太重的选本。学术意味太重了,就会贯穿强烈的个人美学偏好,选出来的作品不一定是广

2019年,我与刘学锴先生在安徽师范大学《唐诗选注评鉴》首发式上

大读者喜欢读的。因此,一直到刘先生这本书出来为止,我个人觉得最家喻户晓的唐诗选本,恐怕还是清人选的童蒙读本《唐诗三百首》,刘先生在这本书的前言中也提到过《唐诗三百首》,并对它作了高度的肯定。《唐诗三百首》成书于乾隆二十九年(1764),到现在已经两个半世纪了,就家喻户晓的程度来说,没有第二种唐诗选本能够超过它。但是现在有了刘先生的《唐诗选注评鉴》。其一,《唐诗选注评鉴》选诗的面和量都扩大了,《唐诗三百首》选了310首,此书选了650多首,数量扩大了一倍,还把很多在《唐诗三百首》里成为遗珠的好作品选了进去。比如李贺,《唐诗三百首》竟然一首都没有选,这使得爱好李贺诗歌的人愤愤不平。李贺这么优秀,按照我的想法,《唐诗三百首》至少要选三四首,才符合这位诗人在唐代诗歌史上的重要地位。刘先生则对李贺给予了极大的关注,所选篇目数高居前十。所以这本书所选的篇目非常好。其二,我最欣赏的是刘先生对诗歌的鉴赏。长期以来,作品鉴赏在我们学术界好像不被重视,很多人轻视鉴赏。因为现在学界的风气,比较多的人

喜欢做文学环境的研究、发生背景的研究、社会学的研究、历史学的研究、制度的研究等等。对于作品本身进行文本分析，一般都认为不容易得到很好的学术成果，而刘先生则是花大力气去做这个工作。早在20世纪80年代初，安徽师大对国内第一本鉴赏辞典——《唐诗鉴赏辞典》的贡献巨大，刘先生、余恕诚先生以及他们的高足弟子参与撰写，差不多有四分之一的条目是安徽师大的人写的。那本书风行海内，水平非常高，我的导师程千帆先生曾为该书作序。刘先生以及他指导的弟子所写的鉴赏文章，我觉得写得非常好，并且意义重大。这些鉴赏文章非常有利于一般读者进入唐诗这座美的殿堂。

　　诗歌选注、文本鉴赏这样的工作，我觉得要放到文化传承这个高度来评价，它的意义才能得到充分的揭示。我一直认为，今天我们说到中华传统文化的继承，实际上只能继承其中的一部分。因为传统文化中的器物文化和制度文化都谈不上继承，真正要继承的是其中的观念文化。观念文化就是古人的意识形态、古人的价值判断、古人对万事万物的思考和感悟。这类文化的载体，除了《论语》《孟子》这些典籍以外，还有就是优美生动的古典诗歌。因为我们的古诗都是抒情诗，都是抒发我们列祖列宗内心的思考和感受。现在刘先生把唐诗中的这些经典名篇，用既非常优美又通俗易懂的语言进行阐释，我觉得这个工作功德无量。现在的古典文学研究，由于受现代学术风气的影响，大家都关注创新，其实我觉得更大的意义应该在传承，创新倒是其次的。孔子作为中华文化中始祖式的人物，他自己说"述而不作，信而好古"，他在整理《诗经》上下大力气，

"自卫反鲁,然后乐正,雅颂各得其所"。再来看朱熹,他一生著作那么多,论学的范围那么广,但是他最重要的著作其实就是《四书章句集注》以及他的两部文学典籍的注本《诗集传》和《楚辞集注》,这是他在文化史上最大的贡献。这就是对传统文化最重要的传承。所以我认为唐诗也好,宋词也好,甚至《诗经》《楚辞》也好,这些古人写的好作品,列祖列宗留给我们的文学瑰宝,传到今天,最重要的意义并不是供学者进行研究,而应该是走进千家万户,让广大的民众都来阅读它们,都来接受它们蕴含的传统文化精神的熏陶,从中得到启发,这才是最大的目的。刘先生的这项工作,在这方面堪称一个典范,所以对这部《唐诗选注评鉴》,我们要充分认识它的意义。

另外,我还有一点感想,跟刘先生的著作没有关系,跟刘先生的经历有关系。唐代有好几个文学家有过这样的人生经历:被朝廷贬到南方,然后把文化带到比较偏僻、荒远的南方去了。韩愈被贬到潮州,他本人是悲悲戚戚,而且不到一年就调离了,但是潮州人民至今怀念他,潮州的山叫作"韩山",潮州的江叫作"韩江",以此纪念韩愈。柳宗元被贬到柳州,他也是悲悲戚戚,最后死在被贬之地,但是柳州人民为他建造"罗池庙",把他看作当地的一个神灵,因为他传播了文化。还有杜甫的好朋友郑虔,即"诗书画三绝"的郑广文,杜甫写诗送别被贬到浙江台州的郑虔,在怀念他的诗里说,"山鬼独一脚,蝮蛇长如树",说那个地方荒僻无比,非人所居,担心郑虔回不来了。但是现在大家到台州去看看,郑广文被当地人民称为"吾台斯文之祖",台州的"文教"就是从郑虔开始传播的。

1963年刘先生为了家庭团聚,从北大主动要求调到安徽来,虽然不是被贬,但客观上产生的效果跟韩愈到潮州、柳宗元到柳州是一样的——传播文化。他把北大高水平的学术思想带到了安徽,带到了安徽师大。刘先生此行,对提高安徽师大古代文学研究的整体水平,起到了很大的促进作用。还有,刘先生在安师大培育了无数学生,他们毕业后在安徽的各类学校任教,让传统文化的精神影响了数量巨大的学子。这是刘先生对安徽的巨大贡献,是安徽的幸运!

总之,我认为刘学锴先生的人生业绩包括两个方面,一是注释讲解古代经典著作,二是到地方上来传播学术,前者可称为"传经",后者可称为"传道"。在刘先生的文集出版之际,我愿借此机会衷心祝贺刘先生健康长寿!

(2020年12月15日在安徽师范大学"《刘学锴文集》
首发暨出版座谈会"上的讲话)

充实而有光辉的学术人生

—— 读《王水照文集》有感

2021年我到上海参加王水照先生《北宋三大文人集团》的发布会，听上海古籍出版社的高克勤社长说起王先生的文集即将出版，便一直翘首以盼。昨天十卷本的《王水照文集》终于送进家门，虽然其中有好几卷所收著作的单行本我早已认真读过，但仍然带着先睹为快的心情，逐册翻阅。《文集》卷首的《出版说明》对每卷内容都有简洁准确的介绍，一览即知，不用我来复述。本文只想谈谈我对《文集》的总体印象，然后评说作者的学术人生。

首先，《文集》固然是王水照先生学术成果的集成，但王先生的学术贡献却决不局限于《文集》。这套《文集》的编纂体例与总目由王先生亲自拟订，全书的编纂体现出十分严格的标准，那就是收入《文集》的所有篇目皆由王先生独自撰写，凡是与他人合写的著作一概不收。例如初版于1997年的《宋代文学通论》一书，王先生不但亲自拟定了全书的宗旨要求、设计构思，亲自撰写《绪论》和《文体篇》，而且全书皆由他独自统稿、定稿。其他七位撰稿人皆是正在复旦大学由王先生指导攻读学位的研究生，估计他们撰写书稿时受到导师的指导与修改不会少于撰写学位论文。就实际贡献而言,此书完全可以看作王先生本人的著作。此外,王先生与朱刚合著的《苏轼评传》也属于同样的性质。此书是南京大学《中国思想家评传丛书》的一种,初版于2004年,其撰写过程则长达七年。作者在该书后记中说:"师生合撰一书,在学术界原本多见,老师的现有成果和学生的充沛精力,可以相信是绝好的组合。不过,若老师既不满足于简单复述以前的论述,而学生又不能很快令自己对课题的把握提升到接近老师的水平,则写作过程便不得不与教学过程相伴随,对于苏轼这样一个复杂的对象来说,七年其实也算不得足够的时间。"师生二人共同道出的甘苦之言,说明王先生在本书的撰写中付出了不少于由他独自撰稿的艰辛。按照时下的惯例,如果把《宋代文学通论》与《苏轼评传》收入王先生的《文集》,也未尝不可。现在未收,既体现出王先生的谦退性格,也表明《文集》编纂体例之严格。有趣的是,王先

2023年,我与王水照先生在复旦大学《王水照文集》发布会上

生还曾与弟子崔铭合著《苏轼传——智者在苦难中的超越》,初版于2000年,此次也未收入《文集》。收入《文集》第五卷的只有王先生独撰的《苏轼传稿》,原名《苏轼》,初版于1981年。此书篇幅不大,文字平易,深受读者欢迎,不但在国内一再重版,而且被译介到日、韩等国。但是王先生对苏轼其人的总体看法,此书已经奠定基础,是一本言简意赅、深入浅出的苏轼传记。几年以后,王先生方与弟子合作撰写《苏轼传》与《苏轼评传》。前者是引人入胜的普及读物,后者是发人深省的学术专著,两书的篇幅皆远超《苏轼》。但就基本观点及思路而言,两书都能在《苏轼》中找到其影子。我曾仔细读过这三种苏轼传记,我认为从《苏轼》到《苏轼传》《苏轼评传》,清晰地体现出材料愈益丰赡、论证更加深刻的学术发展脉络,这是王先生带领弟子逐步深入苏轼研究领域留下的一串脚印。如今由于体例的缘故,由王先生独撰的《苏轼》收入《文集》,他与弟子合作的《苏轼传》《苏轼评传》则未收,我们在钦仰王先生实事求是、谦逊自抑的风度的同时,也可明白《文集》并未全面展示王先生学术研究的全部成就。当然,有更多显而易见的例子可以佐证我的看法。王先生主编了许多卷帙浩繁的学术著作,例如多达628万字的《历代文话》,从拟定宗旨、确立凡例,到广搜资料、精选书目,王先生无不亲力躬行,只要读其长篇序言,便可知道他为此书耗费了多少心血。此外如《王安石全集》《司马光全集》等书的编纂,担任主编的王先生也都付出辛勤的劳动。所以王先生在学术研究上做出的实际业绩,是远远溢出这套《文集》的。

其次,《文集》足以证明王先生的学术成就在广度与高度这两个维度上都引人瞩目。先看第一个维度。王先生治学，堂庑广大。他的学术思考着眼于整个中国文学史，乃至文化史。试看收进《文集》第九卷《鳞爪文辑》的短文，上及先秦典籍中关于西施的记载以及《古诗十九首》、隋代文学，下及鲁迅等近现代学人，文章写得短小精悍，观点则精彩纷呈。当然，若从耗费精力及成果数量来看，王先生的学术研究肯定是集中于唐宋两代的文学。近年来学界颇有讨论"会通唐宋"的风气，其实王先生早在20世纪五六十年代的学术活动就已体现出会通唐宋的倾向。王先生对唐代文学研究甚深，他在60年代关于杜甫的论文，在70年代后期关于唐诗繁荣原因的论文，都曾引起学术界的关注。他最早的一部学术专著是1984年初版的《唐宋文学论集》，他还编选了《唐宋散文精选》，皆体现出会通唐宋的胸襟与眼光。凡此种种，都说明王先生学术研究领域相当宽广。再看第二个维度。从整体来看，王先生的学术体现出"致广大而尽精微"的风格特征。若从时间过程而言，不妨说王先生的学术研究经历了由博返约的过程。这里的"博"指整个文学史或唐宋文学，而"约"则指宋代文学或苏轼研究。王先生在北大读书时参编"红皮""黄皮"本《中国文学史》，是他进入学术界之前的一次练习，他参加编写并担任负责人的是宋元部分。王先生真正意义上的学术活动发轫于在中国社会科学院文学研究所参编《中国文学史》，他参加编写的是唐宋段。两者的重合部分就是宋代文学，这成为王先生日后学术研究的重点领域。就具体的撰写对象来说，王先生在两部文学史中所承担的都是"苏轼"一章，苏轼顺理成章地成为他平生学术的重中之重。王先生的宋代文学研究，特别是苏轼研究，在时间跨度上已超过一个花甲。当然,后来王先生的苏轼研究成果以多种方式涌现出来,包括《苏轼传》《苏轼评传》《苏轼研究》《苏轼选集》以及一系列的单篇论文。可以说,要在当代学界找一位苏轼的知己,或者一位苏轼研究的功臣,肯定非王先生莫属。毫不夸张地说,王先生在苏轼研究上达到的学术高度在当代学术界处于巅峰地位。

其三,《文集》展示了王先生卓越的学术品位与优良的学术风格。前者指敏锐准确的问题意识与高瞻远瞩的学术眼光,后者指实事求是的学风与穷究底蕴的精神。先看前者。王先生的学术选题,都能瞄准最有学术价值的重要课题,并选择最切实可行的切入角度。例如《北宋三大文人集团》这本专著,其题目与论证都使人耳目一新。在此前的宋代文学研究中,常以"运动""流派"等来描述群体活动,而"集团"一词显然更加准确,并且显示出与众不同的学术眼光。以往学界对于欧门、苏门有较多关注,本书则敏锐地注意到钱惟演幕僚集团的文学史地位,并环环相扣地将其与欧门、苏门连缀起来。本书在细节方面也有许多创获,例如对欧阳修与尹洙关系的辨析、对嘉祐二年贡举事件文学史意义的揭示,皆富有新意。再如《苏轼临终的"终极关怀"》这篇论文,从苏轼临终时关于生死问题的思考入手探讨其人生观,因为"一个人如何对待死亡,正是最直接地反映他人生思想的核心内涵与特点",此文抓住苏轼在生命最后一年中的三次言行,即金山寺题画像诗、与方外之友维琳的交谈,以及对诸子的遗言来进行分析,从而探骊得珠,对苏轼的人生观作出了令人信服的论断。再看后者。王先生撰写《苏轼豪放词派的涵义和评价问题》这篇论文时，涉及前人用"豪放"与"婉约"来概括宋词两大风格流派的问题。近代学者多引明人张綖《诗余图谱·凡例》中"词体大略有二：一体婉约，一体豪放"一段文字，但皆未注明具体的版本依据。王先生先是写信向前辈唐圭璋先生请益，后又钻进图书馆遍查典籍，经过一番周折，最后在上海图书馆所藏万历二十九年游元泾校刊的《增正诗余图谱》中找到此段文字，方为这段重要的词论提供了准确的文献出处。此外，王先生主编《历代文话》时，所选版本中有多种《四库全书》本及数种和刻本，都体现出实事求是、不拘成说的学术态度。

最后，《文集》展示了王先生在宋代文学研究领域内组织同道、引领潮流的重要作用。由于历史的原因，宋代文学研究一度比较冷落，学界投入的力量与取得的成果均远逊于唐代文学研究。比如中国唐代文学学会于20世纪80年代之初就开始活动，而中国宋代文学学会却迟到2000年方告成立。而且前者成立时已拥有相当雄厚的学术基础，后者却显得势单力薄。所以当王水照先生发起并创办宋代文学学会时，真是"筚路蓝缕，以启山林"，做的是具有拓荒性质的工作。在学会的筹建、创办以及后来的日常工作中，王先生付出了大量的劳动，渗透了很多心血。从每次理事会的具体议程，到会后论文集的编定，王先生是事必躬亲。可以说，中国宋代文学学会从2000年一直走到今天，这与王先生个人的巨大贡献是分不开的。这方面的工作既无法计量，也难用文字来表述，但《文集》第九卷中收入的十来篇会议致辞却留下了若干难忘的足迹。王先生常常在致辞中对宋代文学研究进行提纲挈领的总结，既分析现状，也

2015年，我与王水照先生在杭州中国宋代文学学会年会上

展望未来。例如2011年在第七届年会的闭幕词中，王先生把近年来宋代文学研究在文学与科举、文学与党争、文学与地域、文学与传播、文学与家族等五个方面的成就称为"五朵金花"，并对文学与经济、文学与宗教、文学与民俗等新的研究视角进行了展望。我认为这些致辞不但是学会历史的重要文献，也是学术思想发展史的重要记录。此外如收入本卷的《〈新宋学〉第一辑卷首语》，不但揭示了学会会刊的宗旨，而且对包括宋代文学研究以及与之密切相关的宋代哲学、史学在内的宋代学术进行了整体的观照。凡此种种，均显示出王先生作为学界执牛耳者的胸襟、眼光与气度，其学术价值并不逊于他个人的学术著作，收入《文集》甚为惬当。

抚摸着沉甸甸的《王水照文集》，端详着各册卷首王先生在不同历史时期的留影,我浮想联翩。清人袁枚在《随园诗话》卷七中引梅式庵言曰:"天欲成就一文人、一儒者,都非偶然。"诚哉斯言! 王先生成为古代文学研究界的杰出代表与宋代文学研究界的一代宗师,是由众多不可或缺的必要条件总合而成的。首要的条件当然是王先生自身的过人才性与不懈努力,这是内因。外因则是适逢其时的时代背景。由于种种原因,宋代文学研究的起步较晚,在20世纪80年代以前,专注于宋代文学研究的前辈学者人数甚少,而且大多集中于宋词研究,从而留下了比其他时段的古代文学更多的学术空白。比如《全唐文》《全唐诗》都成书于清代,而《全宋文》《全宋诗》却都到最近二三十年方才问世,就是明显的例证。更加具有偶然性的外因是,王先生的一生经历正好有助于其学术事业的顺利发展。他少年得志,顺利考入名师云集的北大中文系,在游国恩、林庚等一代名师的指导下接受了全面而严格的学术训练。大学毕业后,进入中国社会科学院文学研究所,在何其芳、钱锺书等著名学者的指导下从事研究与著述。尤其重要的是,当年文研所为王先生指定的导师就是钱锺书先生,这可是千载难逢的"亲炙"名师的良机! 钱先生名高天下,门墙数仞,一般人哪有以莛叩钟的机会! 而王先生却能与他朝夕相处,随时请益,如此者几近20年,两人的密切关系即使在王先生调离文研所后也未中断。虽说那个时代政治风波不断,王先生的学业也曾受到一定影响,但总的说来,他在北大学习时没有沾到"右派"的边,且因参编文学史而没有下乡劳动。他在文研所工作时因属于"准逍遥派",所以没有卷入派性斗争而得以静心读书。等到"文革"结束,许多人痛感荒废岁月时,王先生已在学术上打好坚实的基础。王先生在80年代初调往复旦大学，也是一个很成功的人生选择。复旦有卓越的学术平台，师资力量雄厚，优质生源充足，王先生在这个新单位治学任教，如鱼得水。正因在年富力强之时进入复旦任教，王先生才有机会培养众多的后起之秀，建立起一支声同气应的学术队伍，并且在教学相长的过程中提升本人学术研究的高度。从北大到文研所，再到复旦，这三段经历构成了王先生"充实而有光辉"的学术人生。凡此种种，当然都具有某种偶然性，但也不妨看成是"天欲成就"这位一代宗师的呵护或玉成。

《王水照文集》每册封底的瓦当图案里都印着"延年益寿"四个大字，当是出版社对年臻耄耋的王水照先生的祝颂之词。我作为宋代文学研究界的后学，也衷心祝愿王水照先生寿登期颐，永葆学术青春！

（《中华读书报》2023年4月5日）

一杯淡水变清茶

为庆祝创刊70周年,《文学遗产》编辑部的刘京臣兄来信索稿。10年前《文学遗产》创刊60周年时,我曾撰一短文致贺,题作《我心中最纯净的学术园地》,文中说:"20多年来,我一共在《文学遗产》上发表了12篇论文。虽然算不上高产作者,但对于论文总数不多的我来说,《文学遗产》毫无疑问是我的第一发稿刊物。如今我忝列《文学遗产》的编委,大家切勿以为这对我发表论文有何益处。我是2011年第三期才被增补入编委会的,在那以前,我在《文学遗产》上发过11篇论文,一直是以普通作者的身份投稿的。我为人木讷拘谨,不善交际,而且从心底里鄙视'功夫在诗外'的世态。20年来我进京不下30次,却从未到《文学遗产》的编辑部去拜访过,至今尚不知那座学术殿堂的大门是朝着什么方向。我与《文学遗产》的历任主编或编辑朋友都只在投稿后才开始联系,联系的内容无非是商讨修改意见,通知录用与否,或是填写相关表格,从无一言涉及私交。历任编委会中与我私交较密的只有陶文鹏兄一人,这多半是因为两人都喜爱宋诗,学术上也比较谈得来,如此而已。我与文鹏兄一般都是在唐代文学或宋代文学的学术讨论会上见面,唯一的

2008年，我与陶文鹏在黄山

例外是1998年的一次交往。当时《文学遗产》组织了一系列笔谈，我与陶文鹏、程杰三人的笔谈题作《回顾、评价与展望——关于本世纪宋诗研究的谈话》。笔谈中有些问题需要当面商讨，文鹏兄便来南京出差。我为他预订了学校招待所的普通客房，让他与一位不相识的客人合住一间。一日三餐都在招待所食堂里吃，唯一的'接待'活动是我自掏腰包请他在学校礼堂看了一场周末电影，票价是5元钱，连看三部影片。这样的交往，也许说得上'君子之交淡如水'了。"转眼又过了10年，我又在《文学遗产》上发表论文5篇，但至今仍未造访过编辑部。我与编辑部各位友人的交往，仍然保持着"君子之交淡如水"的性质。《文学遗产》依然是我心中最纯净的学术园地，我仍愿用这句话来祝贺该刊创刊70周年。

然而我与陶文鹏兄的关系,却有了一些细微的变化。今年8月20日,我前往武汉参加中国宋代文学学会第12届年会,主办会议的王兆鹏教授事先告诉我文鹏兄也将与会,我便随身带了一小罐新茶,开幕式那天赠送给文鹏兄,文鹏兄则欣然受之。在我俩将近40年的交谊中,这是第一次馈赠礼物。那么,40年来"淡如水"的交谊,为何变成了一杯清茶? 原因很简单:文鹏兄早已退休,他已不担任《文学遗产》的主编,已不再过问刊物用稿的事情。也就是说,我与文鹏兄的身份,已经不再是投稿人与刊物主编,而是毫无利害关系的一对朋友了。我向文鹏兄赠送一小罐茶叶,就像友人来访时奉上一杯清茶,丝毫无损"君子之交淡如水"的品格。当然,事实上我俩交谊的变化,早在几年前就已开始了。

2019年,文鹏兄的《点睛之笔——陶文鹏谈词》即将出版,来信向我索序。以往我每逢有人索序,总是敬谢不敏,此次却一口应承,原因有二。首先是我敬重其人。文鹏兄长期担任《文学遗产》的编辑,后来又荣任副主编、主编。《文学遗产》是古典文学研究者最向往的学术园地,文鹏兄也就成为学界的"执牛耳者"。由于个性的缘故,我从未主动结识包括文鹏兄在内的诸位编辑。文鹏兄并不以此为忤,对我投去的稿件常常青眼有加。他出版了许多著作,也从未以居高临下的姿态让我写过书评。如今他赋闲多年,才来向我索序,我当然义不容辞。其次是我喜读其文。文鹏兄平生审稿无数,评说他人论著鞭辟入里,本人却惜墨如金,撰文数量并不太多,而且不喜长篇大论,倒是写了许多随感式的短札。收入本书的谈词短文,论述细致入微,文字清新可诵,读来令人愉悦,作序也就不是苦差使。我在序言中难免要褒扬此书，但并未言过其实。例如下面两节："《点睛之笔》这个书名起得真好，本身便称得上'点睛之笔'！书中论说的对象都是从唐宋词中采掇的警句，它们都在原词中起到了画龙点睛的效果，对它们的评析也能探骊得珠。""文鹏兄主编《文学遗产》时对文献整理、史实考证及理论阐述的稿件一视同仁，但他本人最喜爱的研究路数似乎以艺术分析为主，本书就是一本'谈艺'之作。读完全书，我相信文鹏兄写作本书时肯定心旷神怡，他时而点头微笑，时而拍案叫绝，他对那些警句的欣赏喜爱之情洋溢在字里行间。从'知之'到'好之'，再到'乐之'，是文鹏兄阅读古典诗词的三个阶段，本书的构思、撰稿也包含着这三个过程，最值得称道的则是'乐之'的心态。"相信古代文学研究界的同仁们，都会认同我的评价。我自己觉得这篇序言朴实无华、无一虚言，如果说时下许多任意拔高、满纸谀词的序言或书评像是甜蜜的醴酒，我的序言则有如一杯清茶。

我与文鹏兄在各方面都差别甚大。就资历而言，文鹏兄早在上世纪60年代就从北大中文系毕业，后又长期在人称"翰林院"的社科院文研所工作，且曾荣任《文学遗产》主编，名驰海内；我则迟至1978年才考进大学，毕业后也一直是个默默无闻的普通教师。就性格而言，文鹏兄豪爽倜傥，相交满天下；我则拘谨木讷，落落寡合。就生活习惯而言，文鹏兄多才多艺，常在大庭广众中引吭高歌，余音绕梁；我则不通一艺，在公众场合总是退缩一隅，沉默寡言。文鹏兄给人写信，信尾的问候语常是写得斗大的"握手"二字，豪情满纸；我写信总是循规蹈矩地用"颂安"或"敬问起居佳胜"之类的陈辞来结尾。虽然如此，我俩的交往却相当和谐，文鹏兄长我8岁，但他总是称我"老莫"，我也径称他为"老陶"，从未用过"先生"之类的敬语。听葛晓音教授说，文鹏兄曾多次在背后称赞我的论文。我也对别人表达过对文鹏兄人品的钦佩，以及对其见解的欣赏。但我俩从未当着对方的面说过任何揄扬的话，我们的交往称得上是"君子之交"。

岁月不居，转眼间我们已垂垂老矣。文鹏兄年过八旬，我也年逾古稀。我近年脱落了几颗牙齿，又懒得装假牙，说话有点漏风。文鹏兄几年未见，形容也苍老了不少。那天他在开幕式上致辞，虽然声音洪亮、思维清晰，但原有的英风豪气毕竟稍有减损。我凝视着正在发言的他，突然想起韩愈的两句诗："我齿豁可鄙，君颜老可憎。"但愿我们虽然形貌日益衰老，心智则一如既往的健全清朗。更希望我们的交谊长如一盂淡水或一盏清茶，永远不要沾染世俗的尘沙。

(《中华读书报》2023年9月6日)

从水仙花说到林继中

我最早对漳州这个城市产生关注,是由于两个因素:第一是水仙花,第二是林继中。自我认识继中兄以后,他经常给我寄水仙花,这两个因素就重叠在一起。

也许有朋友认为,将两者相提并论有点比拟不伦,但我觉得问题不是太大。我本人最喜欢的一首咏水仙的诗,是919年以前北宋诗人黄庭坚写的。一个叫王充道的朋友送给黄庭坚50支水仙花,他很欣赏,就写了一首七言短古,我先引用前四句:

凌波仙子生尘袜,水上轻盈步微月。
是谁招此断肠魂,种作寒花寄愁绝。

他先把水仙花比作水上神女洛神,她踩着微月前来。然后问是谁把这个倾国倾城的美女灵魂变成了花卉。

接下四句转韵,写法也就不一样。五、六两句:

含香体素欲倾城,山矾是弟梅是兄。

2008年,我与林继中在新疆交河。左一、左二:林继中与夫人张嘉星;右一、右二:我与内人陶友红

说水仙花的弟是山礬花,兄是梅花,是因为水仙开花的时间介于山礬花和梅花之间。黄庭坚用"兄""弟"这两个男性名词来指代两种花,可见古人虽然常用鲜花来比喻美女,但性别意识不很强,用来形容雅士也未尝不可。

这首诗最重要的是最后两句:

坐对真成被花恼,出门一笑大江横。

意思是说,水仙花放在案头供着,天天相对,诗人老盯着花看,好像受到花的撩拨了。于是诗人不看水仙花了,"出门一笑大江横",

进入一个更加开朗、显豁的境界。最后两句的意境有提升，有升华，有飞跃，我觉得以此形容继中兄治学的两个境界，应该是比较贴切的。下面我就着重讲这一点意思。

用传统的话来说，我和继中兄有"通家之谊"。继中兄的硕士导师周祖譔先生、博士导师萧涤非先生，都是我导师程千帆先生的好朋友。所以程先生亲自到厦大去主持继中兄的硕士论文答辩，后来又审阅了他的博士论文。萧涤非先生也审阅过我的博士论文。因为导师之间的交情，我和继中兄很早就开始交往。

我最早读继中兄的文字，就是他的博士论文《杜诗赵次公先后解辑校》，因为萧先生寄给程先生，我当时就看到了，并且有很好的印象。这篇博士论文在1994年整理出版以后，我在1995年就写了一篇书评，1996年发表。在这篇书评里，我说继中兄下的功夫非常细腻，文献基础非常坚实，达到很高的学术水平，并由此联想到他治学的另一个方面。我现在念其中的一段：

> 近年来古代文学研究界的学术风气颇有趋于两端之倾向。有些学者注重校订考证或微观研究，另一些学者则注重理论探讨或宏观论述。前者往往觉得后者空疏浮浅，后者则常常不满于前者的琐屑凡庸，各执一偏，龃龉难合。其实学术史早就昭示我们，上述两方面的研究都是学术事业必不可少的，健康的学术风气应是两者的并存共荣和有机结合。林继中的研究正体现了这种优良的学风。在见到《杜诗赵次公先后解辑校》的两年以前，我读过林继中的《文化建构文学史纲》一书，当时觉

得耳目一新。因为它以14万字的篇幅对中唐至北宋近400年的文学史进程进行论述，属于宏观研究的范畴，但它绝不像许多所谓宏观论述那样，或标新立异而没有确实的材料依据，或把一些"放之四海而皆准"的空洞框架到处乱套。由于此书内容与我本人的研究兴趣相重合的缘故，我对书中论述杜甫如何被宋人选择为诗歌典范的那部分印象尤为深刻。我觉得他对杜诗性质的认识是入木三分的，对宋代杜诗学之演变过程，尤其是杜诗宋注与宋代诗坛风气之关系，娓娓道来，如数家常，却又鞭辟入里，精义迭现。当时就觉得这种细密的、脚踏实地的论析在宏观论著中是很少见的，现在读了《杜诗赵次公先后解辑校》以后，方知道原来作者对杜诗宋注下过如此深透的功夫，厚积薄发，就势必游刃有余了。在这层意义上，林继中的两本书（即《文化建构文学史纲》《杜诗赵次公先后解辑校》）具有方法论上的意义，其价值已逸出于著作自身。

读完这一段从前写的书评，下面再谈谈自己对《林继中文集》的一些感想。

我和继中兄的结交，除了因为我们的老师交好以外，还有一个更重要的原因，就是我们都热爱杜甫。朋友们走进我家的客厅，可以看见一幅继中兄送我的杜甫诗意图，画的是《秋兴八首》中那句"清秋燕子故飞飞"。我们都是杜甫的研究者，但我们在走上学术道路以前就已经热爱杜甫。我听说有闽南师大的学生对继中兄说："我们现在读杜甫不太容易进入。"继中兄回答："因为你们没有挨过饿，没有经历过生活的磨炼。"也许现在的年轻人更喜欢李白而不是杜甫。我在中学读书的时候是理科生,在语文课上学到了一些唐诗宋词,当时对李白、杜甫完全是"一视同仁"的。但是当我当了知青以后,在一年的秋冬之际,大风把我茅屋上的茅草全部刮走,我晚上睡在茅屋里望着满天繁星、冷得不可开交的时候,就觉得杜甫的诗穿透时空来到我的身边。我个人觉得,杜甫不像李白那样经常在云端里面俯视着人间,而是蹇驴破帽地混在我辈中间。

有的朋友认为,研究学术不应该掺杂感情。但我觉得,如果你的研究对象是像杜甫这样的人,掺杂感情绝不是一件坏事,相反还是一件好事。否则,我们怎么可以想象继中兄在山东大学读博的时候,会选《杜诗赵次公先后解辑校》这个题目来写博士论文?这篇博士论文的前言有三万字,考证赵次公的生平、赵次公注的版本等等,主体部分是辑校,得下很深的文献功夫,需要到处找材料,因为赵次公注早就不完整了。如果不是热爱杜甫的话,他不可能用全部心血投入到一个注本的文献整理中去。所以,这本书没有收入《林继中文集》,大概是由于体例方面的原因,但它确实是继中兄非常重要的学术著作。继中兄还有很多杜诗学论文,往往是带着感情写的。以前很少有论文专门以杜甫的感情作为主题,虽然从梁启超开始就说杜甫是"情圣",但大家也不过是简单地接受这个结论而已,没有把它当作学术研究的对象,而继中兄就从这里展开,写了好几篇论述杜诗的感情因素的论文,所以我觉得他的杜甫研究是自成一家的。

我读继中兄的论文,确实是非常佩服的。举一个小例子,就是钱谦益对杜甫《洗兵马》的笺注。说实话我也下过一点功夫,我在南大开过"杜诗研究"的课,在这个问题上还用了比较多的篇幅来谈,后来收入我的《杜甫诗歌讲演录》。当时因为要跟学生讲,我想尽量把它弄得清楚一些,我自以为弄得已经比较清楚了。但是后来看了继中兄的《杜诗〈洗兵马〉钱注发微》,觉得他真是探究入微。钱谦益本是以熟悉唐代史实著称的,但继中兄仍然找出很多钱注的不足,结论就比较可信。

如果仅仅到此为止,继中兄就跟许多从事文史研究的学者一样,比较偏重于微观研究,但是他还有另一面,就是我刚才引的黄庭坚诗"出门一笑大江横"的那一面,就是跳出文献整理、史实考订、作品分析这类传统的研究方式,跳出比较微观的、格局相对小一点的研究,进入一个宏观的层面,对一段文学史,甚至对整个文学史以及文化史现象,进行整体的把握和观照,这跟微观研究所需要的才情和眼光是不一样的。学界很多朋友可能是或长于此、或长于彼。在我看来,在古代文学学界,一个学者如果没有"坐对真成被花恼",没有像继中兄那样对赵次公注进行细致考订,而是一上来就放口大言,说一些宏观的命题,说一些似是而非的结论,总觉得有点夸夸其谈。继中兄就不一样,因为他有前面说的那种文献基础,他在此基础上进而"出门一笑大江横",真正在微观研究积累到非常深厚以后,融会贯通,再进入理论的层面,就能到达一个更高的层次。虽然继中兄没有写一部贯通古今的通史,但他的理论框架,他的对文学史进行整体把握的逻辑结构,我们是能够感受到的。总的来说,我认为继中兄的学术具有一种比较大的气象,这是我自愧不如的。一般人经常因为时间精力有限或者学养有限,或偏于此,或偏于彼,就是在黄山谷"坐对真成被花恼,出门一笑大江横"这两句诗中,或偏于前一句,或偏于后一句;而继中兄是囊括全局、两者贯通的。

更使我钦佩的是,我们都是坐在书斋里做学术的,而继中兄还有其他的方面,比如刚才很多朋友都谈到的书画创作。他的书画创作跟有些专业的书家、画家是不一样的。我看当代书家的作品,经常有遗憾,就是有些书家的文化基础太差。请他写唐诗,写来写去都是"白日依山尽,黄河入海流",脑子里没有其他东西。请他写副对联,平仄也不讲,错字也很多。而继中兄的书法,是学者的书法,背后有深厚的文化底蕴、学术底蕴来支撑,这就不一样。书法在我看来不仅仅是线条;它是有意味的线条;不是只给你一个视觉上的冲击,还应该有文化沉淀在里面。继中兄在

王维"相逢意气为君饮,系马高楼垂柳边"诗意图,林继中绘

这方面做得非常好。

同样令我敬佩的是，继中兄还是一名领导干部。他担任校领导多年，从漳州师专开始，到漳州师院，一直到闽南师大，基本上伴随着整个学校的发展过程。我在南大读研究生的时候，我们的系主任是剧作家陈白尘。陈先生有一句名言："系主任不是人干的。"若干年以后我成为系主任，上任没几天，我就觉得陈先生这话说得真好，系主任真不是人干的，一个系的大小事情，什么开会、填表、教师的升迁、职工的福利等等，你都要考虑。所以当我干到第365天，满了一年，我就向学校提出辞职，我是南大中文系历史上任期最短的系主任。一个院系的事务跟一个学校的事务相比，其繁难程度是不可同日而语的。我连一个系主任都当不好，而继中兄当一个校长还游刃有余，所以我觉得他真是了不起。

这使我联想到恩格斯评价马克思的那句著名的断语。恩格斯说马克思一生的功绩有多方面，除了他的《资本论》以及共产主义学说等等以外，还有其他很多方面的贡献，甚至在数学上都有贡献。然后恩格斯说，我们普通人只要有马克思生平功绩的某一个方面，就可以觉得不虚此生了。虽然我不是把继中兄比作马克思，但是他在学术研究、文艺创作、教育管理三个方面都有贡献，是一般的大学老师所无法比拟的。听高克勤社长说，今天是继中兄的生日，我借这个机会祝愿继中兄健康长寿，在未来的几十年中，做出更大的贡献！

（2020年12月19日在"《林继中文集》
新书发布会暨林继中教授学术思想研讨会"上的讲话）

我的师兄徐有富

徐有富教授年满八十了,他的弟子本拟在去年为他庆祝寿辰,因防疫而拖至今春。我被邀请到会讲话,且获悉徐门弟子所编的纪念文集已经印好。想来文集中定有多篇文章谈到有富兄的学术研究与教学业绩,而且一定谈得相当全面、深透,我就干脆藏拙,从我与有富的相交谈起。

我年轻时一度服膺贝多芬关于"扼住命运咽喉"的豪言,后来屡更世变,便转而信服范缜关于命运的思考。1500年前,范缜与萧子良曾在南京城里谈论命运的话题。子良问范缜:"君不信因果,何得富贵贫贱?"范缜答曰:"人生如树花同发,随风而堕,自有拂帘幌坠于茵席之上,自有关篱墙落于粪溷之中。坠茵席者,殿下是也;落粪溷者,下官是也。贵贱虽复殊途,因果竟在何处?"萧子良贵为帝胄,范缜则是孤寒之士,子良之言分明带有以己身之富贵傲视对方之意。然在不信因果的范缜看来,两人命运之差别尽出偶然。我也觉得我辈普通人确实像树上随风飘堕的花瓣,落到何处纯属偶然。

且看先师程千帆先生与他的三个弟子的命运轨迹。1977年夏季,

2008年，我与师兄徐有富在安徽天柱山

刚刚结束18年放牛生涯且被摘掉"右派"帽子的程先生奉命退休，成为武汉的街道居民。他栖身在东湖边的一间破屋里，正为突然离世的夫人沈祖棻整理遗稿，心情凄苦。此时三个弟子中年龄最小的张三夕刚进武汉师院中文系读本科，是一个意气风发的翩翩少年。年龄最长的徐有富则在湖北阳新县赤马山铜矿的子弟学校教书，他大学毕业后被分配至此，眼看着返乡进城俱属无望，于是结婚生子，准备终老于斯。我本人则顶着"可以教育好的子女"的帽子在安徽泗县汴河公社插队务农，虽然高中毕业已经11年，却始终被拒斥在大学校门之外，一心想着像杨恽那样"长为农夫以没世矣"。然而两年之后，相隔千里的四片花瓣竟像林黛玉所说的随风"飞到天尽头"，而且飘落一处，四条命运轨迹便奇迹般地发生交集。先是

1978年程先生被匡亚明校长聘到南京大学任教，并于次年开始招收研究生。后是1979年我们三人殊途同归地考进南大，形成南大"程门弟子"的最初班底。平生厄运连连的我首次获得命运的青睐，得到了程先生那样的好导师，而徐有富从此成为我的师兄。

有富比我年长6岁，比三夕年长10岁，天然成为我俩的师兄。有富"文革"前已在南大中文系读完本科；三夕在考研之前仅在武师中文系读过两年半书，所受的学术训练不够全面；我则从未在中文系听过一次课，是中文学科的半路出家者。在学力方面，有富也毫无疑问是我俩的师兄。然而有富是个谦谦君子，他从来不在我俩面前摆老资格。有时我们闲聊到专业之外的内容，大家各抒己见，即使我俩的看法与有富南辕北辙，他也不以为忤。有富酷爱新诗，我则对新诗敬而远之。有一次有富眉飞色舞地说起徐志摩，正巧徐志摩是我最不喜欢的新诗人，我便口无遮拦地讥刺徐氏的新诗，可能连"浅薄庸俗"等话都说出来了，有富听了也只是嘿嘿一笑，并未怒形于色。

入学不久，千帆师到宿舍来看望我们，发现我们都没有多少藏书，便叮嘱我们要购置一些常用书。他不但亲自选定书目，还托人从京、沪等地帮我们买书。当时书价便宜，千帆师代我们购置的书中，最便宜的是《陈垣史源学杂文》，定价0.29元；三大册的《李太白全集》，也只要5.10元，我们便都买了。可是有些书比较贵，像中华书局版的《全唐诗》，竟要39元一套。三夕家境比较宽裕，二话不说就下手了。有富兄是带薪上学的，但他入学前已有了女儿徐昕，不久又添了儿子徐旸，家累颇重，平时的生活便十分节俭。他夏天在宿舍楼里常穿的一件旧汗衫,前胸后背尽是窟窿,状若渔网。有时食堂午餐供应红烧带鱼,有富也咬咬牙买一份,但定要留一半到晚上再吃。可是千帆师劝我们购置《全唐诗》,有富却爽快地答应了。当时我全靠每月35元助学金度日,自觉囊中羞涩,便拖着没买。其实要是我也像有富那样一份带鱼分两顿吃,说不定也能在半年之间省出39元来。说到底,还是我未能像有富那样不耻"恶衣恶食"!

在立雪程门的两年中,我们三人都很勤奋。但有富有一个做法远胜于我,他几乎对千帆师的每句话都有记录,从而为我们的攻读生涯留下详细的实录。比如千帆师曾为我们设计了9个论文选题,有富当时就记下了老师对每个题目的具体提示,那段话至今还能在《程千帆沈祖棻年谱长编》中查到。又如千帆师曾对我们讲述《五灯会元》中的一个故事:龙潭信禅师收了弟子德山,德山学成后前来告别,两人相对无言。信禅师说:"时间不早了,你为什么还不走呢?"德山刚出门便回头说:"外面很黑。"信禅师点上蜡烛交给德山,德山正要接,信禅师却一口气将蜡烛吹灭了。德山大悟,今后的路要靠自己走。千帆师接着说:"你们基本上立起来了,今后要自己走路。"要不是有富在日记中记录此言并在多年后写进千帆师的年谱,我已经记不真切了。

硕士毕业后,我与有富都留在南大任教。有富先在图书馆学系(后更名为信息管理系)工作了十多年,然后调回中文系,但他与留在中文系的我一样,始终工作在千帆师身边,始终受到老师最亲切的指导。千帆师治学,堂庑特大,涉及面很广。就主攻方向而言,有富堪称"程门弟子"中追随老师脚步最紧的一位。当年我们跟着老师读硕，规定的研究方向是"唐宋诗歌研究"。我们的硕士论文，有富做的是"唐诗中的妇女形象"，三夕做的是"宋诗宋注纂例"，我做的是"黄庭坚诗研究"。毕业以后，我因性格拘谨，才力薄弱，至今未越"唐宋诗歌"的雷池半步。三夕考上了张舜徽先生的博士生，此后主攻历史文献学。有富一面继续研究古典诗学，陆续出版了《李清照》《诗学原理》《千家诗赏析》等著作，此外还继承了千帆师的另一个主攻方向，就是校雠学。千帆师对校雠学夙有研究，曾在几所高校主讲这门课程，并开始撰写一部专书，可惜后来被迫中断。等到我们入学，千帆师就把校雠学定为我们的主要课程，亲自站在讲台上为我们讲授，我们三人则边听课边记录，整理成《校雠学略说》，曾以油印稿的形式在几所大学流传。千帆师发现有富对这门课有特别强烈的兴趣，几年后便让有富代他讲授这门课，并且师生合作，对《校雠学略说》进行大幅度的扩充、改写。经历十个寒暑，终于完成煌煌四大册的《校雠广义》。全书问世后，好评如潮，获奖无数。著名学者陶敏评为"体大思精"，洵为公论。《校雠广义》的成书，首创之功当然属于千帆师，但有富作出的贡献也极其重要。千帆师在给舒芜的信中自述著书过程说："弟撰《校雠广义》，合版本、校勘、目录、典藏而一之，发意在四十年代，中更世变，未成其书。已成部分，又为狂童毁其卡片。到南京后，弟子徐君不敏而好学，有'参也鲁'之风。邀之合作，迄今又十年，居然卷帙可观。"他又在给陈望衡的信中说："《校雠广义》得好学门生徐有富教授相助，亦经八年之久，乃得成书。"千帆师在私人信件中所说的这些话,是对有富十年辛苦的最高奖誉。有富主讲了好多年校雠学,等他退出教学一线后,其弟子武秀成、张宗友相继讲授该课。师生三代相继努力,终于把校雠学建设成南大研究生课程中的精品,堪称薪火相传的一个范例。

此外,有富爱写新诗,这与千帆师不谋而合。千帆师在青年时代热心于新诗创作,曾与好友孙望等人组织新诗团体"土星笔会",还创办新诗刊物《诗帆》。虽说他后来专注于古典诗歌研究并且"勒马回缰作旧诗"了,但留存下来的几十首新诗却是新文学长河中不容忽视的一朵浪花。有富则从中学时代就喜作新诗,几十年来从未辍笔。一开始有富对他的作品秘不示人,到了2011年,他忽然出版了《徐有富诗钞》,大家才得以窥其真容。诗集是按年月编排的,一路读来,有富的人生历程,尤其是其心路历程,清晰可睹。有些少作受到时代的影响,颇有政治口号的倾向,事过境迁,今已不合时宜。但也有不少例外,比如写于1972年的《书海》:"如把书籍比海洋,我的书籍仅池塘。蒙冲巨舰难挂帆,万吨巨轮怎起航。"此诗或受朱熹《观书有感》的影响,但对那个文化凋敝、一书难觅的艰难时世的刻画甚为生动,今日读之,仍于我心有戚戚焉。进入新时期后,有富的新诗更是充满着生活情趣,清新可诵。比如《登山小调》五首,生动地记录了1980年我们跟随千帆师一家游览栖霞山的经过,其四《谈话》云:"草木诚坚瘦,篙眼如蜂巢。投身自然界,方知诗句妙。"这是写登山途中,千帆师一边指点景物,一边引述东坡的"草木尽坚瘦""古来篙眼如蜂窠"等诗句的情景,至今读之,历历如在目前。又如有富布置作家班同学习作歌词时自己所写的《追悔》:"窗帘透着月光，秋风拍着门窗，虫儿在不紧不慢地唱。啊，我的初恋，由于我不懂得珍惜，你成了别人的新娘。"此诗宛有刘延陵、戴望舒的风调，如果谱曲传唱，说不定真能成为一首流行歌曲！

作为一位终身与文字打交道的学人，有富具有两种截然不同的素质。大家阅读他的《校雠广义》《中国古典文学史料学》《学术论文写作十讲》等著作，眼前多半会浮现一位勤奋治学、诲人不倦的严肃教授。如果阅读《徐有富诗钞》，则如睹一个浪漫潇洒、热情洋溢的多情才子。《徐有富诗钞》的封面上印着一首小诗："最是那一低头的娇羞，脸蛋儿也跟着红透。你无意中撒下情网，将我一生的爱拥有。"前面二句似有徐志摩《沙扬娜拉》的影响，全诗风格则颇像一个少年写给初恋的情诗。但是翻开诗集一看，此诗题作《情网》，其前一页印着有富与夫人李芙娟的合影，诗后所署的年代则是2006年，当时有富年过六旬，他俩已是一对"老夫老妻"了。再往前翻到写于1979年的《媒人》："你洗衣，我洗碗，咱俩相遇在水管。一回两回悄无言，三回四回偷眼看。五回六回常挂念，七回八回找话谈。树长青，水不断，咱俩媒人是水管。"诗中的"你"，就是刚刚分配到赤马山铜矿住在集体宿舍里的李芙娟，那首诗才是有富写给初恋的情诗。20余年如流水，初恋变成了老伴，有富心中的那份柔情却有增无减，对几十年前的惊鸿一瞥依然保持着如此鲜活的记忆，这真是难能可贵！正因如此，我的这位师兄不但可敬，而且可亲。质之三夕与有富的诸位弟子，不知以为然乎？

（《南方周末》2023年3月9日）

我的师弟巩本栋

顷接葛云波君来信，称巩本栋教授即将荣休，其及门弟子为此而编纂纪念文集，请余撰序。云波且传来部分样稿，分成"学术论文"与"问学录"两个板块。浏览后一板块之样稿，每篇皆言及程千帆先生。此固理所当然，巩门者，乃程门之分支也。我对此深为赞许，故撰序也从程门说起。

千帆先生的教学生涯，主要的可分成前后两个阶段。前者是在武汉大学，时间是从1945年到1977年。后者则是在南京大学，时间是从1978年到2000年。由于千帆师在1957年遭遇无妄之灾后随即被迫离开讲坛，他真正在武大从事教学的时间只有12年。当时学位制尚未建立，研究生招生的数量很少，千帆师总共只指导过4名研究生（其中一人英年早逝）。当然有些武大的本科生也对他执弟子礼，但他们或从事文学创作，或从事古代文学之外的其他学科，未能发挥集体优势。所以，千帆师一生的教学业绩，主要是在南大奠定的。自从1978年移砚南大之后，千帆师以只争朝夕的精神从事研究生培养，先后指导了9位硕士、10位博士，形成了被学界称为"程门弟子"的学术团队。时至今日，"程门弟子"以及程门的再

2007年，我与师弟巩本栋在广东开平

传弟子，已经成为南大中国古代文学这个国家重点学科的主体力量。赵昌平先生指出："由于搞出版工作的职业需要，我常注意各研究单位的学术动态，总感到南大中文系，至少是中古段的群体力量是学界的一种新气象：有老成典型的带头人，有功底深厚的若干中坚，更有一批虎虎生气、成绩突出的后起之秀，尤可贵者是能彼此紧密合作、有发展成学派的趋势。"千帆师生前不许我们轻言"学派"，自当遵循。但是"紧密合作"一语，确实说出了程门弟子的一大优点。无论是研究学术还是指导学生，我们确实是一个声同气应的团队。凡是本学科承担的重大研究课题，最后形成的成果都是集思广益的结晶。研究生教学亦然，学生入学后，从选修课程、中期考核到开题报告、论文答辩，都能接受整个团队的指导。每逢导师出境讲学,辄将其名下的学生交给师兄弟"委培"一年半载,这更增添了学生亲炙其他老师的机会。由于程门再传弟子人数众多,我们不可能全都熟识,但彼此之间的关系是水乳交融的。此刻我浏览巩门弟子的文稿,就看到好几个熟悉的姓名。至于前来约我写序的葛云波,则是拙作《浮生琐忆》的责任编辑,多年来书信不断。所以我提笔作序,便有几分亲切感。

当然,我为此书撰序更重要的原因是巩本栋教授是我的同门师弟。千帆师生前常说,两个人成为师生,是前生结下的缘分。其实成为同门的师兄弟,也是前生结下的缘分。我生于苏南的无锡,本栋生于苏北的丰县,两地相去数百里。我们的年龄则相差6岁,在正常的年代里不可能成为同学。在进入程门之前,我俩的行踪只在1975年曾一度靠近。那年我独自漂泊到安徽泗县,在汴河公社安身。与我交好的中学同学都留在江南,他们都未像我那样弃理从文(高考恢复时他们都选择数学系或物理系)。当我在暂时栖身的汴河农具厂里诵读古文时,心中充满了"独学而无友"的凄惶感。泗县地处安徽的东北一角,北接江苏的睢宁,东接江苏的泗洪。我在厂里停工时曾坐着拖拉机到泗洪县城去玩过,但北游睢宁的计划一直未能实施。其时本栋正在睢宁的苏塘果园插队,那里离汴河只有30来里。不过他身边正有青梅竹马的王一涓女士相伴,也许并无"嘤其鸣矣"的念头。总之那时的我们虽然都在那块小天地里接受贫下中农的"再教育"(就此点而言,我倒已是他的师兄),但终于失之交臂。其后,我于1978年进入安徽大学外语系读本科,次年考取南大中文系研究生,从此立雪程门。本栋则先后在沛县师范学校、南京师院、西南师院辗转求学,最终于1987年考入程门。只要我们在求学过程中走过一次歧路,便不会成为师兄弟。这不是前生有缘,又是什么?

在程门弟子中,本栋有些行为与我较为相似,比如沉默寡言,又如饮少辄醉。当然,在程度上还是有所差异。程丽则师姐曾说我"一天不说三句话",但她并未这样说过本栋。至于饮酒,本栋曾在与南大文学院兄弟专业进行团体赛时一连"浮三大白",力压对方主将丁帆教授的气焰。当时我坐在同桌,但未敢主动出战。事后王一涓责怪本栋饮酒过量,本栋分辩说:"为了专业,为了专业。"王一涓对此不以为然,我则从此对本栋刮目相看,深信他可以奉命于危难之间。本栋在程门弟子中最大的特点是恪守师训,几乎言必称程先生。他在指导学生时,也完全遵循千帆师当年的程式,比如让学生在入学之初用白话文、文言文及外语写三篇自传之类,几乎是萧规曹随,这在同学们的回忆文章中多有论述。我觉得本栋对千帆师的态度,颇似颜回之于孔子。《论语》中有两段话常使我联想到本栋,一是孔子曰:"吾与回言终日,不违如愚。退而省其私,亦足以发,回也不愚。"二是颜回自言其志曰:"愿无伐善,无施劳。"至于本栋的学术成就与教学业绩,则有其认真撰写的十余部著作与精心培育的近百位弟子在,有目共睹,不用我来多说。

本栋即将从南大退休,这是可喜可贺的好事。本栋自述其心态说:"作为程门弟子中的一员,有先生的榜样在前,尤应恒自诫惕,奋发有为,以退休为新的学术起点,努力前行,做出成绩!纵不能至,而心向往之。"老骥伏枥,志在千里,当然可喜。我则认为退休标志着自由支配人生的开始，作为大学教师的本栋从此不受现行管理制度的约束，从此与申报课题、填写表格之类的活动一刀两断。退休以后，本栋既可像陶渊明那样"好读书，不求甚解"，也可像陶渊明那样"常著文章自娱，颇示己志"。那才是读书人最惬意的生存方式，而本栋先我得之，岂不可贺哉！

（葛云波主编《九畹芳菲：巩本栋教授荣休纪念文集》，中华书局2020年版）

一位台湾学者的剪影

剪影一：台湾清华大学人文社会学院的一间办公室里，一位教授正在训导研究生。他指着摊开在桌上的几篇论文草稿，从引文的舛误、文字的瑕疵，到观点的欠稳妥、论证的不周密，逐一指陈，声色俱厉。几位研究生面红耳赤，汗流浃背，口中嗫嚅，不敢抬头直视教授。也许是觉得气氛过于压抑，一个黠慧的女生插话说："前天在先生家看到那两只猫，好可爱唷！"教授脸上顿现霁色，他连连点头称是，说："你们还不知道呢，那两个小家伙，非要我本人喂食才肯吃。有一天我有事不能回家，请邻居代喂一次，同样的猫粮，它们竟然掉头不顾！"说着，他眯起眼睛，脸上浮现幸福的微笑。

剪影二：秋日的一个下午，大雨滂沱，桃园机场的窗外早已漆黑如夜。候机厅里灯火通明，人声鼎沸。已经延误了许多航班，旅客和接机者乱作一团。有一班从香港飞来的航班，原定于下午四时到达，一延再延，直到晚上八时还不见踪影。接机的人们心急如焚，纷纷挤在问讯处的柜台前问长问短。只有一位男士神情淡定地站在远处，仿佛眼前的纷扰与其无关。其实他也是来此接人的，而且已经等候半天。终于飞机降落了,男士接到了一位大陆学人,寒暄之后,随即驱车前往新竹。他把客人送进清大的招待所,将事先备好的衾枕等物一一交代清楚,方才辞去,此时已近午夜。奔波、等待了大半天,他并未流露出丝毫的烦躁或怨尤,依然是彬彬有礼,温文尔雅。

2015年,朱晓海在台湾清华大学讲课

剪影三:在南京大学仙林校区逸夫馆的教室里,一位客座教授正在讲台上侃侃而谈。课程的名称是"南朝名家研究",并无新奇之处。但教授的讲法却不同寻常。首先是他连续讲授五个小时,并不安排课间休息。下课的铃声已响过多次,他却充耳不闻。其间学生可以自由走出课堂去盥洗间或在走廊里小憩片刻,他自己则滔滔不绝,只是偶然停下来喝两口咖啡,吃几片饼干,像是给发动机加点油。其次是虽然连讲五小时,他却毫无倦色,直到最后依然激情洋溢,口若悬河。他仿佛穿越到他十分钟爱的六朝去了,正与沈约、谢朓等人谈诗论文,离别之际依依不舍,故迟迟不肯下课。

剪影四：夏日的南京，骄阳似火。虽然已是黄昏时分，斜阳的光芒却余威不减。在南京大学仙林校区的候车点，等车的老师纷纷躲在树荫下。他们大多衣着随意，有的已是神情疲苶。这当然很正常，毕竟天气炎热，又是刚从课堂里出来，难免散漫一些。只有一位男士与众不同，他气宇轩昂，挺立如松，西装革履，领带端正。他也是刚刚走下讲台，要赶校车返回鼓楼校区的寓所，但他精神饱满，毫无倦色。无论是仪表还是精神状态，都堪称鹤立鸡群。

顷者，台湾"中央大学"郭永吉教授来信，称明年元月是台湾清华大学朱晓海教授的六五华诞，他与几位朱门弟子正在编撰《朱晓海教授六五华诞暨荣退庆祝论文集》，请我作序，并说另一位作序者是吕正惠教授。读罢此信，历历往事涌上心头。14年前，我应晓海兄之邀请，到台湾清华大学担任客座教授。客中无聊，新竹又多风雨，颇感孤寂。幸有朱、吕二人时相过从，或对酒论文，或品茗清谈。虽术业各有专攻，但志趣堪称相投。如今为庆祝晓海兄荣退的纪念文集作序，又能附于正惠兄之骥尾，当然义不容辞。可是此序如何着笔呢？晓海兄曾负笈于台湾地区、美国、香港诸大庠，所获之学位则分属文学、史学、哲学诸学科，乃潜心向学之博雅君子也。其早年治学范围极广，论著涉及《周易》《黄帝四经》《荀子》等，在我看来皆如天书。近年晓海兄由博返约，专治辞赋及六朝诗歌，我对之也所知甚少。如勉强予以评说，只恐隔靴搔痒，难中肯綮。幸而这不是晓海兄本人的学术著作，而是朱门弟子所编撰的纪念文集，我的序言自可只言其人而不涉其学。自从两岸恢复交流以来，我结识的台湾学人不在少数，其中以晓海兄给我的印象最为深刻。晓海兄浸润六朝文学最深，其风调亦颇似六朝人物：其喜好饮酒且率性而行，颇似阮嗣宗；其性格峻急且嫉恶如仇，颇似嵇叔夜；其举手投足不失故家风度，颇似陆平原；其待人诚恳而语言直率，颇似陶靖节……但是这方面的情况，最好让专治六朝文学的友人来予以评说。我则只能说说耳闻目睹得来的晓海兄之印象，上文所列的四幅剪影，就是我心目中的晓海兄也。如此可敬、可爱的一位老师、学者，其及门弟子各撰一文为先生寿且纪念其荣退，不亦宜乎？

（《中华读书报》2015年12月30日）

第四辑

华夏诗神的异域知音

钱林森先生主编的《法国作家汉学家论中国古典诗词》即将付梓,他传来书稿让我先睹为快,并向我索序。事实上我有充分的理由可以推辞,因为我既不懂法文,又对法国汉学界的情况一无所知。但是钱先生指出:30多年前此书以《牧女与蚕娘》之名初版时,程千帆先生曾慨然赐序。如今此书以崭新的面貌推出第三版,而千帆先生已归道山,此版理应由其弟子撰序,以体现薪火相传的学术精神。我忝立程门,又年齿较长,既然义不容辞,只得摄官承乏。

据说上帝为了阻止人类建造巴别塔而让他们操不同的语言,我觉得上帝此举虽然对人类中的工程技术人员颇为不利,却是诗人们的福音。正是语言文字的多样性使人类的诗歌变化无穷,多姿多彩。然而任何事物均是祸福相倚,利弊参半,语言文字的多样性毕竟给诗歌的阅读造成了障碍。钱锺书先生在日本早稻田大学发表的演讲中说:"我是日语的文盲,面对着贵国汉学或支那学的丰富宝库,就像一个既不懂号码锁又没有开撬工具的穷光棍,瞧着大保险箱,只好眼睁睁地发愣。"此语若指学术论著,并不十分准确,因

1997年，钱林森先生在巴黎

为我们可以通过翻译得到弥补；若指诗歌阅读，则相当合理。虽然有许多翻译家在孜孜不倦地从事诗歌翻译，但我一向认可美国诗人弗洛斯特的判断："所谓诗，就是翻译之后失去的东西。"试看弗氏的著名短篇《未选择的路》，顾子欣、方平等人的汉译都相当不错，但毕竟减损了原作的韵律之美，不如直接阅读原文。然而我只学过英语，遇到非英语的外国诗歌，仍然要读译文。年轻时爱读雨果的小说，顺带着也喜欢上他的《秋叶集》《光与影》等诗集。可惜不懂法语，只好从译本中约略想象法语原作的声情之美。同样，我读波德莱尔《恶之花》中有关"醇酒妇人"的诗作，例如《旅行》的第八节，也有同样的遗憾。总之，把诗歌翻译成其他语言，是一种不得已而为之的权宜之计。当然，我绝无丝毫轻视诗歌翻译家的意思，相反，我对他们深表敬意。正是他们的辛勤劳动，使我这样连法语字母也不认识的中国读者得以依稀领略雨果和波德莱尔的诗歌。同样，正是某些法国作家、汉学家的辛勤劳动，使中国古代的一些名章佳句走进了法国普通读者的阅读视野。更加重要的是，这些翻译家往往也是努力研究中国古典诗歌的优秀学者，像雷米·马修、郁白、桀溺、保罗·雅各布、胡若诗等人，他们的优秀论文都被收进本书。

法国的作家或汉学家研究中国古典诗歌，是一件难度很大的事情，因为无论空间还是时间，主体与客体之间都存在着巨大的跨度。首先，法、中两国相去万里，江山异域。其次，法国学界研究中国古典诗歌起步甚迟。法国学界对古典文学的研究或始于弗朗索瓦一世于1530年成立的法兰西学院（College de France），但它研究的对象只是希腊语、拉丁语和希伯来语的文学，当时的法国学人对遥远东方的汉语古典诗歌闻所未闻。而且1530年是中国的明代嘉靖九年，日后受到法国学人重视的中国古典诗歌在那时早已进入尾声，连唐诗都已过去了600年，更不用说《诗经》《楚辞》了。至于钱先生在本书中选录的法国学者，则都是生活在20世纪以来的现代人。让他们来研究中国的古典诗歌，既要"视通万里"，又要"思接千载"，这需要何等卓越的思维穿透能力！然而抽读本书的部分文章后，我对他们达到的学术高度深感钦佩。

31年前，我在《神女之探寻——英美学者论中国古典诗歌》的序言中说："如果说一般的西方读者仅仅通过译文约略地窥见了东方诗神的惊才绝艳，如果说庞德等西方诗人对中国诗歌的倾倒还是稍嫌仓促的一见钟情，那么，西方学者（尤其是最近半个世纪的西方学者)对中国古典诗歌的深入研究,则已经显示出他们对东方诗神确是在'上下而求索',他们不仅注意到她的翠羽明珰、浓妆淡抹,而且还注意到从她的眉尖颦笑看到心底波澜。"那是我当时拜读了大卫·霍克斯、海陶玮、宇文所安等英美学者的优秀论文后得出的结论。现在看来,他们的法国同行在同类研究中达到的学术高度毫不逊色。试举一例。中华先民在文字表达上向以简练为原则,孔子说"辞达而已矣",陆机说"要辞达而理举,故无取乎冗长",刘勰说"芟繁剪秽,弛于负担",皆是此意。加上汉语、汉字的独特性质,使得中国古典诗歌的篇幅都比较短小,很少有长篇巨制。唐诗中的重要体裁如五言绝句,全篇只有20个汉字。这与欧洲诗人动辄成百上千行的长诗相比,可谓大异其趣。有些学者视中国古诗的简短为缺点,比如美国学者夏志清,本是华裔,却认为欧洲诗歌多长篇巨制而"唐诗也不好的,诗太短了"(见王寅《赫德逊河畔访夏志清》,《南方周末》2007年1月11日)。相反,本书所收的保尔·戴密微的《中国古诗概论》则对五言绝句这种诗体赞不绝口:"如果读者脑子里充满了我们的地中海文化的传统,他也许会觉得这种诗太短小了……人们采用只有二十个音节的四行诗的形式是不可能创作出伟大的诗篇的。请注意这一点!然而,这些音节中的每一个音节本身就是一个小小的世界,它宛若变化多端的胚芽一样,是一个充满着辐射性涵义的语言单位,它能够在听觉上和视觉上产生强烈的共鸣,因为它是用本身就是艺术作品的图画似的文字写出来的,它的发音含有能在韵律上发生作用的音调的变化;它能通过一些以继承的方式训练出来的心理重心去触及美学上的敏感性,而我们的心理学和生理学却不能使人产生这种类似的心理重心。"相比之下，夏志清可谓数典忘祖，而戴密微却能欣赏异域诗歌的异量之美，其论析深中肯綮，堪与李白、王维等擅长五言绝句的唐代诗人相视而笑。

总之，我认为本书的编选是很有意义的，书中的文章确实值得译介给中国的古典诗歌研究者以及一般读者。我因此对长期从事中法文化交流的本书主编钱林森先生表示由衷的敬意。

(《中华读书报》2020年9月16日)

老见异书眼犹明

为人作序是件苦差使，因为必须读原来未必想读的书，还要说些原来未必想说的话。所以我每遇有人索序，一向敬谢不敏。但是陶文鹏兄为他即将出版的《点睛之笔：陶文鹏谈词》向我索序，我却一口应承，原因有二。首先是我敬重其人，其次是我爱读其文。后者也许更加重要：文鹏兄的这本新书是关于唐宋词赏析的短札之结集，论述细致入微，文字清新可诵，读稿绝非苦事。

几天前凤凰出版社送来了《点睛之笔》的清样，供我撰序时参考。清样是散页，我把它们堆放在茶几上，人则随意"躺卧"（汉语词典中未收此词，但我曾在俄国小说《奥勃洛莫夫》的中译本中读到过，并非杜撰）在沙发上，逐页取读。既不必正襟危坐，也无需把一本厚书捧在手中，这种读书姿态要让金圣叹看到，定会欢呼"不亦快哉"！果然，整个阅读过程十分愉快，正如陈师道所云，"书当快意读易尽"，不到两天，500页清样全部读完，还随手校出10多处排版错误。剩下的事情便是坐到书桌前写序了。

《点睛之笔》这个书名起得真好，本身便称得上"点睛之笔"！书中论说的对象都是从唐宋词中采掇的警句，它们都在原词中起到

2019年，陶文鹏在英格兰

了画龙点睛的效果，对它们的评析也能探骊得珠。全书共75篇，每篇各成一类，只有《奇句：具象与抽象的焊接》分上、下两篇，当是初刊于杂志时受篇幅所限之故，其实收到书稿中不妨合二为一。所以事实上全书共分74类，每类所收的例句从3例至11例不等，论析文字也长短不一。分类的标准并不统一，有些是按词人，有些是按词作内容，更多的则是按艺术手法。即使是前两大类，分析的重点仍是艺术。借用传统的术语，这些小类皆可称之为"品"。比如《诗情画意写江南》与《词家笔下春光好》两品，都是按内容分类的，但前者论白居易的"日出江花红胜火，春来江水绿如蓝"二句"运用色彩映衬、意象叠加和形象比喻等艺术手法"，后者论"绿杨烟外晓寒轻，红杏枝头春意闹"二句说："可见，'轻'与'闹'两个字，使这一联诗同时给予欣赏者以视、触、听三种感觉的审美享受。"都是从艺术角度着眼的。又如书中以词人设品者共有皇甫松、温庭筠、晏殊、周邦彦、李清照、朱淑真、辛弃疾、姜夔、吴文英、蒋捷等10人，但观其品目，如《金荃词：秾艳密丽与清新疏朗》《白石词：冷香幽韵　清空奇警》等，皆是从艺术风格着眼。况且以文鹏兄之性情趣味，在宋代词人中应是首重稼轩，但此书设品最多者却是周邦彦，多达七品，原因当是清真词中成为风格载体的警句最多，比如《清真词：愈钩勒愈浑厚》《清真词：炼字琢句　典雅精工》等品皆是如此，这分明是侧重艺术分析导致的结果。

　　《点睛之笔》所设品目中有一些属于词学常识，比如《豪放婉约　二水分流》《摹写物象与表现情志》等，更多的则是别出心裁的独特设计，比如《词中小剧　人物活现》指出："有一些词描写了人与人或人与物的'对话'，设置饶有戏剧性的场景，把词篇写成了一出出意趣洋溢的抒情小剧。"所举例句有李清照《如梦令》中的对话，并认为可把"卷帘人"解作清照的丈夫赵明诚，"把这首小词读作夫妻间的戏谑，才能品味出其中的生活情趣与戏剧性"。又举辛弃疾《沁园春》中"杯，汝来前"数句，认为"这一出寓庄严于谐谑的词中喜剧，是辛弃疾的艺术独创，在词史上可谓别具一格"。又如《不着影字　妙绘物影》指出在张先善用"影"字之名句外，也有"写影而不着影字者"，并举秦观《满庭芳》中"金钩细，丝纶慢卷，牵动一潭星"，以及苏轼《水调歌头》中"一千顷，都镜净，倒碧峰"诸句，并进而分析其艺术特征。此类品目只要加以扩充，完全可以构成一篇学术论文，可见其蕴含着很高的学术价值。有些品目虽曾参考成说，仍有扩充创新之处，例如《数量词妙用诗意浓》先引王水照先生《"一蓑雨"和"一犁雨"》一文的结论："量词的活用和妙用，不仅扩大了诗歌意象的涵义，而且也使诗境充满动感和活力。"然后举苏轼《望江南》中"半壕春水一城花，烟雨暗千家"二句，以及周晋《点绛唇》中"未成新句，一砚梨花雨"二句为例。前者所举的例句及分析都受王文启发，后者不但出处冷僻，分析也独具只眼："用了这个'砚'字，读者便可以联想到还有笔、墨、纸张等，进而想到大梨树下应有放置文房四宝的桌子……当一瓣瓣梨花像雨点飘落到砚池里，那墨汁带着花香，花香定会飞上初成的诗句。"类似的品目还有《妙用倒喻　耳目一新》《拟人拟物　"瘦"字俱妙》等，精义纷现，美不胜收。

《点睛之笔》在整体结构上是有所考虑的，比如《顿入陡起　气势不凡》《文前有文　突然喷出》二品是论开篇的，《结尾四法　各有佳处》《结拍象征　意蕴深邃》二品是论结尾的，四品互相呼应，当在动笔之前先有整体的布局。但是多数品目似乎是随意所至，信手拈来，全书颇似一盘散珠，并未缀成珠串。这种貌似散漫的结构，正好强化了各品的独立性质，也很符合本书的写作动机。文鹏兄主编《文学遗产》时对文献整理、史实考证及理论阐述的稿件一视同仁，但他本人最喜爱的研究路数似乎以艺术分析为主，本书就是一本"谈艺"之作。读完全书，我相信文鹏兄写作本书时肯定心旷神怡，他时而点头微笑，时而拍案叫绝，他对那些警句的欣赏喜爱之情洋溢在字里行间。从"知之"到"好之"，再到"乐之"，是文鹏兄阅读古典诗词的三个阶段，本书的构思、撰稿也包含着这三个过程，最值得称道的则是"乐之"的心态。正因如此,本书的主要价值均与此心态有关。一是选目精审:相传苏东坡写过一本诗话叫《百斛明珠》,本书的评说对象也是从存世的近三万首唐宋词中精心挑选出来的三百多颗明珠。文鹏兄决定选目时并未用某种词学规范为标准来逐一衡量,而是游目骋怀,忽焉"目成"。比如皇甫松是花间派中不太起眼的一位词人,本书不仅为其专设《檀栾子词:写人状景 虚实俱佳》一品,还在《诗情画意写江南》中选录其《梦江南》中"闲梦江南梅熟日,夜船吹笛雨潇潇,人语驿边桥"三句,堪称慧眼识英。二是谈艺精微:有些警句的佳处并非一望即知,经过文鹏兄之解说方令读者恍然大悟,比如范成大《眼儿媚》中"溶溶泄泄,东风无力,欲皱还休"三句(其上二句是"春慵恰似春塘水,一片縠纹愁"),本书解曰:"三句都是进一步具体描写春慵与縠纹之'愁'的,因此属同类物象情事互相牵合。'溶溶泄泄',水波缓缓晃动、荡漾;'东风无力,欲皱还休',说东风太细微、柔软无力了,它想吹皱春塘水,但水纹又平下来,静止了……用无力的春风和欲皱还平的波纹来比拟、形容春慵的状态,化抽象为具象,而且写得特别生动细致、微妙熨贴。"有些警句的妙处人所共知,文鹏兄的解说则独辟蹊径,发人深省,比如向子諲《秦楼月》中"空啼血,子规声外,晓风残月"三句,大家都知道这是抒写靖康事变引起的家国之痛,文鹏兄则评曰:"读者感觉这啼血的杜鹃鸟就是词人的化身,词人与杜鹃融合为一。笔者由这个结尾,不禁联想到中国现代诗坛巨擘艾青写于抗日战争期间的名篇《我爱这土地》:'假如我是一只鸟,我也应该用嘶哑的喉咙歌唱……为什么我的眼里常含泪水？因为我对这土地爱得深沉。'古代和现代的爱国诗人，都是啼血歌唱的杜鹃鸟。"用现代诗作为参照对象，得以加深读者对这首宋词爱国意蕴的理解。将古典诗词与新诗进行比较评析而不流于表面化，此前只有杨景龙的《中国古典诗学与新诗名家》一书深惬我意，今读此书，也有同感。

陆游诗云："老见异书犹眼明。"我写完序言，便想用这句古诗作为标题。研究古典文学的"学术著作"（余光中戏称为"瞎说猪炸"）大多严肃枯燥，读之令人昏昏欲睡。《点睛之笔》则是一本"异书"，让我的眼睛为之一亮。得陇望蜀，希望文鹏兄今后再写续编，因为古典诗词中的遗珠是采撷不尽的。比如本书《词中小剧 人物活现》一品，便可增补刘过《沁园春》，那出小剧中竟有包括词人在内的四位人物闪亮登场（还不算幕后人物辛弃疾），真是一颗晶莹圆润的大珠，不知文鹏兄以为然否？

（《中华读书报》2019年4月10日）

少陵功臣的新著

最近，林继中学长将其杜甫研究论文结成专集，示以书稿且索序焉。我与林兄相交多年，且夙以兄长视之，故不敢违命。上世纪70年代末，我考入南京大学，在程千帆先生门下读研。与此同时，林兄考入厦门大学，从周祖譔先生攻读硕士学位；后又考入山东大学，从萧涤非先生攻读博士学位。程先生与周、萧两位先生相交甚笃，我与林兄则谊属"通家"。1982年9月，程先生亲赴厦门主持林兄的论文答辩。1984年9月，萧涤非先生审阅我的博士学位论文，亲笔填写论文评议表。我与林兄都是被"文革"耽误了十年青春的一代学子，否极泰来，总算搭上了前辈学者招收研究生的末班车，又因师长的交情而彼此结识，不但能从导师以外的前辈学者处亲聆教诲，也能与同门以外的"通家"互收切磋之益，真是三生有幸。我与林兄才性不侔，他才力充沛兼擅书画，而我只会死读书；他任校长多年且不废治学，而我当个普通教师还感到汲深绠短，但我们都是喜欢读书的素心人。岁月荏苒，转瞬之间我们都已两鬓苍苍。2008年夏，我与林兄同游新疆，在吉木萨尔道口临别赠诗，有句云："多情最是天山雪，偏照临歧两白头。"常以为此生能得知己如林兄者数人，足矣。如今忽蒙林兄不弃，命我作序，"敬谢不敏"的话又怎能说得出口！

况且杜诗本是我与林兄共同的爱好，我对林兄新著中的观念深为认同，愿借作序的机会表示同声相应。林兄是名至实归的杜诗专家，他在萧涤非先生指导下完成的博士论文题作《杜诗赵次公先后解辑校》，该文由三部分

林继中在书房

组成：第一部分是前言，第二部分是对早已散佚的前半部赵注的辑佚，第三部分则是对后半部赵注的明钞本的校订，后两个部分合在一起，就是现存赵注的全貌。萧涤非先生称它们"为今后杜甫研究提供了一个至今为止最为完善的赵注本"，诚非虚誉。《杜诗赵次公先后解辑校》于1994年公开出版，当即引起杜诗学界的瞩目，八年后再版的修订本更趋完善。由于林兄的这个贡献，他已成为学界公认的杜诗专家，也是我心目中的少陵功臣。我则不然。我虽然也写过两本关于杜甫的书，以及几篇杜甫研究论文，但都是零打碎敲，格局既不成体统，成就也微不足道。但是我自信有一点是与林兄相

同的,那就是由衷地敬仰杜甫,我们对杜甫的热爱都始于踏上学术研究的道路之前。在我们心目中,杜甫不仅仅是学术研究的对象,也不仅仅是诗歌史上的古人,杜甫一直以蹇驴破帽的潦倒模样混杂在我辈中间,他的文章歌哭都能引起我们内心的深刻共鸣。"瞻之在前,忽焉在后",在我们的人生道路上,杜甫的身影将会伴随终生。

林继中的新著题作《杜诗学论薮》,分成三编。上编收文5篇,是关于杜诗的"宏观研究";中编收文10篇,是关于杜诗的"微观研究";下编收文5篇,是关于杜诗学史的研究。此外附录2篇,主题虽是李白,但文中兼及杜甫,李杜齐名,二文附于本书,亦甚相宜。这些论文中约有三分之二是我早已读过的,其中有半数是读后留下深刻印象的。这次为了写序,又重新阅读一过,感受颇深。林著中颇有严谨细密、体大思精的论文,例如中编的《杜诗〈洗兵马〉钱注发微》和下编的《赵次公及其杜诗注》,堪称近年来杜诗研究中的重头文章。先看前者。钱谦益注杜,以深度阐释见长,他曾借钱遵王之口,自诩其对《冬日洛城北谒玄元皇帝庙》《洗兵马》《诸将五首》诸篇的笺释达到了"凿开鸿蒙,手洗日月"的高度。后人对这几首的钱笺多予肯定,但对《洗兵马》一篇则议论纷纷。钱笺认为《洗兵马》的主旨是讥刺:"《洗兵马》,刺肃宗也。刺其不能尽子道,且不能信任父之贤臣以致太平也。"对此,清人多不以为然,朱鹤龄、潘耒、浦起龙等人严词痛驳,以为《洗兵马》乃颂体,并指斥钱笺为深文曲解。惟杨伦折衷调停,认为"深文固非,即泛说亦非也"。当代学者多有称赞钱笺独具手眼者,但批评钱笺的人也不少见。可以说，钱氏《洗兵马》笺注的是非功过，仍是一件聚讼纷纭的学术公案。林继中认为这个问题"涉及理解的客观性、历史性与阐释的有效性诸问题"，故进行了全面的深入研究。从表面上看，林文仍是平亭众说，对钱笺的态度则接近杨伦。但是，林文是在更深的层面上得出这个结论的。首先，林文对相关史实进行详尽深密的考订，搜集史料竭泽而渔，探索隐情则深入幽微。其次，林文对杜诗文本的解读也超迈前贤，不但对《洗兵马》一诗穷究底蕴，而且用其他杜诗来"以杜证杜"。其三，林文对钱氏其人及所处时代进行全面的观照，对钱笺的失误和合理性均有平实公允的判断。所以林文的一系列结论都是逻辑严密、坚确可信的，如"钱汸作为对肃宗朝史料的理解或许是深刻的，但作为对该诗主题意指的把握却是不准确的"，以及"将眼光越过'忠君'、'温柔敦厚'的定势看杜诗，并将《洗兵马》视为后半部杜诗的一个新起点，与之连成一个整体来读，从'大胆议论君主'的角度重新认识杜诗，则钱注无疑极具启发性"，蒙叟地下有知，当亦心服。再看后者。《赵次公及其杜诗注》原是《杜诗赵次公先后解辑校》一书的前言，长达三万字，实为一篇体大思精的学术论文，足以单独成篇。该文对赵次公的生平进行考证，在文献不足的情况下得出了堪称精当的结论。该文又对赵注的本来面目和来龙去脉作了深入的探究，基本弄清了赵注的版本源流。该文还对赵注明钞本进行详尽的考证，证实此本既非赝本，也非清钞本，这个结论堪称定谳。此外，该文还全面考察了赵注在题解、串讲、品评、系年、句法义例等方面的情形，并分析了后人对赵注的误解，从而对赵注的价值作了实事求是的评判，精当公允。

如果说《杜诗赵次公先后解辑校》一书堪称"少陵功臣"的话,那么《赵次公及其杜诗注》一文就堪称"次公功臣"。上述两篇论文都是当代杜诗研究的重要成果,是足以载入杜诗学史的学术记录。顺便指出,这两篇文章都是发表在《中华文史论丛》上的,文章的学术水准与刊物的学术品位交相辉映。

林著中的论文大多立意新颖,或自创新说,或力破陈说。前者如《杜律:生命的形式》。杜甫对律诗艺术的贡献,前人论之已夥,但人们大多从格律形式或题材走向方面着眼,林文则指出:"杜律有自家的'逻辑'与'秩序',那就是以情感生命起伏为起伏,极力追摹生命的节奏,让诗的形式之律动与人的内在生命之律动取得同步合拍,并由此焕发出诗美。"值得注意的是,此文的思路和视角颇有与西方现代文艺理论相通之处,但它并未照搬西方理论的名词术语,它的结论是通过对杜甫的律诗所作的极为细致的文本分析而得出的,富有说服力。文末引美国符号论美学家苏珊·朗格的话以作结:"假如它是一首优秀的诗篇,它就必然是一种表现性的形式……这种表现性形式借助于构成成分之间作用力的紧张和松弛,借助于这些成分之间的平衡和非平衡,就产生出一种有机性的幻觉,亦即被艺术家们称之'生命的形式'的幻觉。"但这不是对西方话语的套用,而是对"东海西海,心理攸同"的学理的生动证明。后者如《诗心驱史笔——杜甫〈八哀诗〉讨论》。杜甫的《八哀诗》,历来多遭讥评,主要集矢于"芜词累句",宋人叶梦得首创此说:"《八哀》八篇,本非集中高唱……极多累句,余尝痛刊去,仅各取其半,方为尽善。"后人刘克庄、杨慎、王士禛等皆附和之,几成定论。林文则从《八哀诗》的"传记诗"性质入手,认为"杜甫有意增加叙述的成分,追求史传的效果",从而"放笔直叙,结构完整谨严,用以记人"。林文还指出,《八哀诗》虽是"以组诗的形式来表现一代英灵,取得史的反思致用的效果","但仍以'伤时'的抒情性为主脑,为此甚至不避与'史笔'相左的'累句'、'失轻重之体',而力求感情的回荡、寄思的饱满"。此文并非专门针对"累句"之说的驳难,但它以更广阔的视野和更宏通的眼光审视了《八哀诗》的特殊性质,从而使"累句"说不攻自破。林著中的这些论文并未有意标新立异,但它们以实事求是的态度研究杜诗,得出的新颖见解具备充足的文献基础和学理依据。在我心目中,这就是古代文学研究领域中最有价值的论文。

从整体上看,林著有两大特点。第一个特点是广阔的学术视野。林继中的学术研究虽以杜诗为主要对象,但他对整部古代诗歌史了然于胸,对诗歌在唐宋时期的发展演变有着尤其深刻的理解。林继中著有《文化建构文学史纲》,对中唐至北宋近四百年的文学史进程进行论述,重点考察了中唐至北宋的诗歌发展的流程,而杜甫在诗歌史上典范地位的奠定,正是此段文学史中最为重要的事件。收入本书的《杜诗与宋人诗歌价值观》《杜诗与宋人诗歌价值观续论》,就是产生于这种广阔学术视野中的具体成果。这种"综观衢路"的论述,当然远胜于"各照隅隙"的作家研究。林著的第二个特点是全书洋溢着热爱杜甫的感情色彩。当代学人往往误认为学术研究中不应渗入感情,这甚至被视为一种学术规范。但是古代文学研究,尤其是古典诗歌研究,又怎能彻底剔除感情因素?中国古典诗歌的基本性质是抒情,"言志"也好,"缘情"也好,其实都是对这种性质的认定。杜诗更是如此。杜甫被梁启超称为"情圣",一部杜诗就是这位情圣百感交集、歌哭无端的诗语表述。清人卢世㴶云:"《赴奉先》及《北征》,肝肠如火,涕泪横流,读此而不感动者,其人必不忠。"林继中读杜,就进入了涕泪横流的境界。林继中论杜,也时时伴随着强烈的感情。当代的杜诗学论著,很少以杜诗的情感为研究对象,本书中却有多篇论文专论杜甫的道德情操或杜诗的情感内蕴,比如《论杜甫"集大成"的情感本体》《杜诗的张力——忠君爱民思想在杜诗中的表现形式》《杜诗情感意象的一种构图方式》,它们都是逻辑严谨、思虑周至的学术论文,但字里行间激荡着感情的波澜。我相信这些文字定会以严密的论证说服读者,也定会以充沛的感情打动读者。《杜诗学论薮》将受到杜诗学界和广大杜诗爱好者的双重欢迎,是胜券在握的。

(《中华读书报》2014年8月20日)

卅年功夫磨一剑

—— 由邓国光新著引起的几点感慨

今人和古人的著述有什么不同？人们或许能从内容或水平等方面列举出千百点相异之处。我则认为最重要的是两者从事著述的态度南辕北辙。概而言之，古人对著书立说的态度是非常认真、非常严肃的，他们甚至将"立言"与"立德""立功"并列为人生不朽之事业。著书立说既然如此重要，岂可掉以轻心、率尔操觚？所以古人从事著述，莫不呕心沥血，鞠躬尽瘁。司马迁著《史记》，既是遵守父亲的遗命，也是自觉继承孔子著《春秋》的文化传统，"惜其不成，是以就极刑而无愠色"。曹雪芹著《红楼梦》，虽是小说家言，却也"披阅十载，增删五次"，在举家食粥的窘境中发愤著书。我每次读到司马迁《报任少卿书》中的"仆诚已著此书，藏之名山，传之其人，通邑大都，则仆偿前辱之责，虽万被戮，岂有悔哉"，或《红楼梦》第一回中的"满纸荒唐言，一把辛酸泪。都云作者痴，谁解其中味"等文字，眼前就会浮现出古人在荧荧烛光中伏案疾书的身影，他们笔下流淌出来的每一个字，都是"以血书者"。于是古人的著述往往有两个特点，一是不图名利，二是耗费数十载精力

2006年，我与邓国光在澳门

于一部书稿。前者如古代伪书甚多，伪书混淆真伪，固应受到谴责，然细究作伪者之用心，多出于珍爱其著述而望其流传。其实像《孔子家语》及今本《列子》等书，即使实署王肃、张湛之名，仍然价值匪浅，但作伪者宁愿嫁名前贤而不惜泪没己名，自重其著述之故也。后者如杜诗之注释，多有毕生从事斯业者。宋人黄希注杜，至死未竟，其子黄鹤继之，方成全帙。清人钱谦益与朱鹤龄二人注杜，先合后分，整个过程长达20余年，钱注在其身后3年方付梓，朱注也到65岁才刊行。仇兆鳌注杜，到67岁方成书，付梓后又不断修订达10年之久。

反观今人之著述态度，似乎事事相反。概而言之，一些今人对著述的态度是极不认真、极不严肃的，他们常常将著述视为沽名钓誉、获取利益的工具。由于在当代大学或学术机构中盛行所谓的数量化管理，评审职称只看著作、论文的数量，更有甚者干脆按论文的篇数及所载刊物的级别赏予奖金，在虚名实利的双重诱导下，学术造假层出不穷，学术泡沫泛滥成灾。即使没有剽窃蹈袭的恶行，也难免出现粗制滥造的陋习。于是我们再也看不到像古人那样托名他人的伪书，常见的倒是在别人的著述上偷偷署上自己的名字。再也看不到十年磨一剑的沉潜之功，常见的倒是一年出版专著多部或发表论文数十篇的多产作者。如果将著述字数逾千万者称为著作等身，我敢断言在最近三四十年间达此标准者远多于此前的三千年文化史。然而此等著述，著述云乎哉？

我对当前学界的种种乱象早已司空见惯，为何又来发一通议论？起因便是邓国光教授的新著《文章体统：中国文体学的正变与流别》即将出版，国光兄来书索序。认真拜读书稿，我首先被作者自序中一段话深深打动："书中章节最早草成于1985年夏，从先秦一路而下，顺历史流程研究，迤逦至近代的唐文治先生，已经是在2012年秋。三十年来研究古代文论，皆出自对中国文化的关怀。从一开始，便以学术道义自勉自励，其中不曾有过任何外在功利考虑。每一篇都是原创研究，而且具一定的正面学术意义，可以为进一步的深化与开拓提供线索。大凡古今学人已经探讨而且成熟的议题，皆不重复讨论，避免蹈袭之嫌。本书所有论题都是在从学术自身开拓出来，并非制造课题或赶时髦而徇庸俗，处理完一本书的问题，得出一些具体的新看法，再推动后面另一本书的处理，一步一足印，所涵盖的范围是中国文学自身透现的进路，是有机的整体。略去任何中间环节，都会坍塌不成片段。以唐文治先生的古文批评为终章，乃水到渠成，曲终奏雅，贤圣相继，所以显示中国文化的灵魂。"一部30万字的书稿，撰写过程竟长达27年，这种"十年磨一剑"的著述态度如今已如凤毛麟角了。而作者对著书立说的自信心，对继承文化传统的使命感，在如今的著作中更是难得一见。古语云"修辞立其诚"，国光兄之著述，庶几已进入这种境界。

  书稿中约有三分之二之章节，我曾在学术刊物或学术讨论会上先睹为快。但如今重读，仍然深受启发，更不说那些首次刊布的新观点了。中国文体学之研究可称历史悠久，当代学界也视为重要研究领域，但以我所见，则陈陈相因者较多而独具眼光者较少，各照隅隙者较夥而综观衢路者较鲜。我不敢说国光兄的新著已经达到总揽全局、独得圣解的境界，但可以肯定它是朝着这个方向迈出的踏实一步。我与国光兄是在大陆举办的学术讨论上初次见面的，当时读其论文，听其议论，而服其思虑深沉且择善固执。后来在香港、澳门数次重逢，遂得与其交游，察其为人，而喜其诚笃良善且刚强木直。国光兄少时家贫失学，靠半工半读方完成学业，终得执教上庠。我自己也有相似的人生经历，故与国光兄结交时，唐人卢纶"少孤为客早，多难识君迟"之句忽然浮现心头，虽知比拟不伦，但日后与国光兄重逢时仍不免想起此句。诗能感人，岂虚言哉！

我向来不愿为人作序，但也曾数度破例。如今国光兄来书索序，我又要再次破例，倒不是碍于相交日久的情面，而是读完书稿后确有感触想要一吐为快。至于对书中的具体论述，则不着一词，庶免"佛头着粪"之讥。

是为序。

（邓国光《文章体统：中国文体学的正变与流别》，

上海古籍出版社2013年版）

从《七八个星天外》说起

——王一涓《闲数落花》序

王一涓的第二本散文集完稿了，向我索序。我对她的前一本《七八个星天外》颇有好感，便一口应承下来。不久她用电子邮件传来几百页文稿，书名是《闲数落花》。我一向怕读长篇的电子文本，便把《目录》与《后记》先读一过，觉得无论是题材还是写法，二书都是名副其实的姐妹篇。既然我还没有通读第二本，这篇序言不妨先从第一本谈起。

两年前初读《七八个星天外》，一看书名便笑出声来：到底是辛弃疾专家巩本栋的夫人所写的书，这个书名肯定是本栋的点睛之笔！但是看到《后记》中说："大千世界，芸芸众生，人啊，事啊，真是多如繁星。可和你有关的，只能就是那几颗星星……然而，就是那几颗星星啊，却温暖、照亮了你的人生，并与那满天的星斗一起，闪烁在浩瀚无垠的夜空。这本小书里的人与事，就是我生命中的那几颗星星吧。人尽管平凡，事也无关宏旨，但却都是真真切切的，正像夏夜星空点缀在天际的那几颗星。于是我想到了稼轩的那句词：'七八个星天外。'"原来这是王一涓自己的妙手偶得。这个书名好在

2022年，王一涓与巩本栋在盱眙天泉湖

哪里呢？先让我们读冯至的十四行诗《我们准备着》的第一节：

> 我们准备着深深地领受
> 那些意想不到的奇迹。
> 在漫长的岁月里忽然有
> 彗星的出现，狂风乍起。

彗星是星空中的怪客，有些彗星光彩夺目，据《新唐书·天文志》记载，大历七年（772）出现的那颗彗星，"其长亘天"，竟然横亘整个天空，真是壮观。冯至所说的彗星，当指名震遐迩的大人物。

这不，张新颖在《能写师友回忆录的人是有福的》一文中，便引用冯诗并认为彗星是指"非常之人"。然而彗星毕竟是行踪渺然的天外来客，我辈肉眼凡胎，家中又没有天文望远镜，一生中也难得一见。还记得1986年初，哄传久违的哈雷彗星要光临地球了，人们奔走相告。2月的一个寒夜，我家附近的一个单位不知从哪弄来一架天文望远镜，架在大楼顶上供大家观测彗星。那夜我排了一小时的队，终于凑近望远镜的镜头，经过主管者的再三指点，才在茫茫夜空中找到了哈雷彗星的倩影：模糊的一个小亮点，与旁边的无名星辰没啥两样，也根本没有想象中形若扫帚的彗尾，不禁大失所望。据说哈雷下次回归地球要到2061年，我有生之年肯定不能再睹芳容了。所以与其翘首盼望彗星的出现，倒不如随意观赏平常的满天繁星。对于一般人来说，只有北极星、北斗星和牵牛星、织女星等少数几颗星辰能叫出名字，其他的星斗都是无名之辈。古人以为像傅说那样的杰出人物才会变成星辰，民间却传说地上的每个凡人都对应着天上的一颗星，史铁生的《奶奶的星星》便持此说，《七八个星天外》的书名也出于同样的想法。

《七八个星天外》共分七辑，只有最后一辑《红楼絮语》的五篇都是谈论《红楼梦》中的人物，像是学术随笔，其余六辑的内容全是记人，正像作者所说，"人尽管平凡，事也无关宏旨，但却都是真真切切的"。有几辑写得格外生动，例如第三辑《自行车驮着的岁月》，所收16篇短文的唯一记叙对象就是她的宝贝儿子。这个孩子的小名就叫"贝贝"，如今已是风度翩翩的青年绅士，但书中所写的都是他高考之前的少儿时代。这是母亲眼中一个男孩从呱呱堕地到长大成人的全过程，如有刚当上母亲的读者，大可当作《育儿经》来读。至于我自己，最欣赏的是第四辑《我在哪里找到了你》。此辑收文10篇，其中有4篇写的是我熟悉的人物，读来倍感亲切。《书呆》写其丈夫巩本栋，"书呆"当然是谑而不虐的昵称。本栋是我的同门师弟，同事20多年了，堪称老熟人。王一涓说本栋"是个慢性子"，我深有同感。凡有同事一起出差，大家约好在车站或机场集合，最后一个到达的肯定是本栋。不过他并不误事，有时离进站或登机只有一两分钟了，大家焦急万分，望眼欲穿，本栋不慌不忙地准时现身了。但是王一涓还是让我知道了许多闻所未闻的本栋逸事，比如他读中学时随身携带一把弹弓，读博时写信指示家中购买"黄河牌"彩电等事，十分有趣。《写在腊梅花开时》写的是师母陶芸先生，她是程千帆先生的夫人。那时我与程先生住在同一座楼里，先生住东头一楼的101室，我住西头六楼的606室，正好构成一条对角线。从我家的阳台探出身去，便可眺望到那个栽着腊梅花的小院子。阅读王一涓怀念陶先生的文字，令人百感交集。《何日彩云归》追念同事王彩云。王一涓与王彩云分别负责中文系研究生的管理和教务，工作关系紧密，我曾在电子信箱的收信人栏中把她俩合称"中文二王"。王彩云因患恶疾英年早逝，我有事未能参加追悼会，便代系里拟了一副挽联："彩云易散斯人斯疾，霁月长明此面此心。"阅读此书，眼前浮现出王彩云淳朴憨厚的笑容。《"非典"教授》写中文系前主任许志英先生。我在南大任教的前10年间，许先生先后担任副系主任和系主任，是我的顶头上司。我对领导一向敬而远之，除了工作关系，与许先生并无交往。有一阵虽然同住一个小区，路上相逢也只是互相点头而已。我只知道许先生有见识、有性格，后来因他请我为他所拟的两副挽联调整平仄从而得知他不耻下问，此外所知无多。王一涓把许先生作为"非典型教授"的一面展露无遗，生动叙述了许先生日常生活中的许多细节，尤其是他退休以后直到生意索然、毅然弃世的晚年光景。读过此书，许先生的完整形象才在我心中清晰起来。《七八个星天外》所写的便是这样的凡人凡事，但无论对于作者，还是读者，他们都是"夏夜星空点缀在天际的那几颗星"，他们不像彗星那样令人震撼、敬畏，而是使人感到亲切、可爱。我相信，这样的书要比名人传记更贴近我们普通读者。我也相信，凡是喜欢《七八个星天外》的读者，一定会同样喜欢《闲数落花》，因为两者的内容一脉相承，而论文笔的洗练，则后者更上一层楼。

说到这里，读者也许会问：王一涓是谁？就像书中所写人物一样，她也是一个平凡的人。她是徐州师范学院中文系的七七级大学生，毕业后教过10年中学，然后来南大中文系从事研究生管理工作，直至退休。王一涓有两个全系公认的特长：一是普通话说得标准，所以退休后还被返聘负责南大普通话测试站的工作；二是散文写得出色，文字清新流畅，且擅长将平凡的题材点铁成金。当年许志英先生写作随笔，便特邀王一涓帮他润色修改。许先生的随笔结集以后，曾在《后记》中指出："我还要特别感谢王一涓女士。我请她为我的随笔把把文字关。因为她有十年教中学语文的经验，善于'咬文嚼字'，又写过不少优美的随笔，所以请她帮忙做这件事。现在看来这样做是很对头的。她连我以前写的几篇随笔，也全看了。

她的修改很慎重,尽管一般不是很多,却都是改之所当改,往往有画龙点睛之妙。"许先生是专治现当代文学的教授、博导,他的话当然具有相当的权威性。《闲数落花》第一辑中的《从前慢》《文苑人》《文苑旧事》等篇,去年曾公布在南大《小百合》的系版上,全系师生莫不先睹为快,好评如潮。所以我认为,王一涓是一个没有加入作家协会的优秀散文作家。古今中外,有许多优秀散文出于业余作家之手,《七八个星天外》与《闲数落花》也是如此,值得一读。

(王一涓《闲数落花》,安徽文艺出版社2017年版)

诗歌是闹市中的精神绿洲

——邝龑子《十二霞峰》序

在根本的意义上,诗是孤寂者的心声。人类本来害怕寂寞,可是他们又常常陷于寂寞的境地,于是就产生了诗。自古至今,请问哪一首好诗不是在孤寂的氛围中沉吟出来的?不必说阮籍的"薄帷鉴明月,清风吹我襟",不必说王维的"独坐幽篁里,弹琴复长啸",也不必说苏东坡的"谁见幽人独往来,缥缈孤鸿影",他们的孤独情怀自然只能在清幽孤寂的环境中付诸喃喃自语。即使是必须两人共同参与的爱情,也很少看到正处热烈缠绵的过程中的动人情歌。相反,倒是那些吐露别后相思的伤心独白更加恻然感人。李义山堪称抒写相思主题的圣手,但他最动人的诗作恰恰产生于独对孤烛的巴山雨夜。姜白石与合肥的琵琶女热恋如痴,但他情愿把梦里情人置于"淮南皓月冷千山"的凄清梦境。唐代诗坛繁荣,诗人众多,闻一多甚至把"唐诗"改成"诗唐"。但是即使在武则天下令举办的诗歌大奖赛中夺得锦袍的宋之问,他的好诗也要在南迁途中才得以产生。所以唐人说诗思"在灞桥风雪中驴背上",宋人说诗思在"细雨骑驴入剑门"时,都是成功诗人的经验之谈。那么,时至今日，社会越来越喧嚣，人们越来越浮躁，密集的人群拥挤在狭小的水泥森林中，我们又该到哪里去寻觅诗神呢？在香港讲学期间，我曾慕名到元朗的湿地公园去了一次，本想逃到幽静的自然中去盘桓一天，好像黄山谷一样做个"想见沧洲白鸟双"的好梦，没想到公园里的人群比旺角还要拥挤！在那种摩肩接踵的环境里，不要说写诗了，连长期珍藏在心里的古诗都会逃之夭夭。所以我一向对现代的诗坛抱着悲观的看法，我担心当今的社会里已经没有诗神的容身之地了。

然而事在人为，诗歌的命运毕竟掌握在诗人手中。几年前，我偶然认识了香港岭南大学的邝龑子教授，他就是一个身居闹市而诗笔不辍的诗人。几年来，我不断地读到他的新作，不但词句典雅，而且意境空灵。在物质文明高度发达的现代化都市里，龑子教授竟然能保持如此静谧安宁的心态，引得孤傲的诗神愿意与他长期作伴，其理安在？我细读其诗，终于悟出了其中三昧。原来诗歌的意境并非现实环境的影子，它其实是心造幻影式的精神家园。陶渊明说得好："结庐在人境，而无车马喧。问君何能尔，心远地自偏！"只要"心远"，也就是在心中保持高洁的情操，那么闹市也成幽静地，炎天顿现清凉国。龑子教授的诗作，正是滚滚红尘中的一贴清凉剂。那些自抒怀抱的长篇短什，虽然是他的内心独白，但既已写成文字结集问世，就像古人所说的"嘤其鸣矣，求其友声"，势必在读者心中引起共鸣，并从而达成相濡以沫的心灵交流。这是我阅读龑子教授的诗集的一点感受，我也相信这就是龑子教授出版诗集的动机。不久前龑子教授惠寄他的第十二册诗稿，并向我索序。我早就知道为人作序易得"佛头着粪"之讥，但仍勉为其难，倒不是碍于相识多年的情面，而是自以为读出了隐藏在诗稿的字里行间的一层意义，愿与读者分享。

龚子教授的第十二册诗稿题作《十二霞峰》，这使我想起了20年前坐船经过长江巫峡的情景。云雾缭绕，一座又一座秀丽挺拔的山峰接踵而来。虽然人们都说"巫山十二峰"，但实际上有无数的峰影在云霞中若隐若现，哪能数得过来？但愿龚子教授不断推出新作，为居住在水泥森林里的读者开辟一个又一个的精神的绿洲。

（邝龚子《十二霞峰》，香港汇智出版有限公司2007年版）

"教授写教授"的小说

自从长篇小说的年产量突破千部以来,我便退出了读者的行列。理由很简单:没有那么多时间。虽然报刊上常有各种"排行榜"推荐当年的新作,评论家的推荐词还写得"语不惊人死不休",但是按图索骥买来试读,却像轻信了电视购物频道的广告一样大失所望。上过几次当后,我便不再相信真有"狼来了"。话虽这样说,我最近还是认真读完了两部小说,读后还有些感想要说。两部小说是晓风所著的《弦歌》与《儒风》,都是浙江文艺出版社近年的出版物。晓风即肖瑞峰,是一位专治唐宋文学的学者,后来出任某大学校级领导,但仍是"双肩挑"的教授。两部小说的主人公也都是大学教授,所以我称之为"'教授写教授'的小说"。

"教授写教授"的小说堪称稀有品种,原因之一是"教授写"小说的寥若晨星。相传上世纪50年代的北大中文系主任杨晦有言:"中文系不培养作家。"这句话对那些怀着作家梦奔进中文系的年轻学子无异当头一棒。待到他们惊魂初定,开始接受学术训练,便一步步朝着学者的身份前进,而与作家渐行渐远。等到读完博士留校任教,他们便成为教师们的复制品,埋头书斋,专心炮制论文和学

2024年，我与肖瑞峰在金华八咏楼

术著作。至于文学创作，当然被视作不务正业，这在大学的内部考核机制与外部评估制度中都是明文规定的。这种情形并非中国大陆所独有，台湾的余光中教授曾戏拟一封给莎士比亚的信，说所在大学拒绝邀请莎翁前来讲学，理由竟是他"没有著作"，因为《哈姆雷特》算不上是"学术著作"（余氏用谐音戏称为"瞎说猪炸"），只有《哈姆雷特的心理分析》乃至《哈姆雷特脚有鸡眼考》才算是"学术著作"。可见两岸的情形大同小异。既然如此，民国时代的教授中活跃着鲁迅、闻一多、朱自清、钱锺书等身影的情形，也就成为前尘影事了。

原因之二是"写教授"的小说很难成功。对小说这种文体，"题材决定论"还是有一定道理的。按照古人的说法，小说本是"街谈巷语，道听途说者之所造"，红尘中的芸芸众生才是最合适的主人公，因为他们的生活充满着活色生香，写进小说自然引人入胜。假如以一位高僧为主人公，他隐居深山，远离朝市，生活就是黄卷青灯、晨钟暮鼓，内心则像没有一丝微澜的古井水，那样的小说有什么可读性？教授虽然也居住在红尘市井，也难逃柴米油盐的烦恼，但他们的主要生活毕竟局限在大学校园这座象牙塔内，不免单调乏味。如果说以市井小民为主人公的小说最有趣，以得道高僧为主人公的小说最无趣，那么写教授的小说肯定离前者较远而离后者较近。汉人枚乘在《七发》中写吴客为了引导楚太子移情换性，分别对音乐、饮食、车马、宫苑、畋猎、观涛和哲理进行刻划、渲染，作者的本意是逐层跻攀，渐趋高潮，结果却成了虎头蛇尾：前六者都写得汪洋恣肆，生龙活虎，唯独第七点"天下之要言妙道"却是浮皮潦草，虚晃一枪即草草收兵，正出于同样的道理。春秋时代的魏文侯说："吾端冕而听古乐，则唯欲睡，听郑卫之音，则不知倦。"当代人阅读"写教授"的小说，其感受大概与魏文侯听古乐相去不远。

一切事物皆有特例，人们常说"天下乌鸦一般黑"，但达尔文就曾在某海岛看到白色的乌鸦。同样，钱锺书的《围城》虽是"教授写教授"的小说，却写得趣味盎然，引人入胜。晓风的《弦歌》《儒风》虽与《围城》风格迥异，但也相当有趣。二者的原因如出一辙：《围城》中的教授们形形色色，鱼龙混杂，"三闾大学"的校园虽小，却颇似一个缩微的复杂社会。《弦歌》《儒风》所写的"东海大学"则变本加厉，已经形同江湖。借用书中的经济学副教授沈健行之口：

"有多少学者的形迹已经接近江湖人物了呀！岂止经济学科，其他学科不也都与江湖无异吗？一些学者演讲前的开场白，不厌其烦地自吹自擂，这和江湖中卖狗皮膏药的下三滥角色有什么不同？还有的学者心胸狭窄，唯我独尊，对异己者不遗余力地加以围剿，这和江湖中的门派之争又有何区别？更有个别学者媚上欺下，在达官权贵面前卑躬屈膝，在普通民众面前则装腔作势，这不活脱是江湖中那些学艺不精，却因依附豪门而浪得虚名的高手的做派？"我相信，假如《围城》所写的不是"三闾大学"中滥竽充数的假教授，而是西南联大的真教授，恐怕难成著名的小说。我也相信，假如《弦歌》《儒风》写的是一所货真价实的"世界一流大学"，其可读性也会直线下降。

大学并非世外桃源，但相对而言，大学校园仍是现实世界中比较洁净的一个角落。大学里当然也有种种丑闻，但与政界、商界相比，毕竟其"烈度"要低许多。倒不是大学里人人守身如玉，而是大学掌握的资源、权力较小，"老鼠尾巴上害疖子，出脓也不多"。以经济犯罪为例，如有某位教授从科研经费中虚报数万元中饱私囊，或有某位院长从院系小金库中贪污10万元，一经揭露，就会成为校园里的特大新闻。这要让政界的"小官巨贪"知道了，肯定要笑掉大牙。再以权色交易为例，大学里当然未能绝迹，《弦歌》《儒风》也并未讳莫如深，但试读书中的相关细节，比如为了应付评估组的五位男性专家，东海大学建筑工程学院派出五位美女联络员来提供"一对一的服务"。但是在整个评估过程中，双方仅在宴会之余的歌舞场合有点打情骂俏，简直是"发乎情，止乎礼义"。又如体育学副教授田本纯带着一个本系的小美女出差,在酒宴之后仍能拒绝后者的主动献身,简直是柳下惠再生。我觉得这些情节稍有美化现实之嫌,但尚非粉饰升平,只是身为校领导的作者心有顾忌,故笔下稍为留情而已。相对而言,像张者的《桃李》那样把大学校园里的男女关系写得像政、商两界同样的污糟,便未免有点"魔幻现实主义"的味道了。

从表面上看,《弦歌》《儒风》是针对当今大学种种弊病的讽刺作品。《弦歌》由四篇中篇小说组成:《开局》写一位刚入职的"青椒"的窘迫情状,《岗位》与《职称》分别写两位副教授谋求升职的曲折经历,《第三种人》写一群女博士的困惑处境。《儒风》由五篇中篇组成:《回归》写一位校长卸任后的遭遇,《换届》《课题》《发票》《评估》则从题目就可看出其性质属于"问题小说",具体内容都是当今大学里的不正常状态。然而作者的本意绝非讽刺。《弦歌》的后记中声明:"我试图以此来折射现代教育管理体制下高校知识分子群体的生存处境,展示他们面对重重压力的困惑与无奈,同时也表现他们在困惑中的坚持、无奈中的奋争,以及心灵深处对大学之道的守望。"我相信这不是晓风为了免遭批判而事先挂出的免战牌,而是他发自肺腑的创作意图。试看《职称》中的中文系副教授张有忌,他全心全意地投入教学,在学术研究上坚持"文章不著半句空",对职称也比较淡泊。如用正常的价值观来评判,他真是一位好老师。但在现行管理体制下,他必须立刻申报正教授,否则不但会失去各种好处,甚至会落到卷起铺盖走人的结局。再看《课题》中的田本纯,是一位出色的长跑教练,他尽心尽力,把东海大学的学生长跑搞得轰轰烈烈。作为一位体育教师，这不是非常称职吗？可是为了晋升职称，年近半百的田老师必须申报"课题"并发表论文，于是他被迫找熟人，拉关系，请客送礼，找人代笔，交版面费，无所不为。田本纯的遭遇，说是"逼良为娼"也不为过！

《围城》中的某些教授丑态百出，主要归因于他们人品不端，例如李梅亭、韩学愈之流，无论置于何时何地都是龌龊小人，怪不得环境或制度。《弦歌》《儒风》中的教授就不同了。他们本是一群淡泊宁静的书生，否则早可"下海"（商海或宦海皆可），不会留在校园里自甘清贫。但是在管理体制与社会风气的双重裹挟下，他们纷纷在浮躁的泡沫中险遭灭顶之灾。《弦歌》《儒风》中的人物当然是虚构的，正如鲁迅所说："人物的模特儿也一样，没有专用过一个人，往往嘴在浙江，脸在北京，衣服在山西，是一个拼凑起来的角色。"但作者下笔之时，心里一定浮现出许多身边人物的身影。作为读者的我，也在其中恍惚看到不少熟人的身影，从而感慨倍增。《儒林外史》中的王冕叹息说"一代文人有厄"，说明吴敬梓对匡超人之流的主要情感并非憎恶，而是惋惜和同情。我读《弦歌》《儒风》，也有类似的感觉。晓风在《弦歌》后记中说："我的小说创作不可能改变什么，但也许有可能让同路人悟出点什么。"这让我联想到王瑶先生的两句名言："说了也白说""不说白不说"。正如加缪所言，尽管西绪福斯推向山顶的巨石一次又一次地滚落，但他是幸福的。

（《中华读书报》2017年2月22日）

《杜诗的音乐世界》序

当我提笔为此书作序时,我首先想到的是我与本书作者崔南圭博士的认识过程,因为那纯出偶然。

1996年年底,正在韩国任教的我到海边小城光阳去参加一个关于中国古代文化的学术讨论会,在会上认识了全北大学中文系的讲师崔南圭,他当即表示要拜我为师。我看了崔的名片,知道他早在台湾东海大学获得文学博士学位,便以为他只是与我客套一下而已。没想到半个月后,他又驾车两个小时专程到我的公寓来访,重申要到南京大学去跟我学习中国古典文学的意愿,并说他在东海大学留学时是在周法高教授指导下专攻音韵学的,现在想再在中国古典文学方面提高自己。面对着如此热诚地希望学习中国古代文学的异国学子,我怎能加以拒绝呢?于是我认真地为他介绍了南大的招生手续,并让他正式向南大报考。半年之后,我回到南大。又过了几天,崔南圭果真负笈而来,到南大报到。他成为我的第六个韩国博士生,同时也是第一个在职的韩国博士生。接下来的一年对崔南圭来说是相当辛苦的,他受全北大学的委派,在苏州大学担任一门韩语课,同时每周到南大来听两到三天的课,匆匆地来往于苏州

2002年，我与韩国学生在首尔。左二为崔南圭

与南京两地之间，风霜雨雪，从不间断。有一次他冒着大雪奔进教室，头发眉毛都沾着雪花，我顿时想起了宋濂的《送东阳马生序》，不由得为这位异国学子的好学精神而感动，也为能对异国学子产生如此强烈的吸引力的中华传统文化而自豪。

寒暑变换，倏忽一年。在那一年中，崔南圭不但完成了学校规定的各门学位课程，而且提前进入了学位论文的写作。对于中国的博士生来说，选择杜甫作为研究对象似乎是不太妥当的。因为在杜诗学的范围里，我们不但早就有了"千家注杜"的丰厚积累，而且有了现代学者的大量论著，要想在短短的两三年里在杜诗研究中作出新的突破，对于一个研究生来说是不太实际的。然而对于外国研究生而言，情况却有些不同。因为他们可以从完全不同的角度来切入课题，还可以结合他们本国的文学史实际来选择新的研究重点。

在崔南圭以前，我与周勋初教授共同指导的韩国博士生闵庚三就选了杜诗在韩国的接受史作为学位论文的题目，结果相当成功。所以当崔南圭提出想以杜甫为研究课题时，我没有轻易地予以否定，而是与他仔细地商讨。经过反复的讨论，我们终于得到了共识：崔南圭以前学过音韵学，对于汉字的声调、韵部相当熟悉。而在杜诗的研究中，拗体律诗一向是学术积累较少的部分。如果以此为突破口，也许可望取得一些进展。而且正像对宋代的江西诗派一样，杜甫的拗体律诗对韩国的海东江西诗派等古代诗人也产生了深远的影响，所以这个选题还可以结合韩国的杜诗学来展开。所以说，选择杜甫拗体律诗的平仄情况来进行分析，对于崔南圭这位学过音韵学的韩国学子来说，也许是一个较好的切入口。找到了这个选题，我们师生两人都很兴奋。对于崔南圭来说，能选择杜甫这个中国古代最伟大的诗人作论文题目，本身就意味着一种颇具学术分量的突破。对于我来说，虽然自己在杜甫研究中用过一些功夫，也指导过好几位研究生写了关于杜甫的单篇论文，但是从未独自指导过一篇关于杜甫的博士论文。现在能有机会这样做，让我在教学活动中再对杜甫这位诗圣献上一瓣心香，正是求之不得的事。所以，当崔南圭在1998年夏天带着论文题目返回韩国的时候，我们都对此充满了希望：希望两年后能够交出一篇像样的博士论文，作为师生共同研杜的一个成果。

长达两年的写作过程是相当艰苦的，同时又是比较新奇的。这个课题的困难首先在于，对于杜甫的拗体律诗，虽然前人也曾有过些论述，但大多是比较模糊、笼统的。例如最早关注杜甫拗律的方回说:"拗字诗在老杜集七言律诗中谓之'吴体',老杜七言律一百五十九首,而此体凡十九出。不止句中拗一字,往往神出鬼没。虽拗字甚多,而骨格愈峻峭。"(《瀛奎律髓》卷二十五)然而何谓"神出鬼没"? 是说杜甫的拗律平仄变化莫测,完全没有规律可循吗? 可惜方回言仅及此,并未具体指出杜诗拗律的平仄情况。而且,究竟何谓拗律,拗律与正式的律诗的分界究竟何在,前人虽有种种议论,但未有定论。清人赵执信的《声调谱》、翟翬的《声调谱拾遗》等书中虽有关于拗体律诗的"谱",但是那些"谱"与清人王士禛等所总结出来的古体诗的"谱"一样,仅仅是对古人写作实际的一种抽样性质的描述,并非真是古人写作拗律时所遵循的规律。况且各家所言之"谱"出入甚大,几乎无规律可循。今人王力先生在《汉语诗律学》中虽然对律诗的平仄格律作了穷究底蕴的研究,但是对于拗律的平仄却也处理得不很精细。他把拗律称作"古风式的律诗",置于"古体诗"这一章中进行论述。而对拗体进行平仄分析时,也仅仅据拗句数量而粗略地分为"全篇古体""大部分古体""半古半律"三大类,没有再深入下去。所以说,对于拗律这个问题,我们面对的学术积累是不够丰厚的。至于对于杜甫的拗律,我们的认识并未比方回有长足的进步。当然,学术积累的不足既是困难,也是机遇,正因为前人对此研究得不够,就给我们留下了较大的探索空间。在后来的研究中,崔南圭发现仅仅对前人所认可的那些杜甫拗律研究是远远不够的。对这些拗律进行了平仄分析以后,他发现前人对拗律的界定相当模糊,事实上这些拗律与有些未被归入拗律的律诗在平仄上很难区分。所以必须对杜甫的全部律诗进行平仄分析，才有充分的理由对所谓拗律与非拗律的界限作出判断，于是他的分析对象扩大到杜集中的全部七言律诗。接着，他又发现杜甫的五言律诗中也有不少拗句，甚至在其排律、绝句中也有同样的问题。所以崔南圭的考察目标最终扩大到杜甫的全部近体诗，他对这1051首诗逐句地作了平仄分析，从而对杜甫如何遵守近体诗平仄格律以及如何局部打破这种格律也即创造出所谓拗律的情况作出了实事求是的说明。附于本书篇末的《杜甫律诗平仄分布状况统计表》(分体的平仄句式统计表)和《杜甫律诗的平仄》(全部杜甫律诗的平仄分析)两个附录可以告诉我们，他在这方面花费了多少心血！要经过多少个日日夜夜，才能制出这两份表来！我当年初读王力先生的《汉语诗律学》时，对他把整部《全唐诗》作为分析对象极为钦佩，对"我们曾在一部《全唐诗》里寻觅犯孤平的诗句，结果只找到了两个例子"(《汉语诗律学》)这样的判断极为信服。崔南圭此书的平仄句式之分类方法是参照王著的，而他对杜诗作平仄分析时那种竭泽而渔的治学精神也是学习王力先生的。这种穷尽材料再作判断的方法，显然要比举例说明或仅凭感觉立论的方法更具有科学精神。任何真正具有科学精神的研究总是艰苦的，崔南圭在完全没有功利目的的情况下"自讨苦吃"，既体现了严谨的学风，又体现了异邦人士对中华文化的一片赤诚，尤其难能可贵。

　　崔南圭遇到的第二个困难在于，他的整个撰写过程基本上是在韩国度过的，也就是说，他与导师处于隔海相望的状态。这样，每当遇到什么疑难，他必须用电话或书信来与我联系。由于在撰写过程中需要讨论的问题非常多，这种联系也就非常频繁。可想而知，这给他增加了多少不便！然而，我们终于坚持下来了。2000年5月24日，崔南圭的论文顺利通过了答辩。由周勋初、卞孝萱、郁贤皓、陈辽、钟振振、王步高六位专家和我组成的答辩委员会对他的论文给予了很高的评价，认为这是一篇在杜诗学中取得重大突破的优秀博士论文。答辩以后，崔南圭又根据答辩委员们提出的意见对论文作了进一步的修改，使全文更加完善，达到了公开出版水平。辽海出版社经过严格的审查，同意出版此书，崔南圭遂请我写一篇序言。我从来不为自己的学生作序，但此次自觉义不容辞，因为崔南圭撰写此书的前因后果恐怕以我最为清楚，我有责任向学界说明他写书的具体过程，今详述其始末如上，希望读者能体察作者因特殊条件而付出的辛勤劳动。

上文在叙述本书撰写过程时已涉及其部分内容，现在再作一些必要的补充。在对杜甫的全部近体诗的平仄进行逐字逐句的分析、归纳之后，崔南圭又进而探索杜甫运用平仄调式的变化来配合不同的情感、风格的情况。前人对此已有所感觉，如方回所谓"骨格愈峻峭"，即是指拗体所带来的风格变化而言。然而究竟拗体是如何造成这种风格变化的，方回言而不详，后人的论说也大多是各言其感受而已，都未能从杜诗平仄的具体情况出发对此作出学理上的说明。而崔南圭却以细密的平仄分析为切入点，对这个久悬未决的问题作出了比较切实的论述。而且崔南圭的分析对象不仅仅是杜甫的拗体七律，他对杜甫的全部近体诗都进行了声调的研究，所以本书事实上已成为对杜诗的平仄格律所作的全面性研究。众所周知，近体诗平仄格律的意义主要在于把不同声调的汉字安排在一首诗的不同位置上，以造成平仄相间相重的节奏、韵律之美。也就是说，其意义在于最大限度地调动汉字的声调的美学效果，所以近体诗的形式可谓最具有民族特征的汉语文学样式。虽说近体诗格律从酝酿、成形到成熟经过了长达数百年的漫长过程，为此付出过努力的诗人不计其数，但是贡献最大、成就最高的诗人则无疑应推杜甫。在古代诗歌史上，杜甫是最早倾心于写作近体诗的人，他不但以多达千余首的近体诗作品成为初盛唐近体诗产量最丰的诗人，而且以"毫发无遗憾，波澜独老成"的艺术造诣成为律诗艺术的集大成者。尤其值得我们注意的是，杜甫在以"语不惊人死不休"的精神对律诗艺术进行艰苦的探索并达到巅峰状态之后，却并不以此为满足，而是继续探索如何局部地突破律诗格律的束缚，从而在通体严整的律诗形式中羼入一些变化因素，使之显出更为活泼灵动的姿态。他的这种探索是成功的，正是这种新变使得杜甫的律诗避免了常人笔下所有的板滞、笨重，从而达到了"思飘云物动，律中鬼神惊"的境界。这种境界的集中表现是杜甫的晚期律诗，尤其是其中的拗体律诗，杜甫的诗句如"老去诗篇浑漫与"及"凌云健笔意纵横"，都可视为这种境界的夫子自道。所以，对杜甫律诗的艺术特征，尤其是对其律诗律中有拗、正中有变的情形进行深入、细致的分析，不但有助于把握杜诗艺术的奥秘，而且有助于弄清在整个古代诗歌发展史中律诗艺术形式的功过、利弊。用这样的视角来考察崔南圭的论文，我们不但会认可它在杜诗学中功莫大焉，而且会发现它对整个中国古代诗歌史的研究也是有所贡献的。

此外，崔南圭在论文中还对杜诗，尤其是杜甫的拗体律诗在古代的中国和韩国所发生的影响进行了探讨。也许他对前者的论述已有中国学者的研究成果可借鉴，所以独创性不算太大，但他对后者的研究，特别是对杜甫的拗体律诗对古代韩国的海东江西诗派影响的探讨，则无疑是发前人所未发的。这使得其论文的意义溢出了中国古代文学的学科界限，它事实上已经具有比较文学的性质，从而为这个传统学科注入了一股清新之气。

当然，崔南圭的论文远非全璧。在论述杜诗的风格特征与其平仄调式的关系时，有些地方仍然存在着分析不够深入、评论不够有力的缺点。例如关于杜甫拗律的声调拗峭的特点，虽然论文已予以较多的关注，但是论说时显然仍有些笼统模糊之病，有些观点沿用古人的诗话、评点之类的话，没能用现代的术语从学理上作出明晰的说明。又如关于杜甫拗律对后人的影响，论文仅仅从句式、字面的相似找了一些例子，没能从更深的层次对其中的沿革关系作剖析。总之，本文在用语言学的方法对杜诗作平仄调式的统计、归纳等工作时显得得心应手、游刃有余，而在用美学的方法对杜诗进行风格分析、审美判断时却显得有些力不从心。这一方面与作者所受的学术训练有关，毕竟他以前的大部分学术经历是在音韵学范围内进行的，而转入古代文学领域以后仅受了一年的训练便开始撰写本文了。另一方面也与研究对象的自身性质有关，因为相对而言，对杜甫的拗律进行平仄方面的分析虽然相当烦琐，但是只要有足够的耐心，投入足够的时间，总是可以达到比较令人满意的结果的。可是对杜诗作美学风格的分析便不同了，因为风格分析在古代诗歌研究中本来就是一个相当薄弱的环节，古人虽然有许多精到的见解，但往往只有三言两语，而且往往是用隐喻的表达方式，这与现代学术论文的写作规范显然是不相符合的，所以对今人所能提供的借鉴作用是有限的。而今人如果想用现代的风格学理论或其他文艺学理论来对古诗进行分析时，又往往难以与被分析的文本真正切合。所以，现代学人在这个问题上便常常处于或是陈陈相因，或是隔靴搔痒的两难境地。对于崔南圭这样的异国学人来说，要想在这方面有所创获，难免会有汲深绠短之感。我对此有充分的理解，而且也没有能力指导崔南圭作出很大的改进，所以虽然早在看论文的初稿时便对此有所觉察，但还是让这个缺点一直保留到定稿之中。所以说，对于本书的这个缺点，作为导师的我也是有责任的。希望读者对此进行严厉的批评。

最后，对于本书的标题稍说几句。从上文的介绍可看出，本书的内容主要是关于杜甫律诗的平仄情况的研究。虽说在唐代，大部分近体诗都是可以入乐歌唱的，但是平仄格律自身的主要意义却并不在于歌唱，而在于吟诵。南朝钟嵘在《诗品序》里说："今既不被管弦，亦何取于声律耶？"即是针对沈约等人提倡在诗歌中讲求声律而言的。然而，不管是入乐歌唱，还是仅供吟诵，以声调平仄的合理配置作为诗歌的一种艺术手段，它的终极目标都是使诗歌具有声音方面的审美效果，也就是使诗歌在文学的意味之外还要具有音乐的意味，成为一种高度有意味的美学形式。所以，本书取名为"杜诗的音乐世界"，虽然稍显奇特，但还是名副其实的。

对于已有"千家注杜"的学术积累的杜诗学而言，增加一本有新意的专著是很不容易的，也是很有学术价值的。况且本书的作者还是一位异域学人,这就更值得学界注意了。我希望本书的问世能得到中外学者的注意,更希望它能得到学者们的批评、指教,从而使崔南圭,也使我本人,得到教益。

(《古籍研究》2001年第3期)

"凝眸"赞

——南京大学中文系学生刊物《凝眸》献辞

凝眸者,凝聚目光以注视也。

人不是世上唯一能凝眸的动物,但只有人的凝眸才具有无比丰富的意义。虎豹都能长时间目不转睛地盯着草丛中的羚羊、斑马,但它们不会欣赏猎物身上的美丽斑纹。鹰隼的目光比人更为犀利,但它们只关注在地面奔跑的野兔野鼠,而不会掉转目光对准夜晚的星空。人则与虎豹、鹰隼大异其趣,他们的凝眸对象常常与自身的物质利益毫无关系:天上的繁星、山壁上的岩画、古书中的文字、显微镜下的微生物……

眼睛是人类观察世界的窗口,凝眸则使这个窗口更加通透明亮。1054年7月4日凌晨,北宋的司天监里彻夜未眠地仰观星象的官员们终于观测到新出现在金牛星座的一颗超新星。1610年1月,伽利略把望远镜对准木星,先后看到四颗卫星从木星后面旋转出来,于是证实了"星球都绕地球旋转"的"地心说"之荒谬。1674年9月,列文虎克用显微镜察看一滴湖水,发现那竟是无数微生物浮游跃动的一个大千世界。这些都是历史上著名的"凝眸"事例。

凝眸也使人们更真切地了解社会，更深刻地体察民生疾苦和国家的隐忧。752年的一个秋日，杜甫和高适、岑参、薛据、储光羲等诗人一起登上长安的慈恩寺塔，眺望秋景，赋诗抒怀。高、岑等人的诗中都竭力描写所见景物之高远，并歌颂佛法之广大精微或抒写个人命运之蹭蹬。而杜甫除了高塔远景之外还看到了"河山无恙，尘昏满目"（清浦起龙语），看到了"山雨欲来风满楼"的动乱征兆。也正是在那前后，杜甫透过咸阳桥头的赫赫军容看到了百姓的生离死别，透过花团锦簇的曲江游宴看到了大唐盛世的深重危机。五四时代，许多知识分子都对贫苦农民的不幸遭遇表示同情，却只有鲁迅从他们身上看到了阿Q精神而怒其不争。也只有鲁迅从满纸仁义道德的古书中读出了隐藏在字缝里的"吃人"二字。要问为什么杜甫、鲁迅对国家、社会的隐忧有如此敏锐的感受？一言以蔽之：善于"凝眸"也！

凝眸更是人们从事学术研究的必备手段。法布尔怎么会如此真切地了解昆虫世界的奥秘？魏格纳怎么会通过观看地图提出大陆漂移说？商博良如何能破译罗塞塔石碑上的古埃及象形文字？顾炎武如何能从浩如烟海的古籍中"采铜于山"？王国维何以能从破碎零乱的甲骨残片中考定殷代先公先王的世系？蕾切尔·卡逊何以能从寂静的春天中追查出农药对环境的致命危害？此无他，善于"凝眸"也！

那么，我们怎样才能更好地凝眸呢？不言而喻，凝眸的首要条件是拥有一双明察秋毫的眼睛，其次也可借助望远镜、显微镜等工具，这些都毋须赘述。我想说的只有两点：一是凝眸需要摒除杂念,从而进入凝神不分的精神状态,正如《庄子·天地》所说:"黄帝游乎赤水之北,登乎昆仑之丘而南望,还归,遗其玄珠。使知索之而不得,使离朱索之而不得,使喫诟索之而不得也。乃使象罔,象罔得之。黄帝曰:'异哉,象罔乃可以得之乎!'"二是凝眸需要纯洁、正确的心态,正如《孟子·离娄上》所说:"胸中正,则眸子瞭焉;胸中不正,则眸子眊焉。"否则的话,即使你睁裂了眼眶,也看不到事实的真相,反而会被假象蒙蔽、欺骗。等而下之者,则只顾盯着香车美女而对社会的黑暗面视而不见。那样的凝眸,也就变成"枉凝眸"了。

由南京大学中文系的同学主办的《凝眸》已经走过六个春秋了。为了庆祝南大中文系建系九十周年,《凝眸》准备出一期特刊,同学们让我写几句话。于是我写了以上的一些想法来交差,并借此机会表示对《凝眸》的良好祝愿:

祝愿《凝眸》的编者保持刊物清新活泼的面貌,并逐步提升作品的深度;

祝愿《凝眸》的作者保持青春的蓬勃朝气,并逐步克服"为赋新词强说愁"的局限而走向成熟;

祝愿《凝眸》越办越好,也祝愿同学们越来越好地"凝眸"——用你们的一双明眸来阅读经典,了解社会,观察人生。

(《人民政协报》,2006年8月14日)

《学文》序

徐雁平博士给我传来一束文稿，它们都是南大中文系本科二年级学生在学习"中国古代文学"这门课程后的习作，现在即将结集出版，雁平博士以任课老师的身份让我写一篇序。我对写序一向敬而远之，我本人从来没有请我的老师或其他前辈学者为我的书写过序，因为我担心序中可能出现的溢美之词会有损他们的清德。我也不喜欢为别人的著作写序，即使我自己的学生出版他们的博士论文时请我作序，我也一概谢绝，因为我担心我对弟子的偏爱会影响评说的公允。迄今为止，我只有过两次例外：一次是浙江师范大学的退休教师卢国琛教授为其杜诗选注《杜醇》向我索序，卢先生年过八旬，"长者命，不敢辞"；另一次是我指导的韩国博士生崔南圭的博士论文《杜诗的音乐世界》在中国出版时，我觉得关于此书的一些重要情况除我之外无人知晓，我有责任把它们告诉读者。然而我对雁平博士的请求却一口答应，并立即动笔，这实在是看了这束文稿后满心欢喜，所以想借作序之机说一点感想。

如果把中国古代文学看作一个充满着奇花异卉的大园林，那么中文系的同学就像是一群刚走进园门的游子。尽管他们以前也曾风闻别人对这座园林的赞美，或曾从门外嗅到过从园子里飘来的一缕幽香，但当他们一脚踏进园门，那满园芬芳定会使他们像杜丽娘一样失声惊叹："原来姹紫嫣红开遍，似这般都付与断井颓垣！"是啊，若非进入此园，谁能想到门可罗雀的园子里竟然是春色如许，尘封蠹啮的故纸堆里竟然蕴藏着如此众多的惊才绝艳！于是，同学们就在园林里四处漫游起来。循规蹈矩的同学静静地听着导游（就是雁平博士等教师）的解说，由近及远、按部就班地逐一观赏。少数性急的同学则迫不及待地离群独游，争先享受"柳暗花明又一村"的美景去了。我眼前的这束文稿就是同学们初次游历的收获——一束花枝、几片红叶，或一只蝴蝶、几粒锦石。它们当然说不上是丰厚的收获、更不会是这个园子里的精华。要是换了经验丰富的游人，一定会收集到更有价值的动植物标本乃至稀世之宝。但是我们千万不能小看同学们的收获，这些收获物自身的价值虽然是有限的，它们记录的体验却是永世难忘的。这种由审美震撼而铭刻在心灵上的体验像是初恋者的惊鸿一瞥，又像是皈依宗教者的最初感悟，即使他们日后移情别恋或弃教还俗了，也将永远记得当初的那份欣喜、那份感动、那份虔诚。

　　从事古代文学研究的学人当然有不同的研究重点，当然完全可以把毕生精力投入到文献整理、史实考订等距离审美较远的工作中去，但我坚信他们从事这些工作的原初动力就是对古典作品的喜爱。换句话说，他们之所以会心无旁骛地过着坚守故纸堆的冷淡生涯，其深层的动因就是对古典作品的最初审美体验。正因如此，程千帆先生才会大声疾呼要"感字当头"："文学活动，无论是创作还是批评研究，其最原始和最基本的思维活动应当是感性的，而不是理性的，是'感'字当头，而不是'知'字当头。作为一个客观存在的文艺作品，当你首先接触它的时候，感到喜不喜欢总是第一位的，而认为好不好以及探究为什么好为什么不好则是第二位的。由感动而理解，由理解而判断，是研究文学的一个完整的过程，恐怕不能把感动这个环节取消掉。"我相信，同学们的习作可能还比较稚嫩，甚至有点粗糙，但是它们明白无误地表现出对古典作品的喜爱心情，也表现出要想探究这座园林所蕴藏着的无穷奥秘的热诚志向，这就是它们的价值。有些同学会由此而决心与这个园林相守终生，我相信他们一定会有许多新收获——发现新的珍稀物种，进行新的植物分类，分析出某些物种的基因，等等。更多的同学将要走向更加广阔的天地，我也相信这段经历会给他们的人生带来莫大的益处，因为阅读古典作品所获得的审美愉悦总是蕴含着性情的陶冶，它会使你心态沉稳，心境澄澈。古典文学将永远是同学们的心灵家园，如果你在人生旅途中感到忧郁、烦躁了，不妨经常回家看看。正因如此，我认为把这束文稿结集付印是有充足理由的。

是为序。

2006年6月3日

（《宁钝斋杂著》，凤凰出版社2012年）

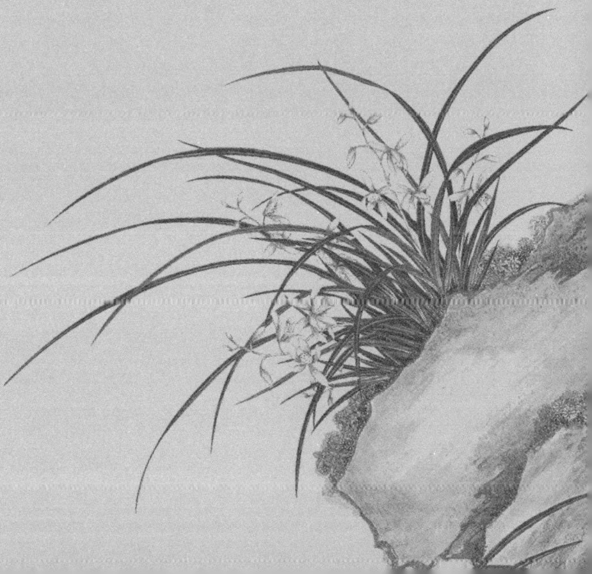